BOTHO STRAUSS

Oniritti Höhlenbilder

Carl Hanser Verlag

Das griechische Wort ὄνειρος / oneiros für Traumgesicht hat anders als ὕπνος / hypnos in den europäischen Sprachen keine große Karriere gemacht. Im Französischen gebräuchlich ist *onirique* oder *onirisme* für traumhaft und Traumgebild.
Oniritti also wären, verschränkt mit Graffiti, Bildschriften auf der Höhlenwand der Nacht.
Artemidor, Traumdeuter des zweiten nachchristlichen Jahrhunderts, gliedert ὄνειρος / oneiros nach den Bestandteilen: ὀν und eírein (= legein), also: das Seiende sprechen. Was das Sein sagt.

Die Figuren von Lascaux ordnen sich entlang einer Bahn, sie sind miteinander durch das Band eines Themas verknüpft, dessen Sinn wir nicht kennen. (André Leroi-Gourhan)

Je sprechender die Stühle, um so menschlicher darauf die Menschen.

Also nochmals die Bühne, wieder zurück auf die Bühne, in die versiegelte, notbeleuchtete Finsternis und ihre verabredete Stille, Reich der Erwartungsstille (außer dem Flüstern des Inspizienten). Einzig du auf nacktem Stuhl, Sitzgeburt, wenn das Licht heranrauscht aus einem winzigen Punktscheinwerfer, ein heller Kreis über dir, herausgeschnitten aus der bestgehüteten Finsternis, ein Kreis, der jederzeit abnehmen könnte, schrumpfen und sich verengen und verdichten, bis er nur noch handtellergroß über deinem Scheitel schwebt, dann vom Umfang einer Puckscheibe beim Eishockey, wahrscheinlich aber niemals nur ein Punkt in Nadelkopfgröße, der den mittleren Fingerknöchel beleuchtet. Das Licht könnte beliebig wenig von dir übriglassen. Da sitzt du vorerst wie für immer. Den Kopf, die Brust nach vorn gebeugt, die beiden Hände unter die Knie geschoben, dicht bei der Sitzkante, läßt die Beine baumeln, das zeigt Erwartung an, irgend etwas mußt du wohl erwarten wollen, du Kind der bestgehüteten Finsternis. Schaust auch nach rechts und links, als bestünde Aussicht, von da, von dort, auf menschlichen Verkehr. In Wahrheit gibt es nur die eine Hoffnung, nicht ganz unbegründet, daß beim steten Baumeln die Beine etwas in die Länge gehen und du irgendwann, in kaum absehbarer Zeit, Bodenberührung erlangst, die Füße abstellen kannst. Das Licht sitzt auf deinem Kopf wie eine hohe Mütze, Mitra, Tutulus oder Hennin ohne Bänder oder Binden. Du denkst: Ich halte das schon aus, eingesperrt draußen auf der Bühne zu sein. Du weißt, da gibt es eine zweite Finsternis, eher Dunkelheit nur, oder sogar nur schwach verdunkelter Raum, Zuschauerraum, nicht ohne

Behaglichkeit, dort sitzen tausend Menschen aufgereiht, die nur darauf lauern, daß du eine unkontrollierte Bewegung machst. Oder dein Schweigen brichst. Um dir eine Salve von Mißfallensbekundungen überzubrennen. Unterm Lichthut versinnst du dich mit den Jahren in das Weiß bei Plotin. In das Weiß bei Poe. In das Weiß bei Borges.

Zum Reich der Verstorbenen führte ein Stolleneingang in den Berg hinein. Verschlossen war er mit einer Stahlschiebetür, die man nur mit Hilfe eines zugeteilten Codes öffnen konnte. Auf einem steinernen Geländer, das in einer Schnecke mündete wie ein hölzernes Treppengeländer, hockte unten eine häßliche Elfe mit Flügelstummeln und Hornbrille. Ein schmächtiges Geschöpf in rosarotem dünnen Kleid. Die Totenherbeiruferin, von mir beauftragt, doch bislang erfolglos, weil ihre Stimme so fiepsig. Ich hatte mit der schwächsten, der kostengünstigsten vorliebgenommen.

Seht nur (man weiß es ja): überall Höhleneingänge auf dem Weg durch die Stadt, auf dem Weg der Gerechtigkeit, auf dem Weg der Liebe, überall die ein wenig getarnten Stolleneingänge, die vor dem Steinschlag der menschlichen Schäbigkeit Schutz bieten, zu Höhlen führen, in denen man an feuchten Wänden die Urzeichen der Fruchtbarkeit findet. Aber kaum jemand wagt, in den kalten Schacht vorzudringen, der ihm jede Sicht raubt und wo sein Herz, auf den Kopf gestellt, zu rasen beginnt.

Zusammen gehen Mann und Frau in heiliger Farbe Rot und Blau. (Der Reim, den Ratten hören, ehe sie verbluten.) Aber das Paar in den Farben der Herrschaft geht langsam und unwendbar hinab. Schürfschritt für Schürfschritt tiefer bergeinwärts.
Es sind die, die wir niemals von vorne sahen.

»Wir Speläologen, wie?« Der Türsteher stupst der Schlanken im blauen Gewand vertraulich den Ellenbogen in die Seite. »Wir kennen uns aus in unserer Spelunke. Immer noch auf der Suche nach dem königlichen Troglodyten im Reiche Agharti, Madam?«
»Nach wem sonst. Seine Majestät wird dieser Tage sechzigtausend Jahre jung. Sein unterirdisches Volk feiert in sämtlichen Höhlen seines unermeßlichen Reichs. Der *König der Welt* herrscht aus tiefem Erdinneren und herrscht auch über die zuchtlosen Milliarden, die oben auf ihr herumtrampeln und sich weiter vermehren, ohne daß sie jemals begriffen, daß auch sie seine Untertanen sind. Es gibt Zeiten, da hören wir's rumoren unter unseren Füßen, ein starkes Zittern geht durch alle Gläser auf den Regalen, man versteht dann kaum sein eigenes Wort.«

Über Schrofen und Zacken geht's inwendig langsam voran. Doch vorm Massiv der Gesinnung und Belange setzen wir bei der Ortsbrust an die poetische Vortriebsmaschine und schälen allmählich den Tunnel in den Fels. Den Bergdruck kennen!

Im Unterirdischen Reich Agharti regiert der König der Welt und sind um ihn versammelt in stehender Zeit der Menschheit Beste, viele große Geister. Apostel Paulus predigt noch dort und immer wieder. Oben besteigen Tausende die Gipfel des Himalaya, und keiner weiß, daß unter dem Gebirge das wahre uneroberte Land verborgen liegt.
Hüte dich! Du verherrlichst einen verfluchten Ort: La ville tentaculaire – Krakenstadt, die krakenarmige. Wo Frauen sind die buckligen Arbeitsratten.
Oh nein! Welch eine Verleumdung! *Idle City* ist keine Krake – ist eine Stadt der klaren, unwirklich klaren Formen, ist jene phantastische Marmorstadt, die aus dem schottischen Hochmoor aufsteigt in seltenen Vollmondnächten, wie uns glaubwürdig Lord Dunsany berichtet, ist die Stadt des unerschöpflichen

Müßiggangs, des geistigen Schlafwandels, der Katzensicherheit der Sinne.
Der Architekt von Idle City, heute bedrängt von lauter Remix-Arrangeuren der Baukunst (aber wie lange noch?), ist der Meister der Moderne, der das Vermächtnis des großen Terragni erfüllen möchte; er muß es wohl hinnehmen, daß ihn die Schar der Plundergeister schmäht, den Stil der »Casa del fascio« ihm vorhaltend.

Idle City ist auch ein Märchenreich der gebrechlichen Seelen, jedenfalls Kultstätte der Sichabkehrenden, Schönheitskult ohne Massen-, daher ohne Missionsdrang.
Dort leben sie in ausgestorbenen Casinos, leben in Stille, Leere, edlen Ruinen. In längst geräumten Wohnungen, verlassenen Palästen, evakuiert von allen geschäftigen, betriebsamen Seelen. Ihre Häuser, ihre Körper sind frei und leer für die Alten Fürsten, die aus bleichen Nebeln wiederkommen, Wiedergänger aus abgrundtiefer Müßigkeit. Was interessiert sie in Idle City anderer Städte »Vitalität«, wo man sich drängt und häuft für sein Vergnügen?

Die Mauern dieser Stadt umschlossen und hegten eine stundlose Dauer. Die Menschen lebten dort angekommen in erfüllter Zeit. Es war ein Äon, in dem alle Neuerungen sich erschöpft hatten, und der Mensch der gierigen Entwicklungen stand nun in allen Dingen vor einer fertig gewordenen Welt, einer restlos gegebenen Gegebenheit. Und es begann ein Leben von unwandelbarer Stete.

Hier war es allein die Stimmung, die erzählte. Kein anderer Erzähler war zu ermitteln. Kein »Ich, die Geschichte« trat auf. Allgemein umgab die Menschen eine gleichbleibende Schlummersphäre, in der sie auftauchten und wieder versanken, sie blieben alle verschwommen, verzaubert, künstlich und somnambul. Nichts mehr wurde deutlich, alles verlor an Kontrast und Kontur.

Denn die Zeit war der Hund der Götter, und als alle untergegangen waren, lief dieser Köter herrenlos, hungrig jaulend und bellend durch die Welt. (Lord Dunsany, The Birth of Doom and The End)

Nur in der versunkenen Marmorstadt erhielt menschliche Freundlichkeit Asyl und gingen die Einwohner singend und gut verständigt ihrem Taglauf nach. Leider schreibt Lord Dunsany nur eine Kurzgeschichte, so daß das Ende abrupt kommt und alles Gesehene zum Traumgespinst erklärt.

Mann und Frau gehen bergeinwärts tiefer. Wie ein Alchemistenpaar sind sie auf der Suche nach dem erlösenden Symbol. »Habt ihr das Symbol, so ist der Wandel ein leichtes.« Das uralte Menschelein, homunculus, kann's nicht mehr sein, ausgeschieden infolge dreisten Abwanderns ins Reale. Auf dem Pixel-Grund simuliert man aber nochmals ein wildes Schöpfungsspiel. Reculer pour mieux sauter. Weiche zurück für'n besseren Vor-Sprung! Dabei gilt es, das bis zum Wesenlosen Aus-Differenzierte dem Ungesonderten neu zu verbinden, dem Stammzellgeweb des Wissens, dem alles noch möglich.
Das alte Alchemisten*paar* ein Leben lang auf der Suche nach dem erlösenden Symbol ... vergeblich ... denn schließlich waren sie's selber, die Chiffre der Chiffren: das Paar.
Verjahrt miteinander, verbunden und verjocht, συζυγία / syzygia: das Gespann.

Einst auch Cécile und ich in der Cueva de la Pileta nahe Ronda, die Grotten mit Höhlenzeichnungen, der Gestank der Fledermauskadaver. Und in Ronda später im Hotel Reina Victoria das Zimmer 208, Rilkes Zimmer, wo man seine Rechnungen noch aufbewahrt.

»Hochauf ragte die Höhle, gewaltig mit klaffendem Rachen« – so sieht es Aeneas im 6. Buch der Dichtung. Da kamen keine Vögel mehr hin, deshalb der Name Aornos – ohne Vögel.

»Die idola specus / Höhlenbilder sind die Idole des einzelnen Menschen. Denn ein jeder hat ... eine Höhle oder eine gewisse nur ihm eigene Grotte, welche das Licht der Natur bricht und verdirbt« – alles Weitere im 42. Aphorismus von Bacons »Neuem Organon«.
Die geheimen Grotten wird nur jemand entdecken, der sich zuvor einen Pfad bahnt durch den beinah undurchdringlichen Dschungel leichtsinniger Kunst. Geschickt geschriebener Romane voll schlechtgesehener Menschen, schlechtgesehener menschlicher Begebenheiten, Schlechtgesehenem überhaupt. Der zuvor eine Schneise schlug, Meister der Pikade, durch die Wirrnisse von vorgetäuschter Höhlen-Architektur, Virtualitäten mit ein paar restlichen, realbiographischen Figuren, die verloren herumstehen an 3-D-Arkadenbögen, lebende Leiber, Fremdkörper in dieser Welt schablonisierter Phantasie, aufdringlicher Konstruktionen, die unser Leben ununterscheidbar machen vom Nachleben, ins Unendliche sich verlierend, immer so weiter, eine unabsehbare Flucht mit wandlosen Wandelgängen, hellichtes elektronisches Grabgewölbe, in der uns alles unfaßbar wird, was wir einmal am Arm faßten, küßten, schmeckten, rochen, von uns stießen. Dies Gewölbe in vermischten Stilen, Opulenz digitaler Ornamentik, Exerzitien der Täuschung, Game-Muster, nichts als fortwuchernder Entwurf, in den wir übergehen, letzter verfluchter Transfer zur seelentoten Seligkeit, Wabenbau, Gehäuse aus einer unermeßlichen Zahl von künstlichen Gelassen, in denen man nicht schreien, nicht wimmern, weder fragen noch beten kann. Getrennt von der Seele, die nach anderswo –weiß Gott nur wo? – ausriß, floh, entkam – der nachstrebend aber jedermann immerzu rennt und ruft, im Irrsal der Gänge, Treppen, Brücken, Galerien und Umläufe, wie alle Ge-

fangenen aller Lager nach ihren fehlenden Liebsten, zu denen ihnen die Verbindung verwehrt wird.
Ihre Vision, ihre Verheißung, ihre Qual sind dann die Nischen, Kolumbarien, Urnen – dort oben am Höhlenrand! Die Seelen fliegen ein und aus, und sogar einen einzigen Taubenschlag gibt es für die vielen Geister einundderselben Person.
Oh diese Gefangenschaft, in sich hineinzuhören! Sein eigen Blut tropfen zu hören von den Stalaktiten der kalten Leibeshöhle!
Oder zu hören, wie es tropft im Palast des Phineus, an der Grenze zum Reich der Dunkelheit erbaut. Und der Grenzgänger kennt alle Abscheulichkeiten des Totenreichs, sah einst hell in die Zukunft voraus und ward dafür mit Blindheit geschlagen und mit der Strafe der Harpyien, Weibervögel, die ihm das Essen vom Mund raubten und ihr Geschmeiß auf seinen Teller warfen.
So reißen auch uns die häßlichen Vögel der Unterwelt die schönste Nahrung, Symbole und Metonymien, vom Tisch und besudeln den Rest. Dann sieht's aus! Die Fliesen am Boden, mit Fleischresten übersät, Blumenleichen, Fettschlieren, Verpackungsfetzen – nur säubern noch, immerzu säubern müssen wir. Der Ekel. Zwei hochstielige Gladiolen liegen auf frischer Erde, die Blüten in Papier gehüllt, sehen aus wie zwei steife dünne Beine, abgedeckt mit einer Plane wie ein Unfallopfer.
Und wir sehen eins von den Biestern in seinem graubraunen deftigen Federkleid, mit Augenmustern besetzt, eine Sie, die sich in den Staub duckt mehrmals, der prahlerische Gold-Gemahl hinter ihr her. Nach reichlich gestohlener Mahlzeit fand dann der Stachel ins weibliche Fleisch, aber nicht besonders geschickt beim Besamen, bloß irgendwann wie zwischendurch ein kurzes gemeinsames Flattern, sehr kurz, vorbei.

Nächster Ort ein unterirdischer Busbahnhof, und die Schatten wurden in altmodische Busse gepfercht von »dienstbaren Geistern«. Da packten wir Schatten (an die hundert auf ein Lot!) in den Wagen nur mit Stehplätzen. Und einer drehte sich kurz vor

dem Einsteigen, dem Hineingepreßtwerden, wandte sich zu uns Helfern und sagte: »Ich habe dreißig Jahre mit einer Frau gelebt, die es nicht verdiente, daß man nur eine einzige Nacht mit ihr verbringt!«
Nun mußte ich mit diesen unseligen Genossen reisen von einem schauerlichen Ort zum nächsten, verfrachtet wie Vieh auf dieser ziellosen qualvollen Schnupper-Tour durch Unterwelt und Vier-Ströme-Reich.

Der Fahrer, Chauffeur im Bus, war einst Fliegender Händler und sprach ohne Punkt und Komma über Küchengeräte und anderen »unverzichtbaren« Krimskrams, hatte seinen Job verloren oder wollte nicht mehr, sprach immer noch mit todernstem Gesicht nach Charons Art, aber jetzt Reim um Reim schindend, unterhielt sein zur Verdammnis niederbrausendes Publikum mit Sperenzchen, offenbar vom Ehrgeiz geplagt, seine Suada ohne jede Unterbrechung fortzusetzen, bis alles aus und vorbei ist: Schnell schnell schnell ich tanke nur bei Shell ... 'ne Ewigkeit im Schlick ich wünsch viel Glück.
Was ist Ihre eigene Sprache? fragte jemand.
Jetzt geb ich Gas, das macht mir Spaß.

Es gibt immer ein Unten zu jeder Handlung oben, einen Hadesbezug, wenn nicht gar ein Hadesäquivalent. Wie könnten wir lachen hier oben, ohne daß nicht tief unten über unser Gelächter zumindest verzeihend gelächelt wird?

Man kann gar nicht anders, man muß einer bestimmten Erkenntnisspur hinterher, die führt noch ein paar Stufen tiefer in die Bildergrotte hinunter, man holt zuerst noch dies und das herauf, Übersehenes, Vernachlässigtes, doch der Aufwand – die fächrigen Sätze, die mühsame Gangart, das minutiöse Bemerken von hinlänglich Bekanntem – lohnt sich das?
Letzter, nächtlicher Sinn verliert sich in Unschlüssigkeit.

Dazu taucht auf das unschlüssige Paar, um eine Straßenecke biegend, die ewigen Zwei, bereit, mit dem nächsten Schritt für immer auseinanderzugehen, alle Anstalten zur Trennung gemacht, Wendung zur Abkehr eingeschlagen, dann aber aufgegeben, beiderseits zögernd, ob nicht doch für eine Weile die gleiche Richtung die bessere wär. Also wieder in gleicher Richtung voran. Bis zur nächsten Straßenecke. Darauf wieder die halbe Abkehr voneinander, erster Schritt des Entzweiens bereits getan, worauf wiederum ein Zögern einsetzt und in Folge widerstrebendes Einschwenken zurück in gleiche Richtung. Bis zur nächsten Straßenecke.

Mythos, nächster Clip. Deukalion mit seiner Frau Pyrrha (Tochter des Epimetheus, des alles erst nachträglich oder zu spät Bedenkenden, und der unglückbringenden Pandora) waren die beiden letzten nach der Großen Flut. Götterwindallein auf dem höchsten Gipfel des Parnaß, ward ihnen verliehen, ein neues Geschlecht zu begründen.
Verhüllten Haupts und mit entgürteten Kleidern warfen sie Steine hinter sich, denn sie durften den Vollzug des Wunders nicht sehen.

Die Stein-Häupter, die neu aus der Erde wuchsen, waren Mischwesen aus Fels und Menschengeist, der, um nicht ganz umsonst auf der Welt gewesen zu sein, Zuflucht im Stein gesucht und gefunden hatte.
Nun kam es darauf an, sich des geretteten Guts auch zu bedienen, denn sonst wäre die Rettung überflüssig gewesen. Dafür bedurfte es einer Sprache, und die Sprache mußte der Schwere und schweren Beweglichkeit des neuen Körpers angepaßt werden. In jeder Gruppe von Findlingen gab es einen Fortgeschrittenen, der mit den übrigen die Regeln der steinernen Grammatik bimste.

Alles war einfacher, gröber, fester, kompakter. Durch Lautüberlagerung entstanden Sinnbrocken, wo früher feingliedrig verschiedene Worte verkettet wurden. Die Stein-Sprache fiel dem Menschengeist schwer, und der Stein wiederum litt unter der Infusion von Denken und Grübeln. Die Erleichterung, überhaupt gerettet zu sein, überwog aber beim Menschengeist die unsägliche Mühe, die es ihn kostete, seinen alten hochgezüchteten Inhalt Stück für Stück in ein koloßgerechtes, wie mit Eselskinnbacken malmendes Denken zu übertragen. Die Stein-Körper ihrerseits verloren durch den Gedanken-Befall bedeutend schneller an Härte und Festigkeit, als in Jahrhunderten von Witterung und Moosflechte verursacht. Überall entstanden Risse, die Furchung durch Erosion schritt schneller voran, als sie es durch die Einwirkung bloßer Naturkräfte tat. Dennoch stand der Verfallsfortschritt der Stein-Häupter in keinem Vergleich zu dem Zeitraum, in dem Menschengeist innerhalb der früheren geschichtlichen Zeiträume verfiel. Sich dies zu vergegenwärtigen und unbegrenzte Geborgenheit dabei zu empfinden, war der Menschengeist bei aller Grobheit der gewaltigen Sinnbrocken, die er beständig wälzen mußte, immerhin noch in der Lage.

Asphaltbahn unter hohen Linden hinweg, auf der junge grobe Frauen Skateboard fuhren oder Rollerskates, und eine tippte die andere an, um ihr ihre Gegenwart zu melden, doch die Angetippte reagierte nicht, sie kannte keine Gegenwart. Dann wieder großes Feuerwerk im Kortex. Jemand sagte: Rein synaptisch betrachtet, *spielen* wir überhaupt nur mit Gedanken und denken nie. Darauf des Erzählers Erwiderung: Ich bin der Glasbläser meiner Gedanken. Das braucht Glut und Geduld. Und es entspricht meiner Sehnsucht nach glasbildendem Hauch.
Denn plötzlich packte mich tiefer Überdruß an all dieser diabolischen Leichtigkeit, zu träumen, zu verformen und zu wandeln. An dieser eitlen inwendigen Geisterparade, welche die di-

gitalischen Meister so viel effektvoller herstellen können, während die zwanghafte Herstellung aus sogenanntem Eigenem zunehmend dilettantisch, ungekonnt und linkisch sich ausnahm, Traum, der mit einem schlichten Werbevideo kaum konkurrieren konnte. Plötzlich also die Sehnsucht nach alter Anschaulichkeit. Nach beständig-stehendem Bild. Der tiefe Wunsch nach Einhalt der wüsten innerlichen Inszenierungen. Des bodenlosen Konstruktivismus. Der nachträglichen Bastardisierung all dessen, was am Tag wohlgewachsen, klar und sicher existiert, draußen nämlich, der frevelhaften Chimärenbildung aus Schönem und Verworfenem, Zerstörung des Geraden, dem wir zuvor unter der Sonne tatsächlich begegnet sind, ohne an ihm zu zweifeln. Diesen Grotesken unter der scheinheiligen Kuppel der Nacht, dem liederlichen Cargo-Kult des sogenannten wilden Unbewußten, das man im übrigen jederzeit durch Drogen zähmen, abrichten und umstimmen könnte.

Ohne Eskorte verließ ich die Nacht. Ein Ausgestoßener des Traums, ein blöder Nackter, ein verwirrter, verbummelter Mann, ausgespien wie ein anderer Jonas vom Ungetüm der Großen Illusion. Dieser Leviathan hatte mich auf dem Höhepunkt des Kampfs, da ich glaubte, ihn beinahe erledigt zu haben, inmitten meines Siegesrauschs, mit einem Schlotz verschlungen. Jedoch war ich ihm unverdaulich. Er gab mich wieder von sich. Meine *Hypnerotomachie* (zu deutsch vielleicht: mein Traumliebeskampf) war damit fürs erste beendet. Ich wandte mich wieder der Original-Version, der Allegorie des Poliphilo zu, der mich doch zu meinen Wanderungen und Irrgängen verführt hatte und dem ich gleichsam eine Strecke lang nachgegangen war.

Statt selber zu kämpfen, begnügte ich mich fortan mit der wiederaufgenommenen, seit meinem Buch »Der junge Mann« vernachlässigten Lektüre des berühmten und einflußreichen (erst vor kurzem ins Deutsche übertragenen) Renaissance-Romans, ebenjener »Hypnerotomachia Poliphili« des Francesco Colonna, der ich nun meine nächtlichen Glossen, Bilder und Geschichten, Zusätze und Ableitungen hinzufügte. Freilich unter geringer Berücksichtigung der Hauptattraktion des illustrierten Buchs, nämlich seiner architektonischen Visionen, dafür aber mit erhöhter Neugierde für seine hieroglyphischen Exzesse, die den Traumliebeskampf sowohl für die Kunstgeschichte wie später auch für die Symbolik der Jung-Schule so bedeutsam machten.

Obscurity was already invading my mind, and clouds enveloping my senses, so that I did not know which choice to make: would I meet a hateful death, or could I hope for rescue as I wandered in the opaque and shadowed wood?

»Ohnmächtig schon begann mein Verstand zu werden, und die Sinne begannen sich zu bewölken, denn ich konnte nicht erkennen, welche Möglichkeit ich auswählen sollte: entweder einem häßlichen Tod entgegenzugehen oder aber im schattenverhangenen und finsteren Hain schwankend mein Heil zu suchen.«
Interlinearkommentarfassung von Thomas Reiser, Breitenbrunn 2014

Oniritti Ipse mihi theatrum

Bin mir selbst 'ne volle Bühne …

Zum Abschiedsfest führte ein langer leerer Saal. Von Erinnerung gebeugt, von Neugier gerafft, von Schmerzen steif liefen vereinzelte Gäste immer in dieselbe Richtung. Selten waren sie zu zweit, und wenn, dann traute sie Abstand, vermählte sie Entfernung, war Zwischenraum ihr Band. Das Haar vom Kopftuch verhüllt, huschte eine Frau durch den Saal. Später, um Jahre schien's, schlenderte, vor Verlegenheit pfeifend, ein kleiner Mann hinter ihr her. Sie strebten gleichermaßen in den Hintergrund, angezogen vom Licht eines feierlichen Verschwindens. Dort hinten mußte es sein, wo Rauch und Lichter zitterten, wo das Fest schnell und schneller kreiste, wo das Wirbelauge abfließender Tage dem des Zyklopen glich und die vielen Gäste – einzeln, immer einzeln – den Fängen ihrer Zeit entriß. Doch fühlten die vom Wirbel Gezwängten und Gedrängten sich im letzten Augenblick begnadigt, von der Vision erfüllt, hinauszugehen, in die Höhe zu gelangen, um dort oben im hellen Tag zu verscheinen, sacht verschienen zu sein, in Luft gelöst, entrückt und aerifiziert auf dem Scheitel ihrer Stunden. In Wahrheit wurden sie im selben Augenblick abwärts gesaugt und in den Abyssos geschleudert.

Denn dies war ein Theater, auf dem es nur Abgänge gab, alle Wege zu Abgängen wurden und kein Auftritt mehr erfolgte. Die Bühne war ein Raum, den man betrat, um über kurz oder lang im Bühnenhintergrund für immer zu verschwinden. Die gewechselten Worte erfüllten nur den Zweck, darin versteckt einen bestimmten Ruf zu vernehmen. So kam es zu den stillen Figuren, den Personenbegleitern, die jemanden auf einem Lichterfest diskret beiseite nahmen, eine Nachricht flüsterten und nach hinten führten; die sich auch dem heftig Handelnden, dem inbrünstig bekennenden Menschen bescheiden zugesellten, ihn durch einfaches höfliches Beistehen zum Einhalt brachten, zum Schweigen, zur Besinnung, bis er ihnen ohne Widerstreben folgte in den Hintergrund, an den Ort höchster Verborgenheit. Fort von den Spielgefährten der Bühne, von der Bühne selbst, ins Verschwinden eskortiert. Wie ein erlahmter Stürmer, den sein Trainer vom Platz winkt und austauscht, so traten sie ab.

Langsame Überquerung eines alten Schauplatzes. Zwei Frauen im schwarzen Gewand und sehr weißhäutig. Fester Arm der einen umschlingt schlanke Taille der anderen. Vorsichtshalber. Um sie notfalls sofort zu packen, aufzuhalten, falls sie sich plötzlich wieder umdreht und, unterwühlt von Kindheit, Pferden, erster Liebe, heftig zurücklaufen will. Deshalb war es Sorge der einen, die Freundin um die Hüfte zu fassen und vorbeugend zurückzuhalten. Lautlos auflachend gab sie ihr einen Hauchkuß auf die weiße Wange beim ersten Anzeichen von Kopfwenden. Doch einige Monate später machten ihr Schwangerschaft und Dehnung es beschwerlich, die immer noch zurückstrebende Freundin am Ausreißen zu hindern. Auf diesem Schauplatz so vieler Jahre! Inzwischen kindtragende Frau, gewölbter Leib unter dem schwarzen Gewand, sich voranschiebend schwerfällig. Ohne das lautlose Auflachen verloren zu haben. Die Schlankgebliebene aber, die schwächere Wache der Schwangeren nutzend, dreht sich plötzlich – ach, kein Halten mehr! –, entwindet sich dem gürtenden Arm der Begleiterin

und will endlich zurück. Zurück! Nur endlich zurück! Sie öffnet ihre schwarze Bluse, sie legt ihre weißen Brüste aus und zeigt sie nach rückwärts unter diesiger Sonne.
»Wie schön du bist!« ruft es schwach aus altem Hintergrund. »Ach, welch ein Jammer für mich. Sieh nur, nichts bin ich mehr für dich. Nur das Ausschlittern einer Curling-Scheibe auf sonniger Eisbahn bin ich. Ausgeschlittert in meiner Ecke, bleib ich aus dem Spiel. Ach, welch ein Nimmermehr für dich und mich!«
Und die Brüstevortragende, Zurückstrebende schreit in den alten Hintergrund, wieder einmal, doch ihr Zorn ist nun ganz frisch: »Was? Er will mich nicht? *Mich?! Er? Nicht?*«
Das ist nun der Augenblick, da die Tragende sich vor der Entsetzten, Zurückrufenden aufbaut, sich ihr entgegenstellt, so daß die Scheltende mit weiterem heftigen Zurück-Voran den gesegneten Leib hätte fortstoßen müssen oder niederwerfen auf das Pflaster des alten Schauplatzes, wovor sie natürliche Hemmung bewahrte.
Ja, dies war der Schlußstrich, und der Schlußstrich war lang wie ein Kerosinstreifen am lauen Abendhimmel, und die weiße Haut der Zornentflammten lag abgestreift auf dem Pflaster, verschrumpelt und leer wie das Trikot einer ausgeschlüpften Ballerina.

Immer auf der Suche nach dem großen leeren Platz, dem ganz und gar entblößten. La calma es infinita en la desierta plaza. (Machado) Aber auch die Verlorenheit. Simultanfeld mit je geliebten Figuren. Leben in der Draufsicht, Kran-Kamera, bewegte Gleichzeitigkeit. Nicht: Wo kommst du her, wo gehst du hin? Sondern: Wie irrst du umher zwischen geliebten Figuren? So lange schon und immer wieder.
Nicht zu sprechen vom Alter, wo die Dauer beginnt, *longitudo* erwacht und die Länge der Nacht zunimmt. Und die Länge der Liebe und die Länge der Blicke – in der Verwunderung. Aber

auch unbarmherzig sich das Kleinliche enthüllt, das man hinter sich brachte und was einmal schwerfiel.

Er dachte: Der Schritt ist vollzogen. Ich führe sie, die mir ausriß, von der Haltestelle am Arm zum Auto. Und er half ihr beim Einsteigen und hatte im Sinn die Fahrt nach Hause, im Sinn ihre Küche, im Sinn: Der Schritt ist vollzogen. Er sagte sich: Auch dies ist ein winziges Gewebeteil unserer gemeinsamen Zeit. Und mahnte sich: schlecht. Was hat Zeit mit Gewebe zu tun? Sie ist weder ein Textil noch zellbildende Schicht. Er sah »den Schritt« von sehr weit oben, wie von einer Kran-Kamera hoch aus dem weißen Himmel festgehalten. Er sagte sich: Die meisten Fehler, die wir beim Auffassen von Welt, von Leben, von uns selbst begehen, beruhen auf falschen Metaphern, falschen Vergleichen, falschem bildlichen Denken. Gleichzeitig empfand er deutlich: den Schritt als etwas Festgehaltenes, Isoliertes in der … war das noch *Zeit*? Oder war es nicht vielmehr der General-Schau-Platz, unermeßlicher, von hoch oben gesehen, von einem finalen Auge überblickt, vor dem sich das Nacheinander und das Weitläufige unzähliger Schritte auf einem einzigen flachen Platz in Gleichzeitigkeit versammelte. Und es waren ihrer beider abertausendmal auf den Erdboden geklopften Schritte, ihr Eigentum an Schritten und Rückwirkungen jedes Schrittes auf den nächsten oder den des anderen … Oh es gab ja in dieser Totalen nichts Festgehaltenes … es wimmelte von Schritten. Dort, wo es wimmelt von Schritten, ist das die *Zeit*?
Aber schon jetzt, auf dem Simultanschauplatz, finden sich die Schritte in versteinerter Form: *Syzygielithe*, fossile Paartrittsiegel.

Matronen, untergehakt, zwei mollige Figuren mit braunen großen Brillen, die Strickjacken über die Schultern gehängt, flanieren am warmen Abend über den Schau-Platz, Großmütter, die hier ebenso gingen, abends zu zweit, als sie noch junge Mädchen waren.

Nur daß sie jetzt sich sagen: um uns bildete sich kein Zeitalter, nackt Erinnernde sind wir, ohne das Kleid einer Epoche stehen wir im Freien der wechselnden Zeit. Dort vergessen, hier wiederholen wir was, aber es bilden sich uns von Vergangenheit keine Begriffe. Keine Haltestellen halten uns auf. Ja, wir geraten bei allem Verstehen sofort und unweigerlich in einen Verstehenswust. Wir sind dazu verurteilt, jede Art von Begriff zu verfehlen. Wir verstehen blind drauflos. Wo ein Begriff uns formend hätte bremsen können, stieben die Gedanken wie eine Schar scheuender Pferde auseinander.

Falsche Zusammenhänge, eine Welt voll falscher Zusammenhänge. Erst umgarnen sie uns, dann verstricken sie uns, schließlich erdrosseln sie uns! Mit diesem Schädel, der eigentlich viel Nützliches zu leisten imstande wäre, könnten wir ... sagen wir ... ach, es hält uns ja niemand auf. Man ist ja schon glücklich, daß man gesundes Atmen noch sein eigen nennt. Obwohl es auch kein Zeichen in die Zeit setzt.

Es kommt der langsame Mann, bleich und töricht, in alten Hosen und mitten im Sommer trägt er eine Pelzmütze auf dem Kopf. Er fällt auf seinen Wegen um. Ich bin krank, sagt er zu jedem, der ihm aufhilft, die Ärzte wissen nicht, was es ist. Am liebsten liefe ich über zu denen, die unbändig vor Freude, vor Schwärmen einer dem anderen in die Arme fallen, von einem Freund zum nächsten eilen, da jeder Mensch ihnen ein Festgenosse ist.

Wenn also heute, jetzt gerade, einer vielleicht in Valencia mit Brüdern, Schwägern, Kindern und Eltern ... das seh ich, das fehlt mir, sonntags mit Leuten und mit gut durchblutetem, leichtem Herzen an einem langen Tisch sitzen und mit den Taflern übermütig sein, das fehlt und zehrt an mir. Jedoch: Wär ich dabei, immer würd mich einer auf gewisse Schwächen meiner Gesundheit ansprechen! Wie beneide ich die, die eitle Helligkeit verströmen und jedes Gesicht beleuchten, das ihnen zu Gesicht kommt. Aber, langsam! Jeder lebende Mensch, auch der gesündeste, amüsiert einen Ahnen, der im Jenseits gerade nichts mit sich anzufangen weiß. Das war schon immer so. Bei Indianern und den alten Isländern.

Das Haus verheimlicht und versteckt der Straße einen ihrer anspruchsvollsten Passanten. Er habe in den Straßen und Seitenstraßen nichts mehr so recht verstanden. In einer gewissen Straßenbescheidenheit, Straßenunterlegenheit sei er umhergelaufen. Ganz unten zu ebener Erde wohnte er im Stadthaus. Über ihm Stockwerke mit den großen Scheiben, verschmutztes kleines Fenster dagegen bei ihm unten. Vorm Fenster ansteigende Straße mit Geschäften und Verkehr, Ausschau über den Vorgarten hinaus nicht möglich, so 'n Vorhang läßt sich nicht wegziehen. Trotzdem immer am Fenster während des Stundenzerfalls, Gestaltenentzugs. Anders als der da drei Stock über ihm! Der am großen, vom Vorgartenschmutz verschonten, bis runter ans Parkett reichenden Fenster steht, der alles abwartet und mit dem Spruch »So hat sich also auch das erübrigt«, seine stehende Redensart, eine Dringlichkeit nach der anderen verfallen, die Zeit *achtlos* verstreichen läßt.
Was dem Mann zu ebener Erd von der Hauptperson über ihm vorschwebt, ist ein weißes Gesicht mit sterbensdunklen Ringen unter den Augen. Will heißen: nur das Nötigste von ihr sich ausmalen. Kaum männliche Güte, nichts Einladendes, physisch. Als Empathie-Wirt eine Null. Aber steht vor freier Aussicht, steht vor klarer großer Scheibe, ohne zu ahnen, daß er, erhöhter Nachbar, drei Stock tiefer einem anderen zum Dauerthema wird.

Bitte, laß dir Zeit. Mehr als Zeit besitzt du nicht. Alles übrige gehört dir nicht. Mehr würde man ohnehin nicht von ihm zu hören bekommen.

Auf ihrem Heimweg vergoß eine Schale Zorn die hagere, pferdgesichtige Frau, klackerte auf ihren Absätzen durch die nächtliche Gasse, schnauzte ihre Wut in die Hauseingänge. Worum ging es? Offenbar ging es um … *Das eine nachts weit aufgerissene Aug!* Aber der Bescholtene, dieser Nachteinäugige, zeigte sich nirgends, er trat aus keinem Haus hervor, doch schnauzte seine Stimme ebenso messerwetzend aus einer ferneren Gasse hinter ihr her.

Der Schlachter trieb den Ochsen durch die Gassen und schlug ihm unterwegs ein Ohr ab. So scharf geschnitten, daß es nicht blutete. Das Tier trottete weiter. Der Schlachter schlug ihm ein Stück aus der Seite, so geschliffen geschnitten, daß kein Blut hervortrat, und der Ochs trottete weiter. Dies vor Augen, ohne eine Bemerkung darüber zu verlieren, standen wir am Fenster der Beletagewohnung, neben mir die neue Frau eines mir flüchtig bekannten Röntgenarztes, die gerade die Scheidung von ihrem ersten Mann hinter sich und trotz der frischen Bindung an meinen Bekannten die Laune nicht verloren hatte, sich nochmals und wiederum erobern zu lassen. Es gelang mir, wie absichtslos in ihren Rücken zu treten und mit einem zielsicheren Zähneschlag den Verschluß ihrer Halskette zu knacken. Sie machte – nach dem langen Beieinanderstehen wohl selbst etwas Plötzliches herbeiwünschend – eine anmutige Bewegung des Ausweichens und flüsterte, von mir abgewandt: Der Mann, der mir gefällt, muß seine Zähne unter Kontrolle haben. Die Belehrung wirkte augenblicklich abkühlend auf mich, obgleich sie ganz im Gegenteil auffordernd gemeint war. Als ein nur halbherzig Verliebter war ich sofort bereit, auf Distanz zu gehen, und es war die feige und eitle Distanz der kritischen Selbstüberprüfung. Früher war's mir ein leichtes, der Eigenliebe ein Schnippchen zu schlagen, vorerst von mir abzusehen und mich zu verausgaben, jedenfalls in den Phasen der Werbung und Eroberung. Allerdings unterwarfen uns seinerzeit die Fräulein der sexuellen Revolution nicht immer den stilvollsten Prüfungen. Im Grunde war seitdem das Werben vollständig aus den Annäherungen herausgekürzt.

Eine Marion von Selhaar stand nun neben mir, geb. Weiss, gehörte zu einem Joseph von Selhaar, schien aber abspaltbar, nicht für jeden, denn eine bestimmte Art der Verführung, die heute kaum einer beherrscht, schien ihr vorzuschweben, ja schwebte dringend in ihrem leicht erzürnten Blick. Die Kunst der Verführung, das sah man ihr an, nichts weniger erwartete sie, darunter war nichts zu machen, war sie nicht zu haben, und so lag auch um ihren Mundwinkel ein Kniff Bitterkeit, wodurch sie keinem Mann, der mit ihr sprach, ihre Enttäuschung verhehlte, daß er diese Kunst nicht umgehend anwandte oder eben gar nicht beherrschte.

Auch ich wollte es ebenso leicht haben wie damals, hätte aber werben müssen, wie ich es nicht konnte oder gänzlich verlernt hatte. Also verzichtete ich, obgleich sie sehr anziehend neben mir stehengeblieben war. Im Bewußtsein, mich nicht wie ein Mann, der ihr gefällt, zu verhalten, igelte ich mich in meinem gekränkten Stolz ein bis zur völligen Unverfänglichkeit des Beieinanderstehens von Mann und Frau am Fenster, durch das hinaus sie noch eben gemeinsam vom blutlosen Schlachten träumten.

Die zur Nacht vorm Unwetter in die Hotelhalle stürmen, atemlos nach einer langen gegenseitigen Verfolgungsjagd, wobei er zuerst ihr hinterherrannte, dann, nach einem unverschämten Zuruf seinerseits, sie hinter ihm, nun beide in Sicherheit, obschon nicht einer vor dem anderen, die jeder nun schützend, deckend den Rücken, eben noch Verfolgers schöner Köder, an zwei Marmorsäulen lehnen. Sie vorgebeugt, als müsse sie vom gehetzten Lauf auf den Boden spucken; er zurückgelehnt, den Hinterkopf an die Säule gedrückt.
Die Frau: Was glauben Sie, was in mir vorgeht? Der Mann: Was erst in mir, glauben Sie?

Der Mann hatte eine Nachttischschublade voller Gesichter-Buttons. Unzählige Ansteckknöpfe mit menschlichen Antlitzen (*antlizzi* das Entgegenblickende). Eines suchte er jeden Morgen aus und steckte es sich für einen Tag ans Revers wie ein Parteiabzeichen. Ein Menschen-Anhänger in seiner bitteren Entfernung von ihnen, ein Antlitzsammler in der Not des Entgegenblickenden.

Meinetwegen: Delmer. Name der Nacht. Versuch, einem Durchzug von rauher Luft einen Namen zu geben – für immer!
Delmer, der einst die Zerrütteten und Enttäuschten besänftigte und jeden einzelnen um Verzeihung bat, daß er wahllos *alle* Beladenen tröste. Ja, seine Stimme tröstete, doch tröstete sie reihenweis. Niemand war allein gemeint; die trostspendende Stimme sprach ohne Ansehen der Person, und sie gefiel sich selbst. Wie so mancher sich gerne reden hört, egal zu wem.
Jedoch auch dieser gebürtige Wirbelwind war am Ende nur ein

flacher Puster über der Armen-Suppe. Man nahm ihm seine Aufopferung nicht mehr ab, man sah, wie unbeteiligt er sich erging in seiner eitlen Barmherzigkeit.
Wer könnte derart Delmer geheißen haben? Er wahrte sein Geheimnis. Oder verbarg er ängstlich seine Geheimnislosigkeit? War es nicht die Furcht, gesehen, gefunden, entdeckt zu sein, die ihn einmal von seinem Sitz gerissen hatte, um ihn fortan nie wieder sich setzen zu lassen? Zum ewigen Umherrennen verdammt, immer auf der Flucht, damit niemand sehe und erkenne, wie er krankte an Ungestalt und Unerscheinen, die Erscheinung hing ihm ja in Fetzen! Damit niemand erkenne sein nichtserwiderndes Antlitz, seine unhandlichen Hände, sein unwesentliches Wesen, denn gleich wäre es aus mit ihm. Seine dünne dunstige Hülle würde vom ersten Morgenstrahl eines aufrichtig ihn erblickenden Menschen zerrissen und von der Erde gelöscht der ganze Delmer.

Ein anderer kommt, aus feinen Ritzen zieht er meterlange Damenstrümpfe aus dem Mauerwerk. Alle Schlafenden der Etage liegen im Arm der verborgenen Riesenschläferin. Innen tief im Mauerwerk streckt sie sich über das ganze Stockwerk hin, den rechten Arm im Winkel ausgelegt, den tonnenrunden Kopf auf den Schulterhügel gesenkt. Durch Mauerritzen, -poren zieht aus und ein das ruhige Atmen zeppelinförmiger Lungen. Eine Wärmebildkamera hätte nach und nach den kolossalen Umriß ihres verborgenen Körpers erfaßt. So liegt die üppige Hünin in Fesseln des Traums, Gullivière im Lande der Liliputfrauen. Das gewaltige, *uns alle* schlafende Weib, das sich am Morgen lautlos erhebt und aus den Wänden löst.
Die Tapete behält von ihr die Farbe des Fleischrots, die Jalousien gleichen den geschlossenen schartigen Lidern der schlafenden Titanin.

Plötzlich war der ganze Mann verschwunden durch sein eigenes Ohr, als hätte er sich nach innen gestülpt, und übrig von ihm blieb nur die Muschel mit haarigem Eingang und einem prallen Fleichläppchen dran. Ohr nur noch der ganze Mann, und fortwährend zu Boden gerichtet, menschtümelnd noch, das einsame Teil, und schamrot, wie es da über die Erdkruste huschte und horchte, immer nur horchte wie eine Sonde, die den Boden nach Münzen absucht.

Einmal jährlich Inventurgang mit zarter, zierlicher Kollegin, Spinnweb von Frau, die er nur im gespielten Zufall ein-, zweimal sacht am Ärmel streift. Wie auch sie bei einem gänzlich unmotivierten Ausruf des Erstaunens einmal, nicht ganz unwillkürlich, nach seiner Hand greift. So könnte es ewig bleiben, einander gewogen sein an einem soliden Arbeitsplatz, der nur zu gut geeignet wäre, ein ebenso solides Verhältnis zwischen ihnen herbeizuführen. Jedoch es nicht übertreiben! Aber am Ende des langen Inventurgangs zwischen den Warentürmen dann doch eine flüchtige Begegnung der Lippen, welche die gemeinsame Bestandsaufnahme besiegelt. Jeden Januar nur dieser Anflug eines Kusses, Spinnwebhauch, und nur zur gegenseitigen Ermutigung, so weiterzumachen wie bisher, das wäre das beste.

Die Pfützbraut. Kleine Blasen stiegen aus der wäßrigen Oberfläche des aufgeweichten Bodens. Sie verrieten ein Atmen unter dem Schlamm. Zuerst dachte er verwirrt an eine invasive Bergung – so wie man heute in der Mikrochirurgie den Blinddarm durch zwei kleine Einstiche in die Bauchdecke entfernt. Ließe sich nicht ähnlich mit Hilfe zweier kleiner Einbohrungen das Geschling des versunkenen Körpers aus dem Lehm saugen? Doch bald entschloß er sich, diesen Körper besser durch Schaufeln und Graben freizulegen. Langsam kam er in die Tiefe, flüssiger Lehm rutschte nach und verbarg aufs neue das erste entblößte Fragment eines weiblichen Körpers. Dann sah er ihre gefalteten Hände und die Diamantringe an ihren Fingern. Ihr Atmen nahm zu und stärkte den Körper. Die gefalteten Hände waren aber solche, die man in den Schoß legt, wenn man darauf wartet, daß ein anderer handelt. Ja, sie wartete dort unten in Ruhe und Gewißheit darauf, geborgen, ausgegraben und von ihm – von ihm und keinem anderen – enthüllt und gesehen zu werden. Als vollkommen neuer Mensch aus dem feuchten Lehm befreit, hervorgeholt, gesäubert und entblößt zu werden, um daraufhin für ihn und nur für ihn auf festem Boden zu stehen.

(Das virtuelle Teilchen in der Physik – im Unterschied zu den virtuellen Welten der digitalen Medien – besteht aus gedanklicher Konstruktion, ist sehr kurzlebig und von undefinierbarer Masse, nachweisbar ist es allein aus seiner Wechselwirkung.
Man male sich aus: die »vorgestalte« Frau, deren Anwesenheit rein aus Schwingung besteht, gleichsam ein Quanten-Ereignis unmittelbar vor ihrem Erscheinen, der langsam aus dem Kräftefeld ihres Fehlens hervortretenden leibhaftigen Person.
Eine Frau, groß, reich und geistreich, die allein zu einer einzigen Begegnung in die Wirklichkeit tritt und danach für immer wieder aus ihr verschwindet. Eine Transiente. Eine Vorübergehende, deren Anwesenheit nur aus der Wechselwirkung mit einem Mann ermeßlich ist. Und sobald sich diese erledigt hat, gibt es die Transiente nicht mehr.)

Es gibt diesen festen kleinen Kniff von Abneigung an der Lippe einer Nymphomanin, worin sich, so scheint's, eine stille Verächtlichkeit erhält gegenüber dem Nächstbesten, mit dem sie sich einläßt. Eine kleine Kerbe liegt an ihrem Mund, Ausdruck von Widerwille, der eigentlich besser zu ihrem Nächstbesten paßte und den sie gewiß auch von so einem Kerl übernahm, ein Eckchen mimetischen Ekels, den sie selbst gar nicht empfindet.

Es kam, wie es kommen mußte! Die Tafel wurde fluchtartig verlassen, das verrückte »Seligenmahl«, zu dem sie geladen, führte zum Eklat, und am Ende saß die Gastgeberin allein mit einem Dutzend unabgegessenen Tellern an ihrem Tisch. Eben noch in Gesellschaft die kluge, zynische, blasphemische, ja mit Engelszungen lästernde – und jetzt die von allen gemiedene Frau. Der Aufbruch der Gäste begann, kurz nachdem sie sich zu einer ihrer schamlosen Parodien hatte hinreißen lassen, sich in einer wüsten Verkehrung des Abendmahls prostituierte und schließlich unser täglich Brot elend schändete, indem sie sich eine Scheibe zwischen die Hinterbacken klemmte und eine als Einlage in ihren Slip steckte, so daß es selbst ihren heidnischen oder agnostischen Gästen zuviel wurde, ein letzter Nerv von Tabu getroffen wurde und sie sich erbosten, bedroht fühlten und schließlich unter lautem Widerspruch, mit altertümlichen Verwünschungen, die ihnen, ohne bis in den Untergrund aufgewühlt zu sein, nie in den Sinn geschossen wären, vom Tisch aufsprangen und das Haus der frevelsüchtigen, frevelkranken einsamen Frau beinah in einem geschlossenen Pulk verließen.

Ein zerbrechlich Männlein, mordlüstern, ein Verwachsener und oben spärhäärlich wie ein Geierkopf, dennoch erwählt unter den Steinalten zu töten, wie's ihm gefällt. Umhergehend mit zitterndem Dolch, zustechend in je-

dem Menschenauflauf, keiner wird's ihm verwehren, Erster unter Gleichen, tut er seine das Gedränge lichtende Pflicht, wie es der Staat der von allem Staatswesen verlassenen Greise heimlich befiehlt und billigt.
Noch fühlen die Heillosen sich pudelwohl. Am Ende dürfen sie sagen: Alles kleingekriegt. Von Gott bis Mensch, von Himmel bis Erde, von Seele bis Saat – alles kleingekriegt.
Da gab's nie eine Umkehr, niemals ein Zögern – allzeit nur stete, langsame Einsiedlung ins Üble.
So sagen es die Sibyllen, die, auffahrend, sich den Kopf wund stoßen in ihren Grotten.

Wieder also der Stille goldener Anker im Morgen, wenn die Rosen, von der östlichen Sonne beleuchtet, ihre roten Signale senden: Traumstop! Wir Blumen haben uns längst an den Tag gebracht, es ist vollkommen Tag, komm rüber!
Die Nacht war wüst und funest: unheilvoll, blutbesudelt, ruchlos, abgeschmackt, verderbenbringend. Ja, auch die Stille in unseren Kelchen ist nichts als geknebelter Schrei.

Zwei schlanke Frauen in serpentinfarbenen Hosenanzügen trugen einen langen schwarzen Stab mit sich, an dessen oberem Ende man eine kleine Stütze auffalten konnte, nicht größer als ein Blumentopfteller. Der Stab wurde in die Erde gebohrt und diente ihnen dazu, einige formvollendete Haltungen bei aufgerichtetem Oberkörper einzunehmen. Wenn sie etwa »auf freiem Feld« miteinander stritten, ohne sich aufzuregen, so klappten sie den Stab auf, setzten den Ellbogen auf den kleinen Tischteller und lehnten die Schläfe an den abgeknickten Handrücken, so daß sie ihre feinfühligen Bosheiten mit einer geradezu verträumten Entspanntheit austauschten. So

sprachen sie, »gelehnt auf glatten Olivenstab« wie die Hirten Vergils.
Rivalinnen. Gibt's die noch?
Carla und Bernadette – zwei Feindinnen fürs Leben.
Sie streiten wieder einmal um einen Mann, den sie beide nicht lieben. Sie kämpfen darum, wer ihn als erste »in die Wüste« schicken darf.
Doch kommt es auch zu schweren Beschimpfungen, wie von homerischen Kämpfern bekannt, scharfen Wortwechseln, Reizrede von Mund zu Mund. So nahe kommen sie sich dabei, daß die Schelte zuweilen begleitet wird von gestoßenen Küssen, der einen hart auf die Lippen der anderen. Doch schimpfen sie weiter auch unter hackendem, nachschlagendem Kuß, bis beider Mäuler Blut spucken und sie sich kaum noch verständlich schmähen.
Nach dem Kuß-Gefecht tritt jede hinter ihre spanische Wand, sie wechseln die Kleider und rücken dann hinter ihren Paravents, sie als Schilde mit Armschlaufe führend, gegeneinander vor. Sie nähern und bedrohen sich. »Ich reiß dich in Stücke« – »Ich walze dich platt« – »Zu Abfall presse ich dich!« So schreien sie mit Worten von heute, doch das Bild ist so, als ob die Schilde von Aias und Hektor, die Kämpfer verbergend, sich umlauerten, bevor sie aufeinanderprallen.
– Du hast mich gesehen und wolltest nicht, daß es mich gäbe.
– Wir kamen voreinander zu stehen und jede ist der anderen eine zuviel gewesen. Von Anfang an. Ich konnte mich nie damit abfinden, daß es dich gibt.
– Jede von uns will die andere erledigt sehen, bevor die eigenen Kräfte sie verlassen.

Im dritten Durchgang treten sie an zum Duell, nachdem Frauen diese längst geächtete Form des Zweikampfs für sich entdeckten, sie wiederbelebten und nun gern auf vergangen-verbotene Art voneinander Genugtuung fordern. In ihren weißen Blusen und langen schwarzen Röcken trennen sich die Rücken, die Rivalinnen schreiten den nötigen Abstand aus, drehen sich und zielen gegenseitig auf die Stirnen. Nach gleichzeitigem Schuß und Treffer aus den langläufigen Vorderladern springt bei jeder am Ellbogen eine Klappe auf, und heraus stülpt sich ein Geschwür aus blauen und roten Drähten, die ihre Muskeln stimulierten und nun, sich lösend, wie die enttäuschende Innerei lebensecht wirkender Puppen zu Boden fallen.

Eine Frau, die niemanden sehen will als ihn und der bei unverwandtem Anblick des Manns ein kräftiger Rülpser herausgeht. Er wiederum erkennt, daß ihre Augen und das Lächeln sowohl eine Maske wie eine Leuchte sind, die ihn absuchen nach unguten Vorzeichen. Der Mund aber, ihrem Magen untertan, gibt den Hanswurst zu den ernsten Augen.

Man muß sich vorstellen, daß Pia einem kleinen Verräter wie Denis, der sie im Grunde langweilte, nur deshalb anhing, weil der Tod, der ihm auf den Fersen war, sie anzog. Schließlich wußte sie, daß seine Häscher ihm nahe waren und er heut oder morgen eines unnatürlichen Tods sterben mußte. Es war also die Witterung des Tods, die sie anstachelte, sich jemandem hinzugeben, der sonst gar nicht in Frage gekommen wäre und der in ihren Armen vor Angst mehr als vor Lust zitterte und den sie dennoch schützend an sich preßte, wenn sein verkrümmtes Verräterherz gegen ihre Brust pochte. Pheromone machten das alles für sie; sie selbst mußte gar nichts tun, um sich ihren Gast zu verklären.

Ein Mann, der den Duft von Maiglöckchen nicht rieche, sagt der Volksmund, sondert keinen fruchtbaren Samen mehr. Sowenig wie eine Frau, die den Duft des nahen Tods bei ihrem Geliebten nicht wahrnimmt, je zu wirklicher Gier gelangt. Pia aber verwirrte der Duft stärker von Tag zu Tag, er war betörender als jedes Parfum – eine andere Erklärung läßt sich nicht finden für das Mißverhältnis zwischen ihrer Schwelgerei und der Dürftigkeit des Todgeweihten.

Sie sah aber den Schrecken als das Tiefste und Letzte der Welt. Da sie nun nach langem Besinnen, Zögern das Fenster öffnete, sich mit beiden Händen auf die Fensterbank stützte, sich ein wenig anhob, wie früher bei guter Aussicht, bei Freude, die Leisten gegen die Kante drückte, das rechte Unterbein ausgestreckt beim Sich-Recken, kam freilich kein Ausdruck der Erwartungsfreude auf ihr Gesicht, sondern es erstarrte in der Aussicht auf den schwarzen Klumpen, Erdballjunges, Ausgeburt des Planeten, die sie von fern heranstürmen sah, runder und gewaltiger werdend, die donnernde Doom-Kugel mit den fauchenden Wirbeln, rotierend, alles Licht zertrümmernd, auch die Frau vom Fenster reißend, beide Hände vorm Gesicht, sie fortraffend in rasendes Kreisen, wie alle Materie, auch sie, Hände, die in der letzten Sekunde ein Gesicht aus Stein bedeckten.

Was bringt das Jenseits Neues? Den Verdammten das nie nachlassende Gefühl, lebendig begraben zu sein. Denn vorbehalten haben uns die Götter zeitlebens das *unvorstellbare* Entsetzen. So sagt es Heraklit: Die Götter halten für den Gestorbenen etwas bereit, wovon sie ihn nie haben träumen lassen.

Die Rückwärtsfahrerin – ich sah einen jungen Frauenkopf kahlgeschoren, nur eine Borste, wie eine einzige Riesenbraue, stand halbrund über der flachen Stirn. Diadem-Borste. Am Steuer ihres Wagens, sich zurückwendend, der rechte Arm lag gewinkelt über der Rückenlehne, das Gesicht hatte wäßrig blaue Augen, kugelrund, mit entzündeten unteren Lidern, wie mit einem besonderen Entzündungsstift untermalt. Sehr groß mir vor Augen dies von der Frontscheibe abgewandte Gesicht, das rückwärts schaute – knapp an dem Mann im Fond vorbei, dessen Auge einer auf dem Rücksitz montierten Gegenschnitt-Kamera entsprach, so daß die Fahrerin eigentlich immer dicht am Objektiv vorbeiblickte, um sich am Fahrbahnrand zu orientieren und das stets nahe Ziel ihrer Fahrt anzupeilen, das sich jedoch beständig von neuem entfernte. Beim Film würde man von einer langen ungeschnittenen Rückwärtsfahrt sprechen, die für den Zuschauer kein Ziel zu haben scheint. Unausgesetzt sieht er das nach hinten schauende Gesicht der Fahrerin, deren Blick zuweilen vom Fahrbahnrand unmerklich abwich in Richtung dieses Manns im Fond des Wagens, dem sie, sich wiederholend, ernste Vorhaltungen machte, während der Zuschauer von ihm nur etwas ahnte infolge ihrer zuweilen angehobenen Stimme, mit der sie sich über einen versuchten Einwand von ihm hinwegsetzte, und wenn ihre Augen sich in Abwehr härteten, denn die bescholtene Person existierte für den Zuschauer tatsächlich nur infolge des geringen Blickschwenks der Ein-Brauigen um wenige Grade und des Adaptionswechsels in ihrer Pupille von der Fahrbahn hin zum abschätzig Angesprochenen auf dem Rücksitz – ohne ihm je in die Augen zu treffen, denn dann hätte sie direkt in die Kamera gesehen und wäre vom Weg abgekommen.

Vorerst ist's nur ein Paar mit etwas größeren Körpern als üblich, ein Paar von leicht übernatürlichem Wuchs, aber eben nur leicht Vergrößerte, nicht wirklich hünenhaft. Sie standen allein auf weiter Flur oder auf leerem Parkplatz, jedenfalls vorzugsweise an einem Ort, wo andere Menschen fehlten, die ihnen ihre tatsächliche Größe durch Vergleich immer bewußt gehalten hätten. Doch bereits von fern betrachtet, hatten andere das untrügliche Gefühl, die beiden wären *etwas* breiter, stünden *etwas* höher, griffen *etwas* stärker zu. Der Mann trug eine Schirmmütze, ein kariertes Hemd und Jeans wie tausend andere auch, nur in einem jede geläufige Übergröße hinter sich lassenden Format.

Die Frau hingegen stand in einem langen beigen Mantel aus regendichter Mikrofaser, sie trug eine bizarre Kopfbedeckung, halb Tuch, halb Haube. Darunter weißes gegeltes Stoppelhaar. Die beiden bildeten das ungleiche Paar, wie's jeder kennt, er um einiges älter als sie, doch gemeinsam ungleich zu allen anderen infolge ihres unnatürlichen Wuchses und, wahrscheinlich, ihrer höheren Körperkräfte. Sie gingen, um niemanden zu erschrekken, am liebsten nachts auf leeren Plätzen oder in einsamen Parks umher. Sie wußten selbst, daß sie, die im Grunde nicht einschätzbar Vergrößerten, auf ihre Mit- oder Nebenmenschen, die vom System *verhältnismäßiger* Größenordnungen überzeugt und erzogen waren, einen beunruhigenden Eindruck machten. Anders als zwei einfach nur Hochgewachsene, über die man sich allenfalls belustigt zeigt.

Um sich ein wenig zu vergnügen, wählten sie unter den Unterhaltungsstätten immer die unbesuchtesten und die unattraktivsten aus. Denn die ganze Stadt war bis ins letzte Planquadrat unterteilt in ständig belebte Orte der Schaustellung, der Umzüge, der Spiele und Wettkämpfe.

An einem bestimmten Abschnitt der Uferpromenade konnte man gegen eine Gebühr sämtliche Laternen abschalten lassen – in der Hoffnung, in der Gewißheit, von den Schwingen eines

»Nachtadlers« gestreift zu werden. Dies war eine beim Eintritt in die schwarze Zone versprochene Sensation. Der kleine Junge an der Kasse versprach sogar, da ihn der Anblick der Vergrößerten offenkundig zu übertreibenden Maßangaben verführte, es seien fünfzig bis sechzig Meter lange Flügel, die, wenn der Vogel nicht auf ein zartes Streifen abgerichtet wäre, jeden Menschen flach aufs Pflaster hauten, wie groß, stark oder breit er auch immer sei.
»Sie müssen nur lange genug im Dunkeln gehen, dann auf einmal hören Sie ihn über Ihre Köpfe rauschen. Und wenn Sie Glück haben, werden Sie es nie vergessen.«

Eines Nachts kam der Vergrößerte allein. Er mochte dem Jungen nicht sagen, weshalb seine Frau nicht bei ihm war, und wartete seine Frage nicht ab.
»Weshalb hat mich nicht ein einziges Mal dieser Nachtadler gestreift?«
»Vielleicht haben Sie's gar nicht gespürt. Sie sind ja in allem etwas größer und kräftiger ausgebaut. Vielleicht auch ein bißchen gröber. Er hat Sie bestimmt schon gestreift, und Sie haben's nicht gemerkt. Wann ist das eigentlich so gekommen mit Ihnen? So wird man doch nicht geboren.«
»Nein, geboren wird man nicht so. Sondern irgendwann wird man so. Nicht jeder. Nur einigen wenigen wird nach gewissen Vorkommnissen im Leben das sogenannte Peloros-Schicksal zuteil. Nach Peloros heißen wir so, Sohn des Tartaros, einem Riesenwüchsigen. Alles begann mit einer rothaarigen Verkäuferin im Handschuhgeschäft. Sie bückte sich unter den Ladentisch und blickte zu mir von unten herauf: ›Wildleder also auf keinen Fall?‹ fragte sie lächelnd. Neben ihr, die eleganten Hände auf die Theke gestützt, stand eine andere, eine schwarzhaarige Verkäuferin, die, ohne den Kopf wirklich zu wenden, zu ihrer gebückten Kollegin hinuntersprach, als wäre sie unterm Tresen in ein schnelles Liebesspiel verwickelt, das sie genierte. Sie trug

einen burgunderroten Samtreif in ihrem Haar, und die Haare fielen ohne Locken lang auf ihre Schultern. Der Reif umfaßte den Kopf – aber kein Gesicht. An dessen Stelle war nur ein luftiges Nichts. Wie man auf einem elektronischen Bild gewisse Bestandteile löscht und spurlos tilgt. Es ging erst mit dem schlanken Hals weiter und von dort geradewegs in die tief ausgeschnittene Bluse. Ich fragte mich, wie das in der Natur zugehen könne, ein gesichtsloser Kopf, der zu einer sonst unbeschädigten, anmutigen Gestalt gehörte?

Sie sprach auch, und ihre Stimme kam aus dem nichtigen, spurlos verlorenen Gesicht: ›Du brauchst gar nicht zu suchen. Wir haben Handschuhe in seiner Größe gar nicht. Wir führen keine Übergrößen. Sieh doch! Diese Hände!‹

Da blickte ich auf den Ladentisch, auf den ich meine Hände abgestützt hatte – und es waren meine Hände, gering behaart, doch dreimal so groß, wie ich meinte und empfand, daß sie seien. Aber wann hatte ich sie das letzte Mal gesehen? Immer steckten sie in den Taschen oder griffen die Dinge, ohne daß mein Blick ihnen folgte. Ich erinnerte mich indessen, daß ich in letzter Zeit, etwa beim Drücken der Türklinke, hin und wieder das Gefühl eines plumpen Zugriffs hatte. Manche Klinke, die ich niederdrückte, hing anschließend schlaff herunter und erhob sich nie wieder. ›Die Dinge sind zu klein für mich, zu schwach!‹ dachte ich dann. Oder: ›Man hat mir ein Liqueurglas hingestellt, keinen Pokal mit Wein.‹ Oder: ›Das ist wohl ein Kinderbesteck!‹ Ich fand jedoch nie die Zeit, mich genügend zu wundern, meine Gedanken schweiften ab beim geringsten Anflug von Verwunderung, sie schweiften ab, ich wurde ernstlich abgelenkt und mußte mir jedesmal den Kopf über wichtigere Dinge zerbrechen.

So begann es, im Handschuhladen. Bald konnte ich den Sachverhalt nicht länger vor mir selbst verbergen; ich sah ein, daß ich ein Vergrößerter war. Darüber war ich lange Zeit sehr unglücklich und wagte mich kaum noch unter die Leute. Eines Nachts, hier im entlegenen Teil des Hafens, kam mir ein ähnliches Menschenwesen entgegen – es war meine Frau. Und sie blieb es bis heute. Bis heute! Und keinen Tag länger. Der andere ist ja ein Normaler. Ein schmächtiger schwacher schmaler Mann, ein Zurückgebliebener mit ganz kleinen Händen.«

Ein junges Ehepaar, Kfz-Mechatroniker beide, linkische Bescheidene, jedoch verführt, hervorzutreten und den Show-Ruhm zu erlangen, bewirbt sich für einen Auftritt in einem »Tragödie« genannten TV-Format. Die junge Frau, immer begieriger darauf, sich abrichten zu lassen, auf Kothurnen zu gehen, immer höheren Kothurnen, so daß sie schwankt und auf einer nächsten Probe nochmals härter dressiert werden muß. Sie wird gequält und lacht, vom Eifer wie besessen. Doch zum Schluß sitzen Mann und Frau wieder in ihrem Transporter. Die Probe-Läufe, so der Trainingsmeister, hätten viel Talent gezeigt. In die engste Wahl sei sie gekommen, doch am Ende, leider, hat es nicht gereicht. Unterschichtenschinderei. Eine arglose junge Frau zur Wiederherstellung der Tragödie abrichten – und sie dann zum Teufel jagen! Doch ist's der Mann, der weint auf seinem Fahrersitz. Der nicht einfach ein paar Tränen verdrückt, sondern der haltlos flennt am Steuer, dessen Gesicht sich verformt zu einer kindlichen Schmerz-Trotz-Grimasse, ein zergehender Mann, der japst und schluchzt und aus jeder Fassung heraus ist.

Die jungen Bürgerkriegstrümmerfrauen glichen den jungen Nachkriegstrümmerfrauen, die ich noch vor mir sehe, aufs Haar. Doch die Geschichte eines Umzugs muß in Friedens- wie in Kriegszeiten in wenigen befremdlichen Einzelheiten und darf nie nur im groben Umriß erzählt werden.

Also ich sollte, ein loser Freund und Helfer der Umzieherin, in einem alten Ford Fiesta, der als Autowrack am Straßenrand stand, nach Oranienburg fahren, um aus der Herkunftwohnung (Frohnau) etwas in die Zukunftwohnung zu transportieren, Gardinen, die sie in der alten Bleibe vergessen hatte und die sie vor unser aller Entgüterung noch in Sicherheit bringen wollte. Verschwenderisch lagen sie aus in der alten Wohnung. Liegengeblieben. Andere Freunde und Helfer richteten den zerdrückten Kleinwagen notdürftig wieder her, aber man mußte mich mit vereinten Kräften reinquetschen, bis ich festgeklemmt hinter dem Steuer mutig die Fahrt begann. Ich wunderte mich, daß das Vehikel sich überhaupt bewegte, nein, mehr noch, eine große Genugtuung erwärmte mich, ich war glücklich, in einem völlig entstellten Auto unterwegs zu sein und meinen Auftrag erfüllen zu können. Dabei tauchten mitten im elenden Straßenbild die Umrisse eines Theaterstücks auf: »Der Umzug« würde es heißen und wäre etwas formal Neues, wie es noch nie für die Bühne geschrieben wurde. Etwas wie »Draußen vor der Tür« nach dem letzten Krieg. Umzug als politisches Gleichnis, Umzug aber auch mit allem Drum und Dran, die befremdlichen Einzelheiten, die Unordnungen und Provisorien, das Kommen und Gehen von Freunden und Helfern, Form-Begierde ergriff mich. Die Gefühle zwischen Herkunfts- und Zukunftsort. Der alte Ort mit Wehmut verlassen, der neue mit Neugier entdeckt. Alles letztlich wie zu Friedenszeiten.
Aber dann auch, wenn es am späten Abend nach harmonischem Gardinenaufhängen zum Dableiben kommt, zum Abendessen und Erkenntlichkeiten, und die Umzieherin endlich gastfrei zu Bett lädt, dann die befremdlichste Einzelheit von allen, wenn nämlich zwei im Paar, im Strom sich teilen und teilen und in viele übergehen, wenn beide – wie nur in Kriegszeiten denkbar – Vermehrung mitreißt, wenn ihnen zu Kopf steigt: Vermehrung.

Man soll auch die Buffo-Effekte des Traums nicht verachten. Mancher lacht nur im Schlaf und sonst nie. Jener Auftrag, der mir vorenthalten blieb, lag nun auf den schmalen Schultern zweier älterer Angestellter, Türsteher in meinen Augen, die vor einem türblattlosen Durchgang so lange einer dem anderen den Vortritt boten, bis sie am Ende klagend stehenblieben. Und beide klagten abwechselnd darüber, daß die Innentasche des Jacketts, das ihnen die Firma für den Auftrag verpaßt hatte, viel zu groß und beuteltierartig geraten sei.

»Beim Stehlen heißt es geschickt sein. Man kommt mit vollgestopfter Innentasche an keiner Ladenkasse vorbei.«

»Wenn Sie geschickt sind, gut. Ich für meinen Teil kann keinen Nagel in die Wand schlagen.«

»Ich kann nicht einmal einen Nagel an die Wand malen.«

»Geben wir den Auftrag zurück.«

»Wir sind Test-Diebe nur zu rein statistisch-demographisch-demoskopisch-materialprüferisch-sozialanalytisch- und klimatherapeutischen Zwecken.«

»Ich möchte lieber ein ungebundener, unauswertbarer Dieb sein!«

»Ich schlage Ihnen vor, wir stopfen unsere Beutelinnentasche mit Abfallpapier aus, bis wir wie Baby-Diebe aussehen, lassen uns festnehmen und belasten anschließend die Firma. Daraufhin können wir Entschädigung verlangen und in der Folge als freie Diebe arbeiten, ohne dieses absurde Jackett.«

»Mit diesem Vorschlag haben Sie sich den Vortritt nun wirklich verdient. Ich folge Ihnen.«

»Warum muß man mich so beleidigen?« Der Dauergekränkte auf der Straße. Nach jedem zweiten, der an ihm vorbeistreift, dreht er sich um und schüttelt den Kopf. Dann geht er schneller voran, als hätte man ihn gestoßen. Dreht noch einmal den Kopf zurück und sagt fassungslos, ohne Grimm, aber mit dem vollkommenen Ausdruck des Gedemütigten und Gekränkten auf dem Gesicht: »Warum muß man mich so beleidigen?« Denn die bloße Nicht-Beachtung, die er von denen, die ihm so nah kommen, erfährt, ihr Nicht-Grüßen, ihre bedenkenlose Vorbeiläufigkeit, die enttäuschte Illusion, die sie ihm jedesmal sind, wirken auf ihn wie ein Affront, eine gezielte Herabminderung seiner Person.

»Zu den Menschen selbst!« rufen die Konkretheitsphilister. Mögen sie nur alles überprüfen, und darüber immer konkreter werden, konkreter, als es das Konkrete erlaubt.

Durchstreifte Gesellschaft, tatsächliche Begegnungen, pur und unverschleiert, brachten mir selten viel ein. Erst wenn Menschen in der hochauflösenden Überdeutlichkeit des Traums erscheinen, wenn sie ihre formende Form beweisen, werden sie mir lesbar und zugänglich.

Ich lief lieber ein dutzendmal dieselbe Straße hinauf und hinunter, stand abends lange vor den gemächlichen Ampelschaltungen mit sehr kleinen Warnkugeln und kleinen Lautsprechertropfen, die die Müden und Erschöpften zum Weitergehen ermutigten, und versann mich, bis von der aufdringlichen »Realität« nur mehr ein gütiger Rauscheffekt, nur das Flüchtige und Diffuse an sich übrigblieben. Vermutlich versteht man meine Wahrnehmungsein*bett*ung nicht mehr, wenn ich sage: Nie war ich unterwegs, ohne im Bett zu liegen.

Sie, die Impliziten, eingefaltet in den tausendfächrigen Traum, machen die Szene. Allenthalben kommt es nämlich auf *Implikate* an, die verschnürten, dicht gefalteten Erscheinungen und Exempel. Das noch unausgewickelte Paket eines onirischen Gegenstands/Gesichts bewahrt in erhöhter Konzentration, was

später, dosiert und ausgewickelt, der Intelligenz als Nahrung dient.
Das Implikat ist noch von Trance durchstimmt und gibt Trance ab denen, die es berühren.
Überall stehen Pforten auf »nach drüben«. Kaum daß man Trakl liest, geht eine auf. Die alten Bilder wirken berauschend wie Substanzen, die Mühle, der Wein, das Purpurfarbene allenthalben, unvergleichliche Töne, die da wiederkehren, und im Dämmer, vom Rand her bleiben sie dir eingeträufelt, eingeflüstert für immer. Es ist dann fast, als wären wir nur schwingende Membrane, osmotische Wand, als durchdringe ein Universum von anderer Dimension das unsere – wozu ja einige Astrophysiker bereits die schönsten Phantasien riskierten mit ihrer String-Theorie.

Da man heute alles machen kann, die universale Flunkerei, die visuellen Effekte uns in eine unentrinnbare Höhle eingeschlossen haben, schien es mir wie ein Bruch der Künstlichkeit, aus der U-Bahn zu treten und auf dem Perron (= Lebensplattform) den kleinen Sohn auf mich warten zu sehen, wie er war in seinem vierten Lebensjahr. Da stand das Männlein mit Baskenmütze und im blauen Dufflecoat, den er trug auf unserer ersten gemeinsamen Wanderung in Aquitanien. Vision und Halluzination, welch ein Segen, gewannen gegen das *totum digitale* wunderbar an Leibhaftigkeit.

Da saß er in sehr fremder Stadt auf der Türschwelle eines unerforschlichen Hauses, ermüdeter Wanderer, schmiegte sich in die Ecke des Türpfostens und sang leise ein Lied. Hinter ihm eine hohe Tür, auf schwarzem Grund eine feine bronzefarbene Maserung. Es gab nur ein großes Schlüsselloch, doch keine Klinke, keinen Knauf oder einen anderen Türöffner. Und das Schlüsselloch war feurig, es züngelte eine spitze Flamme heraus.

Der abgekämpfte Wanderer mit seiner kleinen Stimme, darin ein altes Lied, war nicht bis an sein Ziel gelangt. Er mußte ausruhen, wo die Welt unbequem, absonderlich und abweisend war – in einer Stadt außerhalb alles Gewohnten, in der die Dinge rechts und links von ihm ein so unsinniges Ausmaß besaßen, daß für ihn kein Teil mehr handhabbar war. Ausruhen, sich anlehnen an eine turmhohe schwarze Tür, die keine Vorrichtung zum Öffnen besaß, nur ein großes Schlüsselloch, in dem eine ewige Flamme loderte wie auf dem Altar.

Hier wird niemand mehr Zuflucht suchen als nur der kleine Sänger mit der schwachen Stimme.

Doch dachte der Mann in seiner Erschöpfung: Vielleicht ist das Gebäude gar nicht so groß, so unerforschlich ist doch das Haus gar nicht! Nur die vielen Jahre der Wanderschaft und das immer nur leise Singen unterwegs lassen es mir jetzt so überwältigend groß erscheinen. Und die vollkommene Fremde, die diese Stadt mir bietet, die unbarmherzige Fremde, in die ich gelangt bin, verrückt alle Maßstäbe. Das wird sich ändern. Entweder werde ich größer, oder die Fremde wird kleiner.

Nach den vielen höhnischen Fresken, die aus der Kuppel der Nacht auf dich herabschielten, endlich hinauszutreten in den sonnigen Morgen, vor die friedlich gemeinsamen Hummeln und Falter in den Lavendelblüten, dieser kleine Schritt vom Bett in den Garten, in die Weihe des Tags, gleicht, sooft er sich auch wiederholt, jedesmal der wundersamen Heilung eines lange Bettlägrigen, der, von Mahren und Rätseln gequält, einem herrlichen Leuchten begegnet, vom Morgenempyreum begrüßt und besänftigt wird.

Sieh, wie noch auf engstem Raum, in lichtloser Kammer er pirouettiert, ein Träumer, den Scheitel dreht, mit der Erde wirbelt. Denn eben so, sagt uns Hesiod, machen die Musen Helikons höchste Höhe zum Tanzplatz und drehen schöne, reizende Reigen auf ihm mit wirbelnden Füßen.

Und Cornutus ergänzt dann in seinen »Griechischen Göttern«: »Es heißt, daß sie in den Bergen singen und tanzen, weil die Wißbegierigen aus dem Alleinsein Nutzen ziehen und aus dem stetigen Sichzurückziehen in die Einsamkeit, ohne die nichts Würdiges entdeckt wird, wie ein Komödiendichter sagt. Eigentlich nicht aus irgendeinem anderen Grund nannten die Dichter die Nacht ›(die) freundliche (Zeit)‹ wie etwa Epicharmos:

›Wenn jemand etwas Weises sucht, nachts muß man sinnen.‹

und:

›Alle wichtigen Dinge werden eher nachts gefunden.‹«

Ich saß immer weit unter dem Souffleur als sein dienstbarer Schattensouffleur, fast schon im Heizungskeller ganz unten, von wo man die tobende Handlung oben auf den Brettern nur als fernen, milden Lärm vernimmt und die Hoffnung längst aufgegeben hat, seine Augen einmal über den Bühnenrand zu erheben.
Es gibt niemanden im ganzen Betrieb, der geringer wäre als ich; es muß mich erschüttern. Das Kleine greift immer ans Herz, auch wenn man es nur selber ist.
Ich lebe vom Mitleid des Hauptdarstellers, der mich, eine Figur, die keinerlei Zugang zur Handlung besitzt, nur einmal namentlich erwähnt, doch dies tut er Abend für Abend mit Herzenswärme und großer Güte. Dabei sitze ich in höchster Spannung unter dem Geschehen und rufe vorsichtshalber meinen Namen hinauf, damit der Souffleur ihn bereit hat, falls er einmal dem Schauspieler entfiele.

Die Schwelle des Hauses hob sich und kippte den Hinaustretenden nach vorn auf den Weg. Alles – Schwelle, Frau, Kind und Hundeschnauze – schubste ihn vorwärts ins Weggehen. Den Ausgewiesenen stößt man noch – den zum Weggehen Gesammelten drängelt man hinaus. Der Weg weg ist doch so lang! Er wollte ihn aufrecht und mit geraden Schritten beginnen. Doch er wird vorgestoßen und stolpert drauflos, bis er sich an der nächsten Ecke wieder aufrichtet und zu fassen sucht. Wo komm ich her? Wohin die Schritte lenken?
Er blickt zurück und sieht die Tür, durch die er gerade erst aus seinem Haus getrieben wurde, zur blinden Tür versteinert. Er kommt nie wieder in dies Haus zurück! Und auch daß er es durch diesen Ausgang je verlassen hätte, muß ein Trug gewesen sein.

Fünf Männer und vier grillengrüne Frauen, die abwechselnd mit einem Mann verschwinden und, wenn sie zurückkehren, unausgelöscht dasselbe Lächeln zeigen, mit dem sie verführten. Den Männern hingegen, von denen jeder ein wenig verzögert wiederkommt, das rechte Bein nachzieht, als wäre es hölzern geworden, zuckt übers Gesicht der Widerschein schnell wechselnder Gemütsregungen. Es ist ein von der unheimlichen Schnelligkeit des Ausdruckwechsels fast wegfliegendes Gesicht. Und sie besitzen nun ein Heuschrecken-Gedächtnis, das nur von Sprung zu Sprung reicht und kein Gedächtnis für Geschichten ist. Sondern nur für winzige Luftwirbel, für das Jähe, fürs Grasspitzenwippen über allgrünem Grund.

Ein Wasserzieher wohnte bei mir. Überall hob mit seinen dehydrierenden Händen der Untermieter Wasser aus den Dingen, Wasser aus Zeitungen, Mauern und hölzernen Tischbeinen. Wannen voll Wasser stecken in vieler Materie, am meisten im Körper des Menschen. Also mußte man sich den Wasserzieher in gehörigem Abstand vom Leib halten, um nicht plötzlich verdorrt umzukippen. Ich schimpfte ihn, befahl, wenigstens die vielen Wasserlachen in meiner Wohnung umgehend zu beseitigen.

Das kleine, kleine Zimmer, in dem zwanzig Männer und Frauen sich nebeneinander umziehen, ihre Kleider übers Bett werfen und unter fremden Kleidern nach den eigenen wühlen. Das kleine, kleine Zimmer, darin das Verpakken, Auspacken von Körpern, das Räumen, Schubladenkramen, Sich-Um-und-Umziehen, Kleiderwählen, Kleiderverwerfen außer Kontrolle geriet und unter den Fluch des Unaufhörlichen.

Die erste Regung im Gegenüber eines neuen Menschen ist das Bedürfnis, sich umzuziehen. Ohne Kleiderwechsel kommt es zu keiner augenöffnenden Begegnung.

Und eine der »siderischen Kameras« filmte das Menschenvolk in seinem strömenden Kleiderwechsel ohne Ende. Im Zusammenschnitt sah es dann aus, als wäre die Welt eine einzige weitverzweigte, vielverwinkelte Garderobe. Dort standen die Menschen in fortwährender Verwandlung und riefen immerzu: Re! Re! Re! Nur diese eine Silbe – ein »Wieder« vor allen weiteren Worten. Revue, Reunion, Reloaded, Revanche, Rechaud ... Wir wollen es wiederhaben! Wiedersehen! Wiederholen! Doch mit ihren Rufen und rudernden Armen, die keine Richtung anzeigten, blockierten die Sich-An-und-Ausziehenden einander und verdrehten sich schließlich zu einem unbeweglichen Wirbel. Mit einem Mal war der Umkleide-Verkehr vollständig zum Erliegen gekommen, alle standen in einem erstarrten Strudel und warteten ungeduldig, daß er sich bald wieder löse und der Strom des Um-und-Umziehens wieder glatt und *laminar* dahinziehe.

Tu's zu den übrigen Unaufhörlichkeiten! Aevum ist's nicht und aeternitas auch nicht, sondern: tu's zu den übrigen Perpetula. War's denn ein Frevel, zu tauschen Dantes höllisches Immerdar für die Gemarterten und Gestraften gegen die mildere Fülle von Alltags-Perpetula? War's Frevel, die mächtige Zeit zu zerschlagen, dichterisch, zu einer Unzahl von gewöhnlichen Unaufhörlichkeiten oder Tempus-Kügelchen?

Kleine gedrungene Frau mit breiten Hüften in altmodischem dreiviertellangen Rock lehnt an einem Lindenstamm und läßt ihr vor einer Lagerhalle geparktes Auto nicht aus dem Auge. Es ist ein ausgedienter Opel Vectra und hat kein Kennzeichen mehr. Als wäre es nicht der ihre gewesen! Jetzt abgemeldet und abgestellt. Wiedergefunden! Damals aber – einmal! – auf großer Fahrt mit neuem Liebsten. Ihr Auto, krumm und verjährt und droht im nächsten Augenblick von einer wahren Zeit-Bombe, nämlich der explosiven Mischung aus herrlichen alten Tagen, in die Luft gejagt zu werden.
Diese Weichheit, seine Milde, diese Kaum-noch-Stimme, seine Sanftmut und das Lächeln der Vergeblichkeit beim Abschied vom leuchtenden Land, von der Klippe über dem Lavendel-Feld – und danach nur noch Geschrei!
Es ist, als ob einige ausgeschlachtete Teile aus der Lagerhalle nach ihr riefen; als ob Erinnern ein behelfsmäßiger Reparaturgang wär – oder wär wie eine einzige trockene Nische in einer feuchten Höhle, in die das Schön-Gewesene verbracht sei wie hörnchenhaft eingeheimster Vorrat. Es beängstigt sie die Wahllosigkeit ihres Bewußtseins, das unter der langen Fahr- oder Lebenszeit jede Selbstkontrolle verlor. Es arbeitet immer unbeherrschbarer.

Eines Tages waren die Gegenstände des täglichen Gebrauchs berührungsscheu geworden. Man lehnte an einer schwungvollen Oldtimerflanke, lässig und selbstbewußt, als befände man sich in einem Hollywoodstreifen der fünfziger Jahre. Doch legte man die Hände ins offene Wagenfenster, um nach der hübschen Natalie Wood zu schauen, leuchtete in roten Lippenstift-Lettern über die ganze Frontscheibe der Ausruf: *Ich bin schockiert!* Nicht anders erging es jemandem mit einer retrotümelnden Kaffeemaschine. Kaum griff er das Gerät, so erschien ein *Rühr mich nicht an!* in Halogenschrift auf dem

Deckel. Wie bei einem jungen Mädchen von damals, aus dem angespielten Baujahr der Maschine. Man mußte sich was einfallen lassen, um sie rumzukriegen, ihren Zweck zu erfüllen.
Es war ja so, daß viel guter Geist in die Dinge gefahren war, sich eingenistet hatte, Zuflucht fand vor menschlichem Mißbrauch, obwohl er, darin gefangen, sich heimlich nach seiner alten Wohnstatt sehnte. Eines Tages: im Ausgeding der Dinge, auf ihrem Altenteil, und endlich nach dem Aus-Sein aller Dinge – würde er reumütig zurückkehren in seine ursprüngliche Behausung.

Nun tritt auf, geschmückt und geschminkt, im Sommerleinen mit Einstecktuch, altmodischer Päderast ohne Netzanschluß, man möchte meinen: aus den verschollenen Tagen der Hundertfünfundsiebziger. Jetzt, da er sich am Gartenzaun festhält, das krampfverzerrte Bein ausschüttelt nach mühsamen Schritten, nähert sich eine junge Frau und hält bei ihm an. Ein kleiner viereckiger Holzkasten umschließt ihren Kopf. Mit einem Zungenstoß öffnet sie die vordere Klappe, und so erscheint ihr schönes Gesicht, gerahmt von einem Nisthäuschen, und fragt, ob sie was helfen könne. Und er sagt:
»Im Traum hatte ich einen jungen Freund, er war ein Muskelmann mit den breitesten Schultern, und der Zulauf des Rückens von Schultern zur Hüfte war wie eine Harfe, der schönste Rükken, den ich jemals zupfen durfte. Dazu ein bulliges gütiges Gesicht. Und wir tanzten! Du bist zu jung für mich! Ich zappelte ohne Rhythmus, und der Schwere tanzte schnelle, leichte Figuren. Ich fragte, weshalb er nicht boxe. Das kommt als nächstes, antwortete er. Erst kommt die Freundschaft! Und ich dachte: Was für ein ausgefallenes Paar wir sind! Ich, das klapprige Gestell, und er, der Massive, der Schwere – aber beide doch Kämpfer, beide Fighter im Gespräch. Jeder in seinen Jahren. Kurzgeschorener Schädel, Undercut, das Haar kaum mehr als eine Bür-

ste auf seinem Schädel. Der Bursche strafte jeden Lügen, der vom Muskelprotz schließt auf schwachen Kopf. Ich hatte um Mitternacht einen jungen Athleten zum Freund.
Gegen Morgen war ich aber nur noch ein Kirchenbettler und saß auf einer Stufe vorm Westportal, die Hände um dürre Knie geschlungen. Ich bettelte zu Gott um ein paar Almosen Vergangenheit. Ich war so mager, mein Leben hatte derart abgenommen, denn so viel war mir genommen, und zuletzt die Erinnerung. Ich bettelte und betete um ein paar Krumen von der wunderbaren Zeit mit dem schweren Arne. Aber dann sagte ich mir: Ich bin ihm so nah, und doch werde ich immer draußen vor der Erinnerung bleiben. Es hat nicht gereicht. Die Erinnerung verloren, und nie an die Erinnerung geglaubt. Auf der obersten Stufe vor dem Portal saß ein nachdenklicher Junge, der mit flacher Hand einen rotbäckigen Apfel auf der Stirn hin und her rollte.«
»Ach, Dornseifen sind's, Träume. Dornige Seife!« sagte der hübsche Kopf im Nisthäuschen, klappte die Vorderseite zu und wich wieder von seiner Seite.
Aber wie er sich aufbäumte gegen die elende Tatsache, daß ihm Todesnähe keine Glorie verlieh, keinen Sieg über das schäbige Leben. Keine Einzigartigkeit, kein Ingenium. Wie schlimm, daß nicht all das, was ihm im Leben vorenthalten wurde, in einer großen raffenden Freigabe, Lichtgarbe, in einem Exzeß von Letztlichkeit aus ihm oder wenn nicht aus ihm, dann aus der Erde unter seinen Füßen hervorstieg und über ihn kam. Daß man ihn vielmehr als einen kleinen Haufen Unrat aus irgendeiner Ecke hervorkehren und wegschütten werde. Wie viele Male in seinem Leben war er nicht schon als so ein Häufchen aus irgendeiner Ecke gekehrt worden! Betrogen, davongejagt und geschmäht, aus dem Abseits vertrieben. Wo blieb also das Einzigartige des Endens?

In der Tür, die zum Abstimmungsraum führte, lehnte ein Handzettelverteiler und versperrte den von vielen Abstimmungen sichtlich erschöpften Durchgängern den Weg. Sie mußten ihn unsanft berühren und sich an ihm vorbeidrängen. Jedesmal, wenn einer, der kein Blatt von ihm nehmen wollte, ihn anstieß, bekam der Handzettelverteiler einen Wutanfall und schrie: »Nulla poena sine lege! Wo kein Gesetz, dort kein Straftatbestand!« Oder er griff einem Durchgänger in den Nacken, duckte ihn zu Boden und rief: »Auctoritas non veritas facit legem! Macht macht Gesetz! Souverän, wo ist dein Schwert?!«
Dann kam jemand, der nahm ihm ein Blatt ab, und sah, es war unterzeichnet mit »Von Unbekanⓣ« – der letzte Buchstabe eingekringelt als registriertes Warenzeichen.
»Ich gehöre zum Konter-Unternehmen«, sagte er, »und setze meinerseits den Abstimmenden zu. Abstimmen darf nur, wer abstimmungsberechtigt: das Volk der Bevölkerung.« Er trug einen großen Korb, gefüllt mit vielen Baguettes, die alle mit frischen Tempo-Tüchern belegt waren.
Die Abstimmenden, viele am Rande des Zusammenbruchs, stürzten sich auf die Brote und warfen sie nach dem ersten Bissen angeekelt zu Boden. Doch einem von ihnen kamen, mit letzter Kraft, Brocken einer flehentlichen Ansprache über die Lippen: »Warum nur läßt man uns nicht abstimmen bis zum bitteren Ende? Womit haben wir Volksvertreter es verdient, unentwegt von den untersten Plagegeistern des unseligen Hobbes heimgesucht, genarrt und verhöhnt zu werden?! Laßt uns doch in Ruhe. Laßt uns in Frieden. Denn nur um seinetwillen, des Friedens willen, mühen wir uns tagaus tagein und werden euch zum Trotz bis ans Ende unserer Kräfte abstimmen, weil nur unser Abstimmen ihn uns erhält. Weshalb wir selbst die fadenscheinigsten Anlässe zum Abstimmen nutzen, damit nur ja keine Abstimmungslücke entsteht, durch die Gewalt und Unfrieden eindringen könnte. Und nur indem wir so gewissenhaft und auf scheinbar absurde Weise unsere Pflicht tun, ist es überhaupt

möglich, daß ihr uns verhöhnt. Dem Unfrieden, sobald er hereinbräche, fielen Leute wie ihr als erste zum Opfer.«
Damit hatte der erschöpfte Abstimmende sowohl dem Hobbesianer wie dem Plebiszitianer eine Lehre erteilt, nach der sich freilich keiner von beiden richten wollte. Im Gegenteil, sie waren der Überzeugung, daß der Unfriede bereits mit der Störung, die sie den ewig Abstimmenden zugemutet hatten, eingetreten sei, jedoch auf diese Behelligung begrenzt bleibe. Sie meinten, daß ein größerer, gewaltsamer Unfriede so lange nicht zu erwarten sei, als man sie gewähren ließe und sich mit gelegentlichen Vorstößen politischer Fremdmoral abfinden könne.

Hören wir das Radio aus einer anderen Wohnung in der eigenen! Hören wir ihm zu. Hören wir die Stimmen bröckeln, rieseln in der Mauer. Wie sie kullern, abirren gedämpft, dann vorstoßen und wieder zurückweichen, sich überschlagen wie Kugeln in der Lostrommel. Hören wir, wie Menschenstimmen nicht mehr einen Sinn zu uns tragen, sondern Vibrationen des Unverständlichen und halbverschluckter Schall uns treffen. Wenn aus einer Frau ein altes Flehen erklingt, aus einem Mann ein dumpfes monotones Fluchen. Beschnittene Frequenzen, bis auf rohe Brocken gesiebter Redeschwall, so daß nur Töne aus anderer Wohnung Radio noch einige elementare Gattungsgeräusche vernehmen lassen.

Den schlecht schauspielernden Menschen, die Nacht für Nacht heraufziehen vor des Träumers Hypnoskop (Schlafrohr oder Schlafvergrößerungsglas), fehlt es an Stil und Profil. Ihre Unbeholfenheit macht sie zu Puppen mißglückten Daseins. Ihnen Figur zu geben, braucht es mimisches Genie. Weil nur ein sehr gewiefter Schauspieler einen schlechten darstellen kann. Und spricht so ein Mensch ein Wort, so wäre es besser im Chor, also von allen auf einmal gerufen.

Mein Inspektor (Kriminalkommissar) trug auch eine schwarze Lederjacke, hatte ein teigiges Gesicht, einen angegrauten Schnurres und eine gewisse Bauchwölbung. Doch war er nur sich entfernend vom Verbrechen weg, nur auf seinen Wegen außer Dienst zu sehen. Man folgte ihm auf seinen Gängen durch die Stadt, wo er wie durch einen Arglosigkeits-Filter nur eine harmlose, nicht-kriminelle Welt erblickte und in verbrechensfreier Zone spazierte. Die menschliche Finsternis, die ihn überallhin begleitete, drängte er ab, indem er nirgends allzu lange oder allzu genau hinsah. Er suchte für ein paar Stunden Erholung von seinen abschätzigen Empfindungen, seiner bodenlosen Melancholie, seinen tiefsitzenden humanen Enttäuschungen.
Aber die Gedanken bahnten ihm einen anderen Weg. Sie führten ihn immer wieder in die tieferen Gründe des Verbrechens, sie zwangen ihn, der Einfachheit des Bösen zu begegnen. Größe gewinnt das Böse in den Schaudern, mit denen wir es fürchten. Wir fürchten nicht den psychologisch erklär-, ja entschuldbaren Menschen, sondern den furchtbar Erwählten, der vom Bösen geschlagen, ergriffen oder angefallen wurde. Es ist dann das erbarmungslos Nackte, das nicht als dialektische Voraussetzung

des Guten entschuldbar wird, das vielmehr einen durch nichts bedingten Hervorsprung der Ungnade und des Fluchs darstellt. So bei Dante, so immer. Die Verschärfung der Buchstäblichkeit allein macht das Böse kenntlich.
Und so stolperte mein Inspektor in seiner Freizeit über unannehmbare Gedanken. Geriet sogar in Versuchung, im Troß des Racheengels mitzuziehen, der keine Gnade kennt, das Böse das Böse heißt, ohne je nach mildernden Umständen zu fragen. »Ihr folget falscher Spur!«, ein Goethe-Wort, diente ihm seit je als Leitmaxime bei der Aufklärung schwerer Fälle. In seiner Freizeit versah er es mit scharfer Klinge, die er gegen das Dickicht der Relativierungen und Vermittlungen führte.

In Bergamo die Figur eines Gehemmten. Ihr Sohn, praktischer Arzt in Genua, zu Besuch bei der alten Mutter. Er hat ein rotes Gesicht wie ein Alkoholiker. Es ist jedoch die Röte der Retention, des zurückgehaltenen Sprachflusses. »Du bist maulfaul, immer noch so maulfaul. Du arbeitest nicht an deinem Verhalten«, schimpft die Greisin. Nachbarn kommen und klagen dem zufällig anwesenden Arzt ihre Schmerzen in Schultern, Waden und Handgelenken. Er gibt immer die gleiche Antwort: »Nehmen Sie ein gefäßerweiterndes Mittel.« Er trägt eine stark getönte Brille. Ein Arzt, der sich nicht ausdrücken mag und seinem Patienten nicht unverdunkelt ins Auge blickt, also insgesamt sich eher linkisch benimmt im Umgang mit Menschen, bleibt gleichwohl immer noch ein Medizinmann, eine Autorität. Manche alten Leute küssen ihm rasch die Hand, wenn er seinen stereotypen Rat erteilt. Er wehrt es ihnen nicht, aber es rührt ihn auch nicht. Eine junge Frau konsultiert ihn.
Seit wann haben Sie die Schmerzen?
Seit etwa zwei Jahren.
Sind sie nachts stärker als am Tag?

Ja, nachts, vor allem nachts. Ich finde keinen Schlaf.
Haben Sie Schmerzen beim Wasserlassen?
Nein. Ich habe Angst vor einer Operation.
Ich kann Sie nicht untersuchen. Sie sehen nicht krank aus. Was soll ich sagen? Sie verstehen, es ist sehr schwierig für mich, ich bin auf Besuch, ohne Praxis, ohne Labor. Nehmen Sie ein Schmerzmittel. Ein leichtes, das frei verkäuflich ist. Wann hatten Sie Ihre letzte Untersuchung?
Vor einem halben Jahr. Aber unser Arzt findet nie etwas.
Ich würde gerne, wissen Sie, ich würde Ihnen gerne sagen, gehen Sie nach Hause, machen Sie sich keine Sorgen. Aber ich müßte vorher alles ausgeschlossen haben, was möglicherweise auf einen Befund, auf einen Krankheitsbefund ... Sie wissen schon. Ich kann Ihnen hier nicht helfen.
Die Frau verbiegt ihre Hände im Schoß.
Um die Wahrheit zu sagen: Es ist mir nicht gelungen, eine ganze Woche ohne Untersuchung auszuhalten.
Ah, das ist also die Wahrheit. Dann gestehe ich Ihnen jetzt, was mir fehlt. Die Liebe zum Patienten, die echte Passion. Die Kraft, die Barmherzigkeit, die Mittagskraft des großen Heilers. Sie fehlt mir als Arzt.
Nun, bitte, hören Sie auch mich: alle meine Konfessionen enden beim Du. Seit langem suche ich nach dem vollkommen undurchsichtigen Menschen, um ihn zu lieben. Ich suche den Mann, der mir unerschließbar bleibt. Dessen klare Augen hinabführen ins Dunkle. Oft schrei ich mir in die Hände: Geh hinaus und lauf einem Menschen nach, hol ihn dir und laß dich blenden! Aber gleich darauf, ohne daß die Panik nachließe, weiß ich doch: den gibt es nicht, den du dir holen könntest, der ist wie alle anderen längst anderswo untergebracht. Meine größte Sorge ist, daß ich von den Menschen nichts mehr erfahre, das sie mir größer erscheinen läßt, als sie tatsächlich sind. Ich danke für Ihre offenherzigen Worte. Hätten Sie mich untersucht, wäre Ihnen mein Geständnis erspart geblieben.

Das furchtbare Spektakel zur Sonnwendfeier: Ein Artist begeht in fünfzig Meter Höhe ein Seil zum Deutschen Dom. Verliert das Gleichgewicht, die Balancierstange fällt ihm aus den Händen, er selbst schlägt um, hält sich am Seil, löst mit einer Hand ein Hilfs- oder Not-Seil, an dem er sich zu seinem Auftritt zurückhangelt.
Regen und Wind hatten ihn geschüttelt und aus dem Gleichgewicht gebracht, beinahe an den Rand des Absturzes. Es war der Sohn, der für seinen erkrankten Vater eingesprungen war. Mit zwei Millionen Mark war das Schauspiel gesponsert. Also konnte er nicht anders, mußte ungeübt und unvorbereitet auftreten. In der Zeitung las man tags zuvor, wie er den Vater gelobt hatte: Wenn einem Menschen schon der Regenschirm vom Sturm weggeblasen wird, geht der Vater noch sicher über das Seil.
Nun mußte er selber gehen bei widrigstem Wetter – und kam nicht ans Ziel. Wann fiel die Entscheidung, wann fiel auf ihn die Bestimmung? Geübt werden kann vorher nicht, sagte er der Zeitung. Ich sehe noch, wie er zappelte in Todesangst, um sein Bein ans Seil zu haken, sonst hätte ihn das Körpergewicht in die Tiefe gerissen!
Artisten stürzen sehen! Ein bequem und auskömmlich lebender Schiffbauingenieur verfolgte die gemeine Leidenschaft, Unfälle zu sammeln, Life-Mitschnitte von Abstürzen oder Beinah-Abstürzen, weltweit, und sie über YouTube zu verbreiten, zum besten zu geben, unter Bevorzugung strauchelnder Seiltänzer unter der Zirkuskuppel und die Balance verlierender Hochseilartisten. Selbstverständlich kamen nur die ohne Auffangnetz in Frage. Für den Mitschnitt eines tatsächlich erfolgten Sturzes war er bereit, eine fünfstellige Summe zu zahlen.

Ein Folterknecht umrundet sein Opfer, das an einem kleinen Tisch sitzt vor einem Buch. »Lies!« brüllt der Wächter. Das bleiche Gesicht des jungen Manns beugt sich über das aufgeschlagene Buch. Marterqualen bereitet es ihm, die Buchstaben mit einem Sinn oder einer Versinnbildlichung zu verknüpfen. »Lies!« schreit der Aufseher. »Oder ich drücke dir die Augen ins Hirn hinein!«
Man sieht den Gefolterten mit seinen letzten Kräften sich dem tödlichen Schmerz des Lesens aussetzen. Das Schwinden des Entzifferns ist wie ein Würgeisen, als wär ihm das Verstehen mit erdrosselnden Drähten abgeschnürt. Und wie er den Kopf ein wenig hebt, da rinnen ihm die Lettern wie Tränen über die Wangen. Wieder sind sie nicht nach innen gelangt! Und wieder verfließen Sinn und Bild.

Die Schildwache steht in ihrem Schilderhaus. Der Ungerührte. Angesprochen, gefragt, antwortet er nicht. Sehend sieht er nicht. Geschieht ein Unheil vor seinen Augen, so kann er im Dienst die Hilfe nicht leisten. Sein Dienst ist die Wache, und seine Unbewegtheit erschreckt die Bewegten. Er steht aufrecht und still wie ein vorgesetzter Pfeiler des Tors. Er ist die Wache und dient zur Wehr, die nur eine Zierde ist. Niemand spricht ihn an, doch er trifft genau den Zeitpunkt eines Schreis. Es ist der Schrei, den tausend Wachen wiederholen über Land und Stadt – cri répeté par mille sentinelles, Baudelaire.

Zwei Männer vom Rettungsdienst trugen einen verunglückten Bergsteiger auf der Bahre. Aber der Abstieg von der Höhenwand nahm kein Ende, und sie waren ein Dreigespann für lange Zeit.

Einer der beiden Träger sagte: Wozu jemanden retten, der bald wieder abstürzen wird? Oder der, wenn seine Stimmung wechselt, gemeine Frechheiten ausstoßen wird?
Der Gerettete sagte: Ich möchte gerettet werden, denn ich möchte weiterkämpfen für etwas, obgleich ich weiß, daß alle geistigen Kampfplätze im Bergsteigen längst geräumt sind, denn alles Bekämpfenswerte in dieser Disziplin steht heute in sicherster, überlegenster und endgültigster Position. Aber ich möchte doch wenigstens die *Haltung* des Kämpfenden einnehmen, sobald ich die Bahre verlasse und wieder auf zwei Beinen stehe, damit sie nicht ganz verschwindet von der Welt. Ich möchte diese Haltung zur öffentlichen Verfügung stellen. Es wird bestimmt einmal jemanden geben, dem sie von Nutzen sein könnte.
Und der Träger am Kopfende ging darauf ein, indem er sagte: Beim Abstieg ins Tal das Herz voll Gipfelstürmerei. Siehe Zarathustra.
Darauf der am Fußende: Was lassen wir nicht alles geschehen und erschöpfen uns darin, es lediglich zu bemerken – mit uns, außer uns und erst recht in unserem richtungslosen Bewußtsein! Schreitende Träger, liegend Getragener. So weiß und wüst lag der unberührte Schnee über Gletscher und Matten und erstreckte sich die Zeit bis ins Tal vor ihnen. Abschüssig mußten sie gehen auf vielen Steigen, die alle nicht wirklich hinunterführten.
Der vordere Träger: Sonst gibt es zu viele Ziele, die alle viel zu schnell zu erreichen sind und einen das wahre Ziel aus den Augen verlieren lassen. Diesmal gibt es nur ein Ziel, das Krankenhaus in F., und zu viele Pfade, die nicht einmal als Umwege in Frage kommen, sondern allesamt ohne Wenn und Aber die reinen Abwege sind.
Und der Mann auf der Bahre zum Schluß:
Das Ende wird kommen unauffällig und beiläufig. Mitten in einem gleichmäßigen Gespräch wird man in einen tiefen Gedanken abrutschen wie in eine Gletscherspalte. Ein abruptes

Innehalten, mitten im Gespräch, aus dem man nie wieder herausfindet.

Der Nebel greift immer nach dem einen; er bildet Vereinzelung um jeden. Und Aussichtslosigkeit. Aufscheinend mehrmals noch die Eislache im Wiesengrund, der letzte Fleck, den die geknebelte Sonne findet, um sich ein wenig zu spiegeln. Doch tauchen keine Visionen auf in der Aussichtslosigkeit. Dafür aber – wie aus Uranfängen – ein menschliches Verirren. Der Nebel ist eine Materie der Ungewißheit, die dem Wanderer zu Leibe rückt, ihn umhüllt und durchdringt, und er vergißt, woher er kam, und geht ohne Sicht behutsam voran, denn im Nebel ist das Bevorstehende ungewiß nah oder fern.

In dieser Nacht, wenn von weit draußen, vielleicht von drüben aus einer Nebennacht eine Frauenstimme den Namen eines Mannes ausruft, der nicht du ist, wirst du sie gleichwohl bei dir aufnehmen wie jeden, der sich im Nebel seiner Zeit verirrte.

Auf einem festlichen Bankett begegnete ich einer Kommode, auf der eine hohe eckige und eine hohe runde Porzellanvase standen mit weißen und gelben Rosen. In einem plötzlich aufwallenden wunderbaren Entzücken, von ungeheurer Wehmut und Anhänglichkeit ergriffen, umarmte ich zuerst die eckige, dann die runde Vase unter den neugierigen Blicken der an der Tafel Versammelten. Meine Beziehung zu der eckigen war in diesem Augenblick so heftig, daß sie in meinen Armen zerbrach. Man rief mich zu Tisch, ich hielt notdürftig die gebrochene Vase zusammen. »Ich komme gleich«, sagte ich

und versuchte die Teile so vorsichtig zu drücken, daß sie gegeneinander Halt fänden.
»Lassen Sie nur«, sagte eine gefällige Frau, die sich vom Tisch erhob und an meine Seite trat. Sie sprach mit den Gästen den ganzen Abend ungerührt, indem sie dabei immerzu die von mir zerbrochene Vase umarmte und zusammenhielt.

In der Nacht das eingeschneite Gehöft, Einsiedlerhof. Unmöglich, sich mit dem Pflug durch die meterhohen Schneewälle einen Weg zu bahnen. Der Vater spielt, solange es die vor Unterkühlung steifen Finger ihm erlauben, auf dem Akkordeon für seine beiden Kinder, einen Jungen, ein Mädchen, fünf und sieben Jahre alt. Einziges helles Licht: der ehemalige Festsaal des Hofs mit Theke, Gastraum, Bühne – eingestaubt und ausgestorben. Doch die leutselige Musik lockt nach und nach die Geister früherer Gäste an, die gar nicht frieren und den halb schon Erfrorenen Gesellschaft leisten.
In Schnee gehüllt, von Schnee gedämpft, sagen sie, ist das Sterben stufenlos und leicht. Im Eis folgt man der Sehnsucht nach der endgültigen Entkräftung. Schwäche, Schwäche – Seligkeit!
Im Helikopter einer Rettungswacht sitzt auch die Frau, die Mutter der Kinder, die ihre Ehe und den Hof vor einem Jahr verlassen hat, und sinkt mit dem Hubschrauber, um Nahrung und Kleidung zu bringen, über dem schwach erleuchteten Fleck in den grenzenlosen weißen Wogen. Und sinkt, ohne landen zu können. Die Hilfe kreist und kreist, bis es schließlich den Runden gleicht, die der Geier über dem Aas fliegt.

Ein Schauspieler tut, was man ihm zu tun rät. Ja, ich habe dich verstanden, sagt er zum Regisseur. Ich weiß noch nicht, was es für mich konkret bedeutet.
Laß einmal das Konkrete beiseite. Laß einmal alles beiseite, was dir zu dieser Rolle einfällt.
Nimm deinen Fuß, deinen rechten Fuß in die Hand, in die linke, heb ihn hoch, setz ihn auf dein linkes Knie. Schräg, mit der Kante auf den Schenkel. Jetzt richte dich auf. Spiel mit dem Fuß. Stemm deine Hände in die Hüfte. Sprich nun mit deinem Fuß. Sag deinem Fuß, er möge dir gehorchen. Und laß deinen Fuß mit einem Kopfschütteln antworten. Er will nicht. Du willst aber. Du hast es mit einem unerzogenen Fuß zu tun. Setz dich durch!

Was er von sich sagte, ward zu seinem Namen. Denn war er froh und rief: Meine Jahre sind aus meinem Herzen geflogen wie Tauben, so hieß er ›Meine Jahre sind aus meinem Herzen geflogen wie Tauben‹. Und so nannten ihn alle bei seinem Namen. War er betrübt und sprach: Ich bin die welke Blume im Haar meiner Schwester, die tanzt – so hieß er ›Der Schwester welke Blume im Haar‹. Und fuhr er fort: die zu Boden fällt und achtlos zertreten wird, so gaben sie ihm den Beinamen ›das Tanzbodenlaub‹.

Sieh, wie der Dirigent sich geschmeidig wiegt, verzückt und lässig, verspielt und spitz befehlend, das sind Genies, die die Herzen der Menschen höher schlagen lassen, Menschenfreunde! Gewaltige aus reiner, reifer Kunstgewißheit. Welch wunderbare Zutat zum ohnehin köstlichen Dasein! Und dann kommt dieser ungelenke Kerl, ungebetene Gast, hager, im kurzen Mäntelchen, kommt mit großem Schlüssel in der Hand, vorgestreckt in Richtung einer hinteren Welt, gleich hinter dem Orchester, stolpert zwischen den Pulten vorwärts, bahnt sich rumpelnd einen Zickzack-Weg durch Celli, Hörner und Schlagzeug. Da halten alle ihre Instrumente an und drehen die Köpfe ihm nach und denken nicht mehr an den Dirigenten, und selbst das Höchste, was Musik erreichen kann, wird jetzt von einem Raum bezwungen, den der Eindringling mit seinem Passepartout für Hinterräume öffnet und aus dem nun ein breiter Strom von glutroter Stille fließt, der Menschen, Noten, Instrumente unter sich begräbt.

Und sie verweigert Hilfe einem Unbeholfenen. Ein Mann, der sie eben noch mit sicherstem Geschick in ihrem Bett erfreute, kaum daß er auf die Straße tritt, fällt hin, stolpert über einen Fahrradständer, wird ein Opfer seines Ungeschicks, stürzt und liegt und rührt sich nicht. Dieser behende Mann, eben noch ein Artist, der ihren Körper schweben ließ, darf doch nicht auf einmal krumm und formlos dort am Boden liegen. Ihre Sinne weigern sich, ihn stolpernd, strauchelnd, vornüberfallend zu erleben. Sie kann so schnell nicht ihre Rolle wechseln, noch immer befängt sie Lust (die unbarmherzig ist) und versagt es ihr, sich niederzubeugen über einen Hilflosen, der eben noch Herr über ihre Glieder war.
»Ich weiß nicht, zu wem er gehört.« Sie läßt ihn liegen.

Für ihn hatte sich das magische Blatt des Schicksals gewendet: Vom unverdienten Glückspilz zum verdienten Pechvogel ging sein Wandel. Sie haben einen Unbesonnenen gelobt, den Unduldsamen aber verpönt.
Man beginnt herkulisch als Aufräumer und endet orphisch, die Riten der Auflösung befolgend. Einfacher gesagt: Man rafft seinen Krempel zusammen, man baut seine Jahrmarktsbude wieder ab.
Ja, man tröstet sich, man tröstet sich immerfort über irgend etwas hinweg. Man hat sich mit Schimpf und Schande bedeckt und darüber seinen besten Freund verloren. Dann tröstet man sich damit, daß der Freund zur Partei der Verächter übergelaufen ist, folglich ein ehrendes Vermissen nicht verdient. Man tröstet sich ein andermal, wenn ein Brief des geliebten Sohns über Monate ausbleibt, und sagt sich, es muß ihm verdammt gut gehen, sonst hätte er längst um Geld gebettelt. Man tröstet sich im Laufe der Jahre über viel Ausbleiben und Verlassenwerden hinweg, bis man irgendwann mutterwindallein im Haus steht. Und dann tröstet man sich damit, daß man doch eine unvergleichliche Freiheit genieße. Bis man am Ende sich mit dem Ende tröstet.

Er befand sich in einer größeren Gesellschaft, man feierte den fünfzigsten Geburtstag des berühmten T., und er saß zwischen zwei vertrauten Menschen. Rechts seine Frau, links ein guter Freund. Der sagte nun: Ich werde mir das Spektakel noch einmal genauer ansehen! Erhob sich, und seine Frau, übrigens völlig unverdächtig, folgte dem Freund. Sie sagte: Ich komme mit. Das muß ich selbst gesehen haben!
Der von Frau und Freund Eingefaßte blieb nun unflankiert am Tisch sitzen. Denn er hatte *es* bereits gesehen. Nicht zuletzt auf seine Erzählung hin waren die beiden vereint aufgestanden und wollten es selber sehen.

Die Gelegenheit, daß er nun allein an seinem Platz saß, nutzte eine Person von der anderen Tischseite, einem etwas entfernten Platz, von wo sie ihn möglicherweise seit längerem ins Auge gefaßt hatte, während das kosmische Ereignis draußen sie kaltzulassen schien. Eine blonde, schüchterne und dabei etwas aufgesetzt forsche Frau kam herüber, setzte sich zu ihm und sagte, daß sie die Gelegenheit einfach nutzen müsse, um ihn etwas zu fragen. Unversehens saß er darauf mit neuer Frau, vom Rücken gesehen, genauso nah und verbündet wie vorher mit der eigenen, alten, wohlgelittenen.

Er erläuterte nun fest und streng mit demselben locker bewegten Handgelenk, das schon so viele seiner Frau gegebenen Erläuterungen unterstrichen hatte, der Unbekannten, was alles bei ihrer Frage zunächst auszuschließen sei, bevor er sie beantworten könne. Ganz ernst und gründlich sprach er, ohne im geringsten zu berücksichtigen, daß diese Person nicht wegen einer Frage, sondern ausschließlich um ihrer selbst willen ihn aufgesucht hatte. Doch er akzeptierte ihre Frage nicht als einen Vorwand, auch wenn er ihn durchschaute. Er fragte zurück, fragte tiefer in ihre Frage hinein, er ließ nicht locker, sie sollte im Laufe der Erörterung endlich »Farbe bekennen«. Er wollte ihr einschärfen, nie wieder zum Schein jemandem eine Frage zu stellen. Da bemerkte er aber, daß unter dem Tisch einige alte Tennisbälle lagen, wie künstlich in einem sternförmigen Muster angeordnet. Er verstand nicht, was das zu bedeuten hatte. Diese Verunsicherung ließ ihn die Übersicht über die Erläuterungen verlieren, die er zur Frage der unbekannten Blonden bereits vorgebracht hatte. Er spürte selbst, daß er sich des öfteren wiederholte und zusehends aus dem Zusammenhang geriet. Ihm kam der Verdacht, daß die Gäste des berühmten T., einschließlich der bereits wie eine langjährige Vertraute neben ihm sitzenden Frau, unter dem Tisch irgendein Spiel gespielt hatten, an dem er, aus welchem Grund auch immer, nicht beteiligt worden war. Alte, schlaffe Tennisbälle mußten von Fuß zu Fuß gerollt sein, ohne je an den seinen zu stoßen. Damit stand offenbar das Ergebnis der versteckten Partie eindeutig fest: die Wahl war auf ihn gefallen.

Der Immernochsturz! Komet Hale-Bopp, der überaus lange fallende Brand. Ob die Erscheinung nicht selbst das unsäglich Vermißte sei? Einmal gesehen, das Bild des Vorbeisturzes wochenlang, der Pfeil des Zenon könnte im Flug nicht ständiger stehen. Vielleicht daß er nur steht, weil kein Wunder auf Erden sich ihm zugesellen will wie einst in Heiliger Nacht. Steht er nicht in der Erwartung einer Zeitenwende so fest am Himmel?
Aber unsereiner: was für einer! Jemand, der Kometen sieht und Sternenstaub und nicht dran glaubt, der statt Ehrfurcht nur Interesse kennt. Und nicht einmal die Furcht, daß dieser Millionen-Kilometer-Schweif alles durchwischt, was wir wissen können. Hale-Bopp. Ob wir auch wissen, das sind 200 Millionen Kilometer Entfernung, es ist doch eine *verrückte* Erscheinung. Etwas, das aus den Kreisläufen bricht. Ereignis, das die Bahn menschlicher Zeit nur streift. Aber wie wenig Schauder noch! Nur ein Mal im Leben! Wiederkehr im 5. Jahrtausend, Jahr und Tag genau bekannt. Doch kein Vergleich mit Hyakutake im Jahr davor. Ein glitzerndes Haupt und eine breite Lichtschleppe wie ein Weißwort, eine Verheißung, Atemfahne vorm Mund einer splitternackt im Frost ausatmenden Frau.

Unterdessen, wenn man es lieber folgerichtig mag, gab es da einen überraschenden Körpergriff, gab es ihre zutrauliche, vertrauensichernde Hand auf seinem Unterarm, so daß es ihn verwirrte, die fremde Berührung, Berührung einer vollkommen Unbekannten plötzlich an seinem Arm.
Es war etwa so, als hätte – zu trickverschleierndem Zweck – eine der schönen Komplizinnen des Zauberers ihre Hand sanft auf den Unterarm des nicht vollends getäuschten Varieté-Besuchers gelegt und ihm zugeraunt: »Glauben Sie uns. Bitte, glauben Sie uns!« Und in ihrer Bitte wäre die tiefere Moral geklun-

gen: Bedenken Sie immer – Ihr Horizont ist viel enger, als Sie annehmen.
So ähnlich der Griff und Augenblick, da die neue Frau neben ihm sagte, daß sie Xenia heiße, und sogleich einen Zettel zeigte, dutzendmal gefaltet, daumennagelgroß, darauf alles in klitzekleinen Stichworten verzeichnet stand, was sie über die nächsten Jahre mit ihm besprechen wollte. Fragen über Fragen.

Dies falsch Abschließende, die Lesebrille zusammenklappen und in die Reverstasche stecken. Um sie bei nächster geringster Unsicherheit dem Buchstaben gegenüber sofort wieder aus dem Schlupfwinkel zu ziehen, die Bügel aufzubiegen, sie durchs Schläfenhaar zu schieben, hinter die Ohren zu stecken, aufs Nasenbein zu setzen, um, kaum daß der Buchstabe zweifelsfrei erkannt ist, sogleich das unglaubwürdig Abschließende zu wiederholen, Brille abnehmen, zusammenklappen und zurück in den Schlupfwinkel, als würde sie dort endgültig außer Gebrauch verbleiben.
(Tu's zu den übrigen! Perpetula der unscheinbarsten Art. Allenthalben im Tag-für-Tag zeigt sich eine kleine Cavernität, ausgerundet durch ewige Wiederholung. Aber ist's nicht auch eine Höhlung, in der sich's gut und gerne hausen läßt?)

Und noch und noch und noch – so der kleine Entr'acte-Kobold, der die angewinkelten Arme vor der Brust übereinanderrollt, als wickle er Wolle. O dies Immer-mehr, dies Nicht-enden-wollen, diese Unmenge – von was denn nur?! Wolle! Sie ewig andeutend, ankündigend – so in etwa, ein Nummern-Wicht quert von rechts nach links, von links nach rechts die Bühne.

Frühlings-Hügel mit zwei Bänken, stufenweis versetzt. Welche Stimmen! Zwei ausrufende Frauen. Sie erhitzen sich mit biblischen Worten und rufen Visionen heraus, oft mit Zitatangabe am Schluß, so laut, sich überbietend fast, wie man einen Kartentrumpf aufschlägt.
»Wüstentiere werden daselbst lagern und ihre Häuser werden voller Eulen sein, Strauße werden daselbst wohnen und Bocksdämonen daselbst tanzen, Gespenster heulen und Schakale in den Schlössern der Lust. Jesaja 13,21!«
»Da sagte zu mir Uriel: Hier werden die Engel stehen, die sich bereits mit den Weibern vermischt haben. Henoch 19!«
»Wir glaubten in der Salzwüste immerzu salzauswärts zu rennen, bis die Kräfte versagten, und wie dort der Mond auf dem Salzspiegel schwamm, würgte uns der Durst. Kein Zitat.«
»Abraham nimmt die Magd Hagar nicht, sondern er nimmt sie hin. Samen gespendet, keine Liebe verschwendet. Kein Zitat.«
»Alles Fleisch verschießt wie ein Kleid. Sirach!«
»Wir empfingen unseren Mann im Entsetzen und nicht in der Lust.«
»Und auch die Leibesfrucht blieb eingeschlossen in Entsetzen.«
»Fragen müssen: Was hören wir da? Wissen müssen: Vagitus

uterinus. Wimmern des Ungeborenen in der Gebärhöhle. Schreie in utero. Selten, aber möglich. Bei Eindringen von Luft durch Eihülle. Etwa infolge von Einführung der Hand, um Kindskopf zu streicheln.«
»Ein eignes Kapitel.«

Träfe man sie einzeln, die beiden ausrufenden Frauen, dann redeten sie gewiß leise und freundlich. Aber einzeln trifft man sie nie.
Und immer tragen sie diesen weißen Schaum im Haar, als sei er nach der Kopfwäsche nicht abgerieben worden. Man kann auch erkennen, daß sie den Worten, die das Furchtbarste bezeichnen, kurz nach dem Sich-Lösen der Zunge, ein ungutes zweideutiges Lächeln nachschicken.

Vorhang zu! schreit sie von ihrem Bett das Fenster an. Licht, duck dich! Morgen, weiche zurück! Und dann, ganz leise, ihre stehende Redensart: Für mich geht heute eine Welt zu Bruch! Und seufzt es wie an jedem Morgen.
Später wird sie sich umständlich ein Frühstück bereiten, das sie dann doch nicht anrührt. Alles geht ihr schwer von der Hand, und eines steht dem anderen im Weg. Man fragt sich: Was macht einen Menschen so schwerfällig und seine Wege so unwegsam? Der Morgen? Ganz allein der Morgen?
Der Morgen verleiht im allgemeinen jedermann den geballten Willen, endlich eine Tür aufzustoßen. Ihr nicht. Der Morgen, Inbegriff alles Neuen – jeder Morgen will sich in seinen verlockenden Attributen und Synonymen aalen! Kraft, Wachheit, Neuheit! Unbändiger Wille. Nicht bei ihr.
Sobald sie einmal einen Stuhl eingenommen hat, dann sitzt sie lange, lange, viel zu lange.
›Es gibt nichts mehr zu tun. Alles erledigt.‹ Das ist jedesmal ihre

einzige Mitteilung, aber sie spricht sie nicht aus, es sprechen die hängenden Schultern, die lasch im Schoß abgelegten Hände. Alles erledigt. Der Rest ist Mitsummen, wenn der Wind durch die Türritze sein Liedchen pfeift.

Vase und Besen, angelehnt links und rechts ans Bühnenportal, spielten die Hauptrolle in diesem traurigsten Stück aus der stehenden Zeit. Die beiden, Vase und Besen, nannten sich: Angst und Freude. Die Angst zu zerbrechen ließ die Vase unbewegt am Boden stehen. Die unbändige Freude, endlich den Kehraus zu tanzen und im Tanz den Kehricht auszufegen, überwältigte den Besen und lähmte ihn.

Desiderateur, Abtrünniger des Alltags, der von Verlangen geplagt in seinen Träumen herumirrt wie in einem alten Krieg, bei dem weder Ausbruch noch Front noch Gegner eindeutig zu ermitteln sind, von einem Nachtmahr nach dem anderen umzingelt, immerzu vor unlösbare Aufgaben gestellt, als wäre sein Leben ein einziger Prüf- und Hindernislauf.

Rätselnd steht er vor der großen gnostischen Gleichung: Welt gleich Finsternis. Kosmos–Skotos. Oder: Leib gleich Grab, Soma–Sema. Schlägt sich durch zwischen den orientalisch verwilderten Formen der Antike, begreift hier nichts und dort nichts; als seien ihm etliche Dateien sicherer Wissensbestände in der Cloud verlorengegangen, gelöscht, nie wieder herstellbar. Vielleicht gibt es ja nur elektronisch das *absolute* Verschwinden von etwas aus der Welt?

Und er sagt: Ich erfahre nichts als das Grauen des Zuviel. Wie reinigend erscheinen mir jetzt die kurzen Umsturz-Perioden der Geschichte, Revolutionen, die Speerspitzen-Verengungen der Zeit, der lodernde Verlust von Gedächtnis, das sich zugunsten von Entwurf und Vorstoß verjüngt. Welch ein Jungbrunnen überhaupt wäre die *rücksichtslose* Zeit! Gewiß, so lästerlich empfindet nur, wen das Grauen des Zuviel ergreift, wer den Leviathan aus den Fluten des Überflusses auftauchen sieht!

Ja, ich bin einen anderen Weg gegangen. Meine Freundinnen alle zu Pferd, versammelt auf silberner Lichtung, berittene Enttäuschte. Nur ich noch auf zwei Beinen. Eine prescht mit schlammwerfenden Hufen an mir vorüber. Totenwählerin? Jedenfalls warm war ihr zu Pferde, sie ließ ihre Jacke fallen. Hans auch und sein bester Freund – schon verschwunden. Gekiest und erkoren.

Der schwarze Schlund, der gierige Fleck Fäulnis trat hervor auf der farblosen Haut. Ein sich dehnendes, dann wieder stark schrumpfendes, sich verdichtendes Mal, fünfmarkstückgroß, alte Währung. Es ist nicht zuerst der Fleck, den *du* siehst. Es ist der *dich sehende* Nekropunkt. Brandige Stelle. Die dich suchende Gangrän.

Kurz darauf, der Schwarm der Klinikärzte im Visitenlauf, flankiert von den Keren, den Schadgeistern, die mit weit geöffnetem Maul den Menschen »umgähnen« (Homer) und verschlingen wollen, manes, umbrae, exsangues, allesamt stürmen sie das Krankenzimmer, versetzen die Pfleger in Aufruhr. Man wollte mir schnell noch einen Herzkatheter setzen. Die blasse Schmiere zum Haften der Elektroden noch auf der Brust, wurde ich *rüber in die andere Abteilung* geschoben, wo geschnitten wird. Ich wollte nicht geschnitten werden, niemand sollte mir ans Herz fassen. Wohin noch? Welche Jahre noch? Welche Vergeblichkeit noch? Um am Ende in irgendeinem stinkenden Hospital von verwahrlosten Ärzten gedemütigt zu werden.

Ich trat unter die Blutdusche. In dieser verkommenen Klinik war das überall abfließende Blut in das Wasserreservoir eingedrungen und spritzte nun aus allen Leitungen. Ich habe keine Geschichte für euch, ich bin keine Geschichte für euch, rief ich empört. Meine Taschen sind leer, seht die umgestülpten, bis in die Spitze leeren Hosentaschen, in den äußersten Nähten vielleicht noch letzte Brösel von trockenen Kräutern, Keksen, Papiertüchern. Abrieb!

Auf meiner Flucht trug's mich durch etliche Helden-Larven, die sich wie leere Kleider, wie ungespielte Rollen anboten, bis ich mich schließlich einverleibte dem Perseus und folgte der Medusa eine lange Foyer-Treppe hinunter. Es wölbte sich auf ihrem kahlen Kopf ein Haarnetz, in dem grüne Schlangen wimmelten. Warum sollte das szenisch nicht möglich sein? fragte ich den Traum-Regisseur und sann auf die maskentechnisch geschickteste Lösung. Medusa war in einen fast durchsichtigen Schleier gehüllt. Im nächsten Moment sah ich ihren vor mir herabsteigenden Rücken von Blut überströmt – es war, als ob es aus einer breiten Nackenwunde über Schultern und Hüfte sich ergieße. Sie schritt aber ungerührt vor mir die breiten menschenleeren Stufen nieder, ich mußte ihr folgen, ich wagte nicht zuzuschlagen, obgleich das Blut, das ihren Rücken und das schöne Gesäß überschwemmte, nur die Folge meines Schlags sein konnte – oder war's vielmehr eine Vorausschau, visionäre Lockung, ihn endlich auszuführen?

Welch ein Verlangen, einmal inmitten der Szenen liederlichen Daseins, dieser Phädra, diesem Kandaules, dieser Elektra zu begegnen, indem man zur Höhe ihrer strengen und diskreten Form gelangt, statt lose im Maelstrom liberaler Impressionen zu kreisen, mit all den tanzenden Resten, Brocken, Fragmenten, den aufgelösten Häusern, Gütern, Gedichten! Alles zerteilt auf- und abtauchend wie Gliedmaßen zerstückelter Najaden.

Ein Freund, der seine Wohnung renovierte, rief mich am Abend an und bat mich, zu unserer Verabredung einen Vorschlaghammer mitzubringen. Ich nahm den langen, groben Hammer in die Hand und stieg in die S-Bahn. Ich mußte erleben, daß dieser oder jener Passant, dieser oder jener Fahrgast, Frauen vor allem, ohne mich zuvor anzusprechen, kurzentschlossen in meine Hand griffen und mir den Hammer zu entwinden suchten. Ich hielt ihn ganz arglos mit dem Schlagblock auf den Boden gestützt. Dennoch sah es für andere aus, als schritte ich zu einer Tat der Zerstörung. Manche empfanden den Hammer in meiner Hand sogar als unmittelbare Bedrohung, als ein Tatwerkzeug, das jederzeit zum Einsatz kommen könnte. Sie witterten einen unheilvollen Akt und wollten ihm zuvorkommen, indem sie sich mit stummer Friedensgewalt des Hammers, der Zertrümmerungswaffe, wie sie meinten, zu bemächtigen suchten. Ich wehrte sie aber einen nach dem anderen erfolgreich ab und sagte ebenfalls keinen Ton, erklärte niemandem, mit welch braver Absicht ich den Hammer bei mir trug.

Es stieg ein und nahm Platz mir gegenüber eine an ihrer Häßlichkeit leidende, ja schier zerbrechende kleine Kreatur. »Ich bin Physiker«, sagte das Männlein ohne jeden Anlaß, nur auf meinen ersten Blick hin, damit ich mir keine falschen Vorstellungen machte. Ein Physiker, der eine winzige Nase in seinem wie mit einer Teigrolle geglätteten, kinnlosen Gesicht eher versteckte als zeigte, der sich gleich nach Betreten der S-Bahn ungestüm auf den Sitz geschmissen hatte, das Bein auf den freien Platz neben sich legte, so daß zerfranste Jeansränder, giftgrüne Sneaker und all das übrige Häßliche an ihm erst recht zur Geltung kamen. Wie auch den Affront der *Unansehbarkeit*, den er aller Welt bot und von dem er sehr genau wußte, anders ausgleichen oder gar verdecken als mit zusätzlich provozierendem Benehmen? Er trug jedenfalls den Fluch seines Aussehens nicht in Demut. Und so griff er mich denn mit den Worten an: »Verdammt! Schon wieder jemand, der mich ansieht einzig meines Aussehens wegen! Müssen Sie mich ausgerechnet jetzt daran erinnern? Es gibt Scham auf der Welt, mein Herr! Auch Ihre Augendeckel lassen sich senken! Ich bin Physiker, wenn's beliebt, und kein Objekt des öffentlichen Abscheus. Sie haben nichts davon, wenn Sie mich sehen, es rührt Sie im Grunde gar nicht – aber mir ist Ihr Blick ein Zündholz, welches meine Vorstellung von mir selbst,

das ist: das Bewußtsein meiner Häßlichkeit, sofort auflodern läßt!«
Ich wechselte den Hammer von der linken in die rechte Hand und erwiderte: »Ja, Sie sind häßlich. Abstoßend häßlich. Doch niemand sieht Sie um Ihrer Häßlichkeit willen so durchdringend an, sondern nur weil er sich mitmenschlich fragt: Wie wird dieser Mann mit seinem Schicksal fertig, wie geht er damit um, überall sofort als abstoßend häßlich angesehen zu werden?«
Der Mann, der zunächst geglaubt hatte, mit dem Lasso seines schrecklichen und auftrumpfenden Selbstbewußtseins den Begaffer seiner Häßlichkeit gefesselt und kampfunfähig gemacht zu haben, staunte nicht schlecht über meine die Wunde nicht betupfenden, sondern scheinbar heimtückisch aufreißenden Worte. Er zuckte und schluckte. Doch auf einmal schien ihm aufzugehen, daß sein Selbstbewußtsein und das Eingeständnis seiner Unansehbarkeit ein Federgewicht waren im Vergleich zu den abgründigen Gedanken, die ein Mann mit dem Vorschlaghammer in der Hand, ihm gegenüber, womöglich hegen könnte, während er ihn voll Abscheu betrachtete. Ein Anflug von Angst und Selbstmitleid setzte seine geübten Schutz- und Wehrmittel außer Kraft. Er weinte, und sein Antlitz verwandelte sich. Es wurde nicht schön, doch lösten sich die übelsten Spannungen darin, die Knoten seines Selbstbewußtseins öffneten sich, er ließ sich gehen, und unter den Tränen erschien ein Schmerzensgesicht, das niemals ein häßliches sein kann.

Was hätte das Hirn der Vernunft Besseres zu bieten als den Stoff der nächtlichen Bizarrerien, die sie zu ihrer Ertüchtigung zähmen und verarbeiten darf?
Es rang ein unseliger Krüppel mit mir, dieser Junge mit der großen Kraft des Mißwüchsigen schloß mit Stahlgreifergewalt seine Arme um meine Hüfte – ein Buchhandlungswahnsinniger, ein Mensch, der nie lesen wollte, der aber ausschließlich in Buch-

handlungen sein Unwesen trieb, die lesefreudigen Kunden umklammerte und niederrang, denn, so sagte es ihm sein dumpfer Instinkt, unter den Leuten mit erhöhtem Bildungsgrad durfte er auch die höchste Toleranz erwarten. Und tatsächlich waren alle vom Krüppel Bezwungenen »wahnsinnig nett« zu ihm und genierten sich, noch am Boden, für ihre gesunde, gerade Gestalt.

Sie suchte also gezielt nach den im Mithras-Kult verwurzelten Stellen, die sich in diesem deutschen Schauerroman aus dem frühen zwanzigsten Jahrhundert verbargen. Ein lesender Zugbegleiter hatte als erster vom Stierblut geleckt und ihr mit der Bemerkung: ›Dies Buch wird Ihr Leben verändern‹ sein Exemplar ins Abteil gereicht.

Stierblut? Mit Hilfe einer improvisierten »stammesgeschichtlichen« Analyse gelang es der professionellen Deep-Time-Leserin tatsächlich, geringfügige Spuren eines phrygischen Taurobolismus auf zwei Seiten des Romans nachzuweisen.

Wie kamen sie in diese im Mittelalter angesiedelte moderne Gespensternovelle? Nach Angaben des Zugbegleiters war der Baum, von dem er das Buch gepflückt hatte, kurz vor Paderborn nahe dem Bahndamm gestanden, eine Esche mit blaßgrünen Samenbüscheln neben den Blättern, und er habe es im frühen Herbst bei einem Halt auf offener Strecke von den Zweigen gezupft.

Beide Lesende stimmten im Austausch über den Gehalt (nicht Inhalt) im Untergrund des Buchs überein. Beide gewannen die Gewißheit: Es mußte ein tieferes, wenn nicht tiefstes Wurzelwerk geben, das welt- und zeitunterwuchernd vom unversiegbaren und stetig sich regenerierenden Opfer genährt wurde, Blut und Samen des Stiers, den ursprünglich Mithras in seiner Höhle tötete, um die Erneuerung der Erde zu erbitten. Die Spende

treibt noch heute die Eschen aus dem Boden und aus den Eschen hier und da ein Buch, das irgend jemandem auffallen muß, schon seines wunderlichen Wachstums wegen, und das er dann gar nicht umhinkann, vom Zweig zu pflücken.
Vorzugsweise war es ein unscheinbarer Roman, der aber versteckt ebenjene Elemente des alten Kults enthielt, die dann beim Lesen in den »Blutkreislauf« eines modernen Menschen eindrangen und dort unvermeidbar ihre Wirkung taten.

Des Lebens Ringe sind Initiationen. Man geht immer durch neue Nichtung.
Tieropfer, so heißt es, standen in Beziehung zum Dekomponieren der Naturzusammenhänge. So wie Ideen-Opfer zum Dekomponieren des Geistes nötig sind?
Wozu Sprache? Nur um überrascht zu werden, sich überrascht zu zeigen, sich überraschen zu lassen oder gar in der Hirnhöhle irgendwelche verfeindeten *spiriti* beim Kopulieren zu überraschen.

Ihr pantheistischer Rücken, von unzähligen Kreaturen seit je beschlichen und umklammert, dennoch stolz, stark und hoch, wenn sie nach der Liebe nackt durch die Straßen ging. Und eine Kette mit Brot und Früchten, Fischen und Fleisch um ihren Hals trug. Und ihr Rücken, die Arme in die Hüfte gestemmt, überall auftauchte wie eine sonnige Amphore und jeden daran erinnerte, daß die Geschichte der Lüste alle hundert Jahre nur eine Liebende kennt, die sich, mit Ernte geschmückt, unbeugsam durch die Menge bewegt.
Die Ceres-Nackte, in Früchten und Blumen gekleidet, die Haut von Blättern geschuppt, öffnet die Beine, und blaue Trauben quellen aus ihrem Schoß.

Der Mann, der sich in seinem Bett aufrichtete, erblickte eine Erscheinung mit gefesselten Flügeln, die vor ihm im Zimmer stand. Ein Umhang verhüllte die gebundenen oder gar schon zusammengewachsenen Schwingen und ließ sie wie einen Buckel erscheinen. Sie trat ein wenig neben den Mondstrahl, der schmal durchs Fenster in die Dunkelheit schnitt. Der Mann und seine Person fragten sich beinahe gleichzeitig:
»Wer ich?« – »Wer ich?«
Es kam ein sanfter zerstreuender Wind zwischen die sich fremden Wesen, die Worte, die Blicke – ein haltloses Träumen, dispersio mystica. Ein Partikelstaub, in dem Sichtbares entwich, Unsichtbares in die Anwesenheit trat.
»Also kam ich neben dir zum Stillstand. Du siehst die Tafel, die große Schultafel über deinem Bett – hast du sie jemals bemerkt? Ich habe versucht, das System meines Fallens in die Gefallenheit Nacht für Nacht für dich in allen Verstrebungen und Verzweigungen aufzuzeichnen. Siehst du? Es ist ein wildes Pfeilesetzen von Richtungen, von Gegen-, Neben- und Seitenrichtungen. Jeder Mensch auf seinem Stuhl, so fest er sitzt, stürzt immer noch den Engeln nach. Doch flimmern seine blauen Initialen, von Dante selbst gemalt, über ihm, solang er niedersaust.
Alles begann mit dem Selbstkußknall. Dem Bruchteil einer Sekunde, in dem das All zersprang. Geboren geborsten. DAS geworden. Ding. Körper. Geröll frei für Geröll. Und es rollt dahin bis ins falsche Nacheinander der Tage, dem die Menschen sich anbequemen. Es ist wie eine Stimme, die in Falschsingerei ihr Lebtag schwelgt. Oh das unausgeprägte Leben der Sterblichen! Das unausgelebte, in Zeitmaßen verfangen. Statt einmal verfangen zu sein in alle Tage und alle Stunden *auf einmal!* Die Kleinheit eurer Zeit entsteht zuvörderst durch euren Unterscheidungsgeiz, mit dem ihr jedes Gedicht abtrennen wollt vom anderen und verhindern, daß es eingehe in ein einziges ... Dies Nacheinander und Zerteilen dauert an, erneuert sich, solange es noch *Geschichte* gibt. Alles aber ist da in einem großen Zugleich, denn,

wie die Schrift sagt: creavit omnia simul (Sir 18,1), Sterbliche aber schufen das rauschende *totum digitale,* das Ganze einer Welt aus Fingerzeigen, denn was wäret ihr mehr als *link* und Verweis? Click-Gänger, Netznesthocker.«

»Nur in der Traumschule, die ich hoffentlich nie verlassen muß, in der ich hoffentlich niemals bis zum Abitur gelange, damit ich immer die gleiche, wunderbar geglückte, uferlose Stunde nachsitzen darf – oh diese Poetik des abirrenden Worts, die schon so großen Nutzen brachte! Nur hier bin ich resistent gegen das Virus des Vergessens, das so ansteckend grassiert unter Menschen, nur hier bin ich, wenn auch mit offenem Mund, still zu den dringenden Gesichten hin und hole aus meinem blöden Staunen, daß es sie gibt und mir so nah, alles, einfach alles überhaupt nur Verknüpfbare heraus. Ich liege, ich schwimme, ich onduliere in den Gesichten. Gibt's denn für den Traum überhaupt Unträumbares? Eine losgelassene Meute kaum zähmbarer Gedanken, eine Welt ungeahnter Zusammenhänge. Über alles Verknüpfbare hinaus! … Könnte es nicht sein, Miß, daß wir, um tagsüber den Tag zu bestehen, eher mit einer gewissen Sparquote an Verknüpfungen auskommen und auskommen müssen? Nicht ohne Folgen benutzen wir alle die gleiche ›Oberfläche‹ (und er kratzte mit den Fingern Anführungszeichen in die Luft), doch die sprunghaften *links* gleichen dem Vormarsch von Läusen, sie bewegen sich nur auf der ebenen Fläche. Verknüpfungen aber, die wirklich was taugen, etwas hervorbringen, die ihren textilen Namen verdienen und also haltbar sind, nicht nur rasante Augenwische, flüchtige Touchierungen, sie finden in der Tiefe der Unwissenheit und der *ungenauen* Erinnerung statt. Der Gedanke, der aus dem noch warmen Vergessen schlüpft, übertrifft die Summe dessen, was aus allen gespeicherten Vorräten ›zusammenschnellen‹ (kratz-kratz) könnte. Tausend Webseiten dokumentieren tausendmal Unverwobenes, sie umkreisen, beschwören das Niehervorgebrachte.«

»Wenn Sie Miß zu mir sagen, darf ich Sie Burschi nennen? Wissen Sie, irgendwann ist das Alter erreicht, da man nicht mehr zu seinen Träumen paßt. Das raumlos Unaufgeräumte, die Augenwische und die kurzen Obsessionen, das aufdringliche Quidproquo haben nichts mehr mit dem langen Sehen und dem inneren Landgewinn gemein, die nun bei Tag und nur unter der ›strukturbildenden Maßnahme‹ des offenen Auges verläßliche Gestalt annehmen. Träume hingegen scheinen immer noch vom Lustspiel der Lüste zu zehren, selbst wenn man sich tagsüber nach niemandem mehr verzehrt und auch nichts Schöneres mehr haben will, als man hat.
Was dem menschlichen Körper an Flügen mißlang, schlug aus auf seiner Haut. Für jeden gescheiterten Versuch wuchs ihm ein verstümmeltes Flügelchen. An Schultern und Rücken, Armen und Flanken kam es zu kleinen Auswüchsen zum Zeichen seiner ewigen Flugunfähigkeit. Fiedrige häutige Händchen, die dicht an dicht panisch zu flattern beginnen; ja sie zittern schon bei geringster Fortbewegung des Menschen, als fürchteten sie sich vor einem erneuten Aufstiegsversuch und seinem todsicheren Mißlingen. Die Stummel erregen sich und ahmen in ihrer Verkrüppelung ein echtes Flattern, aber es sieht aus, als ob Stare in einem überfüllten Schwarm, in dem jeder einzelne Vogel im Flatterdickicht aller behindert wird, um ihre Flügelfreiheit kämpften.«

Raffael, der begabte Musikant, Meister des klassischen Gitarrenspiels, Herzensfreund von Alfredos kleinem Enkelsohn, gleichwohl schon dreiundzwanzig Jahre alt, Mutter Chilenin, Vater Ire, Diplomat. Ungewöhnlich zugewandt dem Kind, tollte er morgens und abends mit ihm im Boot auf dem Meer. Jeder erfreute sich seiner höflichen Umgangsformen, schätzte die unaufwendige Zuvorkommenheit des Mannes aus gebildeter Schicht. Nichts Scharfsinniges muß man gewärti-

gen bei ihm, alles ist abgerundet, geformt, geradeaus und warmherzig.
Nur über eines sprach er niemals: seine Mutter. Noch vor einem Jahr eine außergewöhnlich lebhafte Frau von Anfang vierzig, kam sie im Sommer darauf im Rollstuhl auf dem Flughafen von Malta an. Sie war gerade noch in der Lage, sich zu artikulieren, bewegen konnte sie sich nicht mehr. Ein Virus hatte eine schwere Gehirnhautentzündung verursacht. Die Körperfunktionen setzten nach und nach aus. Seit dem späten August lag sie nun im Koma. Alfredo, unser italienischer Freund, Hautarzt zwar, bot sich an, für die ständige Infusionsernährung zu sorgen. Raffael wachte rund um die Uhr bei seiner wunderschönen, dem Tod geweihten Mama.
Es besteht für mich die Vermutung, die ebenso düstere wie wohltuende Vorstellung, daß es mit ihr ein Ende à la Poe nehmen wird, nämlich daß ein tatsächliches Ende nie eintritt.
Raffael hatte die Kranke nach Malta kommen lassen, um sie den irischen Kliniken, den rat- und tatlos untersuchenden Ärzten dort zu entführen, um die Mutter, die wunderschöne, künstlich am Leben zu erhalten. Er tat es, obgleich sie die Nahrungsaufnahme schon verweigerte, als sie noch bei Bewußtsein war, und damit in aller Hilflosigkeit der fehlenden Sprache anzeigte, daß sie aufhören wollte, es unbedingt wollte.
Alfredo erzählte uns, sie läge immer noch unbewegt zu Bett und sei immer noch sehr, sehr schön.
Der Junge wolle sie nicht gehen lassen, schon aus dem Grund, weil man einen so schönen Menschen, wenn man ihn erhalten kann, nicht ins Feuer gibt, nicht einfach verschwinden läßt. Sie sehen, sie atmen sehen! Den Körper warm halten! Ihren warmen Körper spüren. Dazu die tiefe, märchenhafte Hoffnung, daß einer käme und sie heilte.
Doch kein Fremder durfte das Stadthaus noch betreten, seitdem die Erhaltene dort in ihrem dunklen Zimmer lag. Nur eine medizinische Lösung tropfte ihr ins Blut und verhalf ihr zum Atmen.

Raffael verbrachte Mondnächte vor ihrem Zimmer auf dem Balkon und blickte über die Klippen zum Hafen. Er sprach alles aus, was er dachte, und er sprach nur noch zur Mutter. Sein Denken zu sprechen, strenge ihn an über Gebühr, sagte er ihr. Er sei nicht in der Lage, nebenbei noch eine konzentrierte Handlung auszuführen, deshalb könne er nicht wie früher für sie auf der Gitarre spielen, sagte er ihr.

Rot! Zuweilen ist es ein einzelner Lichtstrahl, blutrot eine einzelne Regenschnur. Aber auch eine Türklinke, ein Spiegel im Hintergrund, oder Ton in Ton rot werden die Kleider zweier Menschen, die aneinander vorbeigehen. Die Stoffe, sagt man, *rubeszieren*.

Die Menschen erröten – und sie röten einander. Im Blickfeld taucht etwas unwahrscheinlich Rotes auf: jemandes Stirn, jemandes Hand ist feuerrot. Hier ein hohes Fenster krebsrot, dort der Schuh des Betrügers, die Stirn eines Busfahrers, und dann wieder ein blutroter Lichtstrahl.

War dies Leben nur ein Trailer? Vorschau auf die *Saison en enfer*. Es zieht einen hinüber, wo dann aber nicht mehr viel passiert. Nur verdammt lange Einstellungen. Eternitäten von Qual und Kummer, jeder in seiner Grube, Nische, Höhle.

Rimbaud! Des Jünglings Werke sind die Glocken, die zum Abmarsch der Fußlahmen läuten.

Diese Invaliden der Sprache wollen sich vom Jüngling der berauschenden Worte verführen lassen. Die »mit dem stumpfen Grau der Augen … den Gliederstümpfen, die schlaff oder geschwollen in der gestreiften Hospital-Kleidung stecken«. Die sich nicht wenden können in diesem »Bad der Invaliden«. Und keine Frauen mehr, die sich am Ufer waschen.

Altes Wächterpaar mit dem Tisch, auf den sie seit Urzeiten ihre Karten schlagen, längst mit ihm verwachsen, umringt von der anstehenden Masse Gefangener, im Sportstadion, dem Lager. Alle Jungen von hinten gesehen, mit gleichem kurzgeschorenen schwarzschattigen Schädel, den Kopf gesenkt. Ein Viertelhundert Männer, hinter ihnen der Turm ohne Wächter, dann der Strand, wo das Wasser rauscht und eine nie eintreffende Fähre ankündigt. Das vorlaufende Meer, das ewig bloß ankündigende.
Das übrige Stadion leer, wie beim Strafspiel ohne Zuschauer. Eine Mutter versucht seit Tagen, einen Pullover durch die engen Maschen des Zauns zu zwängen. Den Pullover so zu drehen und zu drillen, daß er sich durch eine enge Masche bohren läßt. Die Gefangenen teilen sich auf in Spielfreudige – auch hier eine Schar von Pausenclowns darunter – und solche mit gesenkten Köpfen. Beim Warten vorm Meer entzieht sich ihnen das Meer. Es ist leicht und im Stadion beliebt, seine kleine Stimme in die vorgeformten Rufe einzulegen, die Frühere einst ausstießen in höchster Not; die kleine Stimme zu betten in den originalen Schrei aus Todesangst, den man hier leihen oder erwerben kann, ein wohlfeiles Souvenir, Schrei, der jedermann zur Verfügung steht, mit dem jedoch einmal ein zu Tode Gequälter die Stille zerriß.

Die Bestürzung des Alten vor dem Erbleichen aller Schrift, und wie sich's aufhalten ließe? Er flehte die Buchstaben an, noch einmal eine Vorstellung in ihm zu wecken! Er litt unter heftigen *grammaklastischen* Anfällen. Sein Herz lief Sturm wider die *Unansehnlichkeit* der Schrift. Nichts, gar nichts würde je wieder Strahlung, Schönheit, Bergung erlangen durch sie. Ach, es sollte ihm nur recht sein, wenn sie aus dem Leben der Völker und Kulturen verschwände, von scherzhaften Hieroglyphen ver-

drängt. Besser sie geht unter, als daß diese Wolke von Laschheit und Mißbrauch sie einhüllt, eine Wolke, die ja aus ihr selber emporsteigt.
So rang mit sich der Letternfeind und sah es kommen, daß am Ende seine vermutenden Hände es sein werden, die sich in der Finsternis ohne Schrift entlangtasten an den immergleichen Wänden in einem verschlossenen Kerker.

Die schiefe kleine Frau mit dem durchdringenden Blick, mit einem Ausdruck von Feuer hinter Glas, die sich vom Beilager aufrichtet, den Akt unterbricht und grübelt, wie man's besser anstellen könnte, damit's noch besser gefiele. Beinah als ob man darüber nachdenkt, wie ein unhandliches Möbel in einem ohnehin überladenen Raum noch unterzubringen wär; oder wie man einen bestimmten Ort, der nicht auf der geplanten Route liegt, doch noch »mitnehmen« könnte. Oder wie man einen bettlägrigen Menschen, der einfach nicht mehr zu seiner Bequemlichkeit zu betten ist, dennoch in eine Lage verbringt, die ihm behagt und keine Schmerzen bereitet.
»Laß es uns wenigstens einmal ausprobieren.«
Es dauert nicht lange, und beide sehen sich unterwiesen von einem halben Dutzend Experten, die alle ihren Ratschlag geben, indem sie dem Akt ein herzlos nüchternes Ziel setzen, wie man am Sonntag einem Nachbarn Ratschläge beim Ausbeulen seiner alten Lancia-Karosserie gibt, ohne selbst die Sache in die Hand zu nehmen, angetrieben von einem geringen Vorteil des Besserwissens, mit dem man den anderen zu beherrschen sucht. Und zu ähnlich falscher Überlegenheit verstiegen sich die Experten angesichts des umständlichen Paars, das ins Grübeln geraten war, oder sagen wir: auf Sand gelaufen, infolge einer plötzlichen Strömung von Lieblosigkeit.

Nichts schlimmer, als mit der Strömung zu ziehen. Nichts unmöglicher, als sich ihr entgegenzustemmen. Am besten ist es noch, ein kleiner Fremdkörper am Grund eines hellen Gewässers zu sein. Zum Beispiel ein alter verbogener Sektkorkendraht, eine schiefe Drahthaube, die vor langer Zeit auf einer ausgelassenen Fête champêtre jemand im hohen Bogen in den Bach warf und die dort im Geröll der Strömung einige Meter mitkullerte, um dann an einem Steinvorsprung für immer hängenzubleiben, so fest und von kleinen Kieseln eingekeilt, daß selbst das wilde Wasser der Schneeschmelze sie nicht mehr vom Fleck löst und sie tiefer in den Schlick sinkt, wo Agraffe und Muselet bald Rost ansetzen und am Draht ein Moosfähnlein weht, das an das zerrissene Hemd des Schiffbrüchigen erinnert, welches er auf seinem einsamen Atoll hißt.

Nähme man den Weltinnenraum zur Voraussetzung poetischer Erfahrung, so müßte zwischen mir und dem *totum digitale* oder dem netzgenerierten Arachnoiden (dem spinnenähnlichen Netzbewohner) ein größerer Abstand herrschen als zwischen mir und dem Steinzeitmenschen, dem kultfrommen Höhlenmaler.

»… nie ersann Arachne solche Gewebe«, Inf. 17,18

Wir Dichter erneuern nur den Seelenhauch. Wir sind ein kleiner Zulieferbetrieb der pneumatologischen Industrie. Wir tauschen hier und da ein bißchen vom verbrauchten Odem aus.
»Wir sind Vorübergehende, zum Vorbeigehen bestellt, mithin dazu, Verwirrung zu stiften, unsere Wärme aufzuerlegen, unseren Überschwang zu sagen.« René Char

Man mag so viele Intelligenzen prüfen, wie es gibt: Die poetische bleibt die einzig menschenwürdige. Sie entfaltet sich weit über Gedichte und Prosawerke hinaus. Sie ist Auflösung des Gegebenen, Zustand der Erwartung. Sie wird einmal aus jeglicher Erkenntnis aufsteigen und die Summe ziehen. Von einem Gesicht kann man ebensowohl wie vom Gedicht sagen: Es steht in Erwartung und es gibt zu ihr keine Gegenregung mehr. Wenn Erwartung an die Stelle der Hoffnung tritt – sie ist ja weder düster noch hell, sondern von Grund auf wachsam, horchend mit allen Sinnen und Zellen –, dann kann man sich den Menschen auch wieder als einen unbewegten vorstellen, nach außen aufgerichtet und empfangsbereit wie eine Parabolantenne, um noch die schwächsten Wellen aus dem unendlichen Raum zu empfangen.

Es wird alles noch einmal wunderbar, kurz vor dem Abschied, sagte ein nordischer Dichter, der sehr alt geworden war, das ist der Lohn der späten Jahre.

Was aus Traum ist, bleibt traumbefangen. Ein Bild muß unter Licht zu sich kommen. Erst wenn es den Entwickler ›Aufklärung‹ passiert hat, können seine Konturen sich schärfen und seine Dunkelwerte sich sättigen.
Die Menschen treten aus dem Hintergrund, wo sie so lange unerkannt im Dunklen standen, in die weite leere Bühne hinaus. Sie handeln nicht … sie treten ins Freie.

Der Bewußtmacher

Was hatte er nicht alles so bei sich gedacht! Seit den vergangenen drei, vier Jahren in seiner Eigenschaft als Bewußtmacher und schließlich Bewußt*seins*macher. Die fünf Künstler, die Gruppe »Pünktlich«, hatten ihn engagiert als eine redende Mitte zwischen zwei Frauen, drei Männern. Was hatte er nicht alles laut gedacht und vorgebracht, ihn schauderte es im nachhinein. Nichts stimmte, doch alles wirkte belebend auf Geist, Auge, Geschlecht.
Jemand, der ekstatische Reden hielt, ohne einen einzigen Inhalt oder Zusammenhang unzertrümmert zu lassen: Er, der Anti-, der Abkünstler, raffte eine Handvoll Künstler, scharte sie um sich, durchdrang und verführte sie, so daß sie bald albtraumhaft sein wollten wie Redon, theoriebesessen wie Ad Reinhardt, verzweifelt wie de Staël.
Der Redner las wenig zu der Zeit, entnahm das meiste seines Redens der Intuition, die ihre Bilder, Objekte und Zeichnungen bei ihm auslösten. Ihre Werke, die sie stumm hervorbrachten und stumm ihm zeigten, erregten seine Rede, und er sprach ihren Werken getreu, aber auch weit über sie hinaus, entwarf Horizonte für jeden von ihnen. Sein Reden wiederum mit melo-

diöser, halblauter Stimme beeinflußte ihre Arbeit, wenn sie vor ihren Blättern, ihren Leinwänden saßen und in Farben meditierten, wie andere sich von Gesualdos Kanzonen anregen lassen. Es dauerte aber nicht lange, und es wurde ihm widerwärtig, sich noch länger mit Reden hervorzutun.
Alle Gedanken erschienen ihm auf einmal schal, jede Überzeugung ein schlechter Witz. Die Enge des Ausgesagten, das Grundfalsche schon im Stil des Feststellens und Argumentierens. Der Mangel an Instinkt für Unsagbares kann jeden Satz ruinieren. Aber er hatte seine Rolle als Bewußtseinsmacher weiterzuspielen, die Arbeit der fünf hing davon ab, und er wurde dafür bezahlt, von innen nach außen ein Sprecher, ein Ideenlieferant zu sein. Mittlerweile brauchten sie ihn, weil Künstler ja heute ihr geheim gehegtes taedium artis, ihre Abscheu vor der Kunst, selbst nicht recht deuten können. Während echte Schlaflosigkeit auserwählt ein stolzes Mannesleben, um es zu zermürben und zu erniedrigen, wurde der Redner bloß genarrt von uneindämmbarem Weiterreden im Schlaf.

»Meine Freunde! Was ihr macht für heute, ist bedeutungslos. Was ihr macht für morgen, ist in den Wind geschissen. Ihr müßt etwas machen für nie und niemanden, sonst habt ihr jetzt, hier und jetzt, nichts zu sagen. Bekommt ihr keinen ersten Strich zustande.
Ich selber bin es, den ihr überwinden müßt. Ich selber bin nur einer, der nicht malt, den müßt ihr überwinden. Ich habe euch dies und das zu verstehen gegeben ...«
Ja, er gab ihnen dies und das zu verstehen. Unzählige Winke und Weisen. Aber selbst wenn sie allen nachgegangen – nachgehangen wären, so hätten sie doch nie eine endgültige und sichere Weisung gefunden. Es gab sie nicht. Winke und Weisen, Andeutungen in Hülle und Fülle, Verstehensfamilien und untereinander verständigte Nebenverständnisse, Beziehungsreichtum, unermeßlicher Luxus an *Komplexität*. Das Vielmögliche trat an die

Stelle der *einen* Bedeutung. Das gewöhnliche Verstehen, sagte er, ist nur ein Nippen an einem Menschen, der von Winken und Weisen, von Bedeuten und Andeuten nur so überläuft!

Seine beste Zuhörerin war indes eine gescheite Galeristin zu Besuch. Sie saß mit übereinandergeschlagenen Beinen, sich vorbeugend, linker Ellbogen auf das Knie gestützt, aufgerichteter Unterarm, zwei Finger erhoben mit Zigarette, die sie im nächsten Moment, im Moment jenseits der Ungewißheit, an die Lippen führen würde, um tief einzuatmen, zu schlingen den Rauch, nachdem sie endlich die kleine störrische Zwischenfrage losgeworden wäre. Doch er hielt sie hin und hätte liebend gern einen Schnappschuß von ihr in dem gespannten Moment besessen, da sie dazwischenzukommen suchte, seinen Wortschwall kurz zu unterbrechen, vorgebeugt, leicht gewundener Oberkörper, leicht abschätzig lauernde Graumelierte, die im Grunde nicht mit ihm, dem Redner einverstanden war, aber doch mit allen Nerven bei der Sache und nicht so ungezogen, rücksichtslos, daß sie ihm plump ins Wort gefallen wäre – einen solchen Schnappschuß einer ihm nicht gewogenen Zuhörerin hätte er gern lebensgroß, leicht überlebensgroß aufblasen lassen und zu einer Stellfigur gemacht, zu etwas Bleibendem, mit dem er sich täglich beschäftigen würde, weil er sich gar nicht sattsehen konnte an der Hüftdrehung der angespannten Frau, die ihre Rede zurückhielt, leichte Torsion, die beim Brustkorb begann, über Becken und die gekreuzten Beinen sich fortsetzte bis zu den Füßen, wo schließlich die linke Spanne sich um die rechte Fessel schlang.

»Das Vielfach-Vermittelte« – er hob die Stimme und wurde nachdrücklich, exklusiv zu ihr hin – »die verdrillten Fäden der Abhängigkeit, der Einflüsse, der Lenkung, das Unauflösliche an sich ist unsere Heimstatt, unser bergendes Nest. Die Neueren erkennen keine festen Gebilde mehr, sie teilen und unterscheiden nach streaming clusters, zwischen innen und außen gibt's

›prozessuale Instabilität‹. Mit seismischer Akribie mißt man die Erschütterbarkeit, den Wankelmut im festen Kern jeder Gewißheit, jedes Gesetzes und jeder Entscheidung.
Jawohl, die Instabilität, Born aller Zukunft! Es beginnt mit leichtem Rumoren im Inneren eines entschlossenen Urteils, das jemand schon viele Male ungeprüft von sich gab. Schwankungen machen sich bemerkbar in der Stimme, Folge einer vorschnellenden Apodiktik. Der weiche Wellengang, der ewig rollt von Sinn zu Gegen-Sinn und zurück, höhlt noch den stärksten Willen aus Granit. Es dauert an und nimmt nur zu, daß ein Sinn den Gegen-Sinn hochschaukelt und dann umgekehrt. (Und wiederum exklusiv für die Galeristin und frontal zu ihr.) Der eine heißt: Ich will dich schwach und mir ergeben. Der andere sagt: Ich will dich stark und mir entgegen. Doch kommt es nie zum Überschlag der Welle, und kein Sinn von beiden gewinnt die Oberhand. Da das *Weib* als Geschlechtswesen keine Rolle mehr spielt, so gut wie ausgestorben ist, bleibt zurück ein Eigenschaftswort für die Fähigkeit, weichzeichnend, konturenverwischend etwas Festes zu lösen. Weiblich ist es, hart umrissene Dinge in diffuse Phänomene umzusetzen: Weiblich – und ich meine es so, wie man heute noch sagt, ich sitze auf glühenden Kohlen, obwohl kaum einer noch damit heizt.
Das Bildliche wie das Sinnbildliche verschwindet in den Ornamentfeldern technischer Visualisierungen. Sinnbilder hatten Sinn zu einer Zeit, da man ein sichtbares, augenfälliges Handwerk betrieb. Wie nämlich das Weben. Machen wir uns nichts vor: Das einzige Text-Textil, das uns davon überzeugt, weiblich zu sein, ist das fließende Ineinander von aufsässigen Details. Von mitteilungslosen, biographielosen, verschwenderischen Einzelheiten – die in dem Bekenntnis gipfeln: Es ging uns glücklicherweise jeglicher Sinn für Zusammenhang verloren.«

Nun kehrte er sich wieder den »Pünktlichen« zu, ohne dem Gast die geringste Chance zu einer unterbrechenden Frage zu

lassen, und er rief den arbeitenden Künstlern in den Rücken: »Freunde! Laßt mich abreisen, bevor unsere Zeit endet. Bevor die Feierlichkeiten des Endens beginnen. Ich sollte mich vorher auf den Weg machen. Ich reise ab und lasse das Bewußtsein des Endens bei euch zurück. Ich dachte gerade an Helmholtz, wie er doch sprach vom *unbewußten Schluß*: Jedes Bild der äußeren Welt erreicht uns als ein bereits gedeutetes. Ob ihm je der Gedanke an Freitod gekommen ist? Boltzmann ja. Was fängt man aber an mit den Verbrechen der Anfeindung, von denen die Rede ist Tag für Tag? Oder Wolfgang Pauli, den C. G. Jung schlachten wollte, buchstäblich schlachten, um ihm die Mythen zu rauben, die Eingeweide seines physikalischen Hirns auszuflößen mit der dünnen Pipette.
Wir Bewußtseinskreaturen sind verpflichtet und so geartet, daß wir unsere Einbildungen für das Leben selbst nehmen. Wir leben in und aus diesen Gebilden, bis sie sich erschöpft haben. Man sucht den Zusammenbruch des Geistes einer ganzen Epoche zu verstehen. Ihr merkt es doch selbst, daß urplötzlich nicht mehr gedacht wird, wie bisher gedacht ward. Daß man das zähflüssig wie auch das stromschnellenhaft Bewegte in unserem Schädel, das All-Verknüpfende als etwas Ganzes und Abgeschlossenes, etwas in seiner Art Gewesenes erlebt, das nun auf einmal seine ganze Naivität, seine Kuriosität offenbart: Was mag man sich bloß bei diesem Denken gedacht haben? Dieses erkundende Unverständnis ... nach der Methode des sorgsamen Beobachters, der seinem Irrglauben, seinem gesamten Geistesleben immer neue Gerechtigkeit widerfahren läßt; einer Urteils- und Vorstellungswelt, die eine bereits versunkene ist.«
Darauf, von einer Minute zur nächsten, versagte sich dem Redner der Schwall. Nichts floß mehr, nichts strudelte. Wortwörtliches umständlich, mühevoll aus dem Stocken hervorgebracht, um gleich nach dem Auswurf erneut zu stocken. »Unerfahrbare Realität!« stammelte er laut, fast brüllend. Darauf leise die Zitatangabe: »Max Scheler.« Dann Stille.

Seine ewige Strafe ist, das Perpetulum des Bewußtseinsmachers ist: Immer an den Wänden stehen, die Hände flach übereinandergelegt auf dem Rücken, dem Steiß, ein wenig vor- und zurückwippend, wenn ihm das Wort auf der Zunge brennt, wobei er eher bereit ist, sich die Spitze abzubeißen, als es herauszulassen.

Lasen die Alten im Traum die Umschrift, das Gleichnis, so rätselt der Wissensmensch von heute über hieroglyphische Ketten, die wie Proteinschnüre den genetischen Plan ungeahnter Zusammenhänge enthalten. Das Taglicht schneidet davon je nur eine winzige Sequenz heraus. Wozu aber träumen? Damit wir lernen: Leben heißt, Metaphernprobleme zu lösen.

»Was ist das schon?« Floskel eines abfälligen Urteils, die der sechsjährige Knabe noch nicht benutzen konnte, sondern erst der erwachsene Sohn. Wann lernt der Mensch Geringschätzung?

Der Vater sagt: Ich habe mich zu dir ins Bett gelegt, wenn du nicht einschlafen konntest, ich habe dir vorgelesen.

Was ist das schon? Was hast du für mich getan? Du hast dich neben mich gelegt, das ist keine große Tat.

Ich bin mit dir übers Feld und durch die Wälder gewandert.

Was ist das schon? Dir hat's gutgetan.

Was hätte ich denn ganz und gar und nur für dich tun sollen, als du klein warst?

Dich aufopfern.

Ja. Das habe ich sicher nicht getan. Es schien auch nicht nötig zu sein. Ich sehe ein, daß du die ganze Zeit des Aufwachsens darauf wartetest, daß ich mich eines Tages für dich aufopfern würde. Obwohl es dir auch zusagte, daß wir auf nichts verzichten mußten. Aber mir scheint, du hast bei allem, was ich dir Gutes tat, nur herausgespürt, daß ich dir damit kein Opfer brachte. Und dies hat dich zu dem gemacht, der mir heute seine Geringschätzung erweist.

Vergiß nicht, Vater, du hast einen Untröstlichen zu trösten. Nicht mehr und nicht weniger.

Die Schar alter Männer in einer halben Runde am Versammlungstisch, die den Arm heben, ihn strecken und mit den Fingern schnippen wie in der Schule, ein kurzes Winken, ein blickeheischendes Zungenschnalzen, den Kopf in den Nacken geworfen ein Hier!-Ruf. Männer, die die Antwort kennen und die's endlich sagen wollen. Einer nach dem anderen, aber jeder als erster! Die eifrig auf sich aufmerksam machen – doch wen? Das sehen wir nicht.

Da eines Menschen auf seinen Knien zusammengelegte Hände sich langsam mit klopfender Wärme füllen, hebt sich irgendwann die eine und wird zur dargebotenen Rechten, *dextera porrecta*, eines Pakts, dem jedoch der Einschlag fehlt.
Seine Mitmenschen halten es für einen vorübergehenden Anfall, einen Rappel, daß so eine ausgestreckte Hand durch die Menge schneidet und stumm nach einem Paktschluß schreit. Nach einem Menschen sucht, der in die offene Rechte endlich die seine schlägt. Sehen wir uns vor! Gehen wir in Deckung! raunt es von allen Seiten.

Die *Anerotonen* hat man ja kürzlich erst entdeckt. Eine Art subpersonaler Elementarteilchen könnte man sie nennen, Grundbausteine der Abstoßung, welche die Menschen unwiederkehrlich auseinanderstreben lassen. Alles, was

sich liebt, rückt plötzlich voneinander ab, der Vater vom Sohn, die Gattin von ihrem Liebhaber, die Schwester von der Schwester, der Hirte (Pfarrer) von seiner Herde. Entfernt sich voller Verwunderung, statt sich zu nähern mit offenen Armen. Menschen, die einmal umeinander gezittert haben, rätseln nun, wie sie sich gegenseitig für liebbar halten konnten – damals, vor Zeiten. Irgend etwas von tief unten erklärt ihnen: Du selbst mußt dir diese vor jener, den oder die *liebbar* gemacht haben – damals, vor Zeiten. Da gab es gewisse Prozesse, Bereitschaft, Wahl, Verlangen, Pheromone – hieß es nicht so? Oder so ähnlich.
Einige gehen statt dessen eine verläßliche formstrenge Beziehung ein wie Eiskunstläufer. Ja, sie hängen in undeutbaren und fein aufeinander abgestimmten Manieren und Figuren, zeremoniellen Fragmenten um so unzertrennlicher aneinander.

Keine Frage konnte man an den Emeritus richten, die er nicht als Fangfrage mißverstand. »Du bist doch in der Welt der römischen Satire bestens bewandert?« – »Vorsicht, meine Lieben!« entgegnete er und hob die rechte Hand, Einhalt gebietend. Offensichtlich hatte er, was wir bewundernd meinten, für eine süffisante Unterstellung gehalten. Und wehrte sich unwirsch: Mit mir könnt ihr's nicht treiben nach eurem Belieben. Das sollte die Geste sagen. Er selbst sprach häufig von einem »gesunden Mißtrauen«, das er sich bewahrt habe.
»Vorsicht, meine Lieben. Nicht so eilfertig!« Man durfte keine Schlüsse ziehen, auch wenn sie noch so nahelagen, er zog sie. Man durfte ihm bei nichts zuvorkommen. Und wenn jemand ihm die Tür aufhielt, dann faßte er barsch nach und drückte die Klinke mitsamt der aufliegenden Hand tiefer runter. Wir konnten darüber nicht lachen, weil in dem kantigen Griff etwas Unwilliges und Bitterböses gegen uns abgesondert wurde. Dieser alte Mann war durch und durch tadelnswert, so daß niemand

über ihn lachen konnte. In seiner Endzeit bewohnte er ein verrottetes Palais der Einbildungen und der Eingebildetheit, verschanzte sich hinter Floskeln der Distanzierung und Zurechtweisung. Er selbst nur mehr die Ruine eines Unbequemen, den er gleichwohl in alter Stärke hervorkehren mochte. Zukurzgekommenheit, das war der Salpeter, der das ganze Mauerwerk seines Lebens zerfraß. Zu kurz gekommen in allem, der Lehre, der Familie, dem Geld. Und seine Zukurzgekommenheit ließ er spüren in jedem unduldsamen Handgriff, der selbst die unschuldig-toten Dinge züchtigte, die Dinge des Hausrats in ihrem Untertanengeist, wie er's empfand, mußte man züchtigen und abrichten, gefügig machen, was sich sträubt. Aber auch sie entglitten oder widerstrebten ihm, vor allem unangepaßte Einzelgänger unter Besteck und Geschirr. Einander nicht grün waren sich sein herrisch zittriger Griff und ihre uralte Ding-Gelassenheit.

Nun also der mürrische Alte, der keine Neubauwohnung betrat, ohne mit seinem Stock heftig gegen den niedrigen Plafond zu stoßen, schien ihm doch jeder Raum, der *ihn* umgab, einsturzverdächtig! Aus röchelndem Gedächtnis hin und wieder ein Auswurf, ein hellichter Brocken: »Es müssen ganz andere Verständnisse entwickelt werden für Mensch, Tier und Dasein. Man hat's nicht erreicht, man langt nicht hin, man streckt sich aus, man reicht nicht bis hin. Um einen herum Zunahme an hohler Intelligenz, Schwund an Findigkeit, an Freud und Leid ... Mir mußt du's nicht erzählen! Ich habe schon vor fünfzig Jahren für die Sonderbesteuerung von Dieselmotoren plädiert. Die uralte Straßenbahn ist starr und knöchern, völlig unflexibel, aber schadstoffarm.« Und man hätte meinen können, er habe mit der Straßenbahn geradewegs sich selbst beschrieben!

»Damit muß man mir nicht kommen. Heute! Das ist genau die Zukunft, die ich damals vorausgesagt habe! Unser höchstes Gemeinsames, meine Lieben, in dieser Gesellschaft ist der Ausstoß von Stickoxyden! Unsere Autos. Das stiftend Gemeinsame ist allein das Unheilstiftende. Es gibt keine Besserung. Du findest sie nirgends. Und das Verwirkte verwirkt sich selber nicht. Es nimmt nur zu. Die Menschen sind heute blöder als vor fünfzig Jahren. Nur die Institutionen und die Strukturen, die sich aus diesen Verhältnissen ergeben, die sich über sie emporgehoben haben, *Strukturen,* über die ich mein Lebtag geforscht habe, sie allerdings haben an Klugheit zugenommen. Die Strukturen, meine Lieben, sie sind nämlich die wahren Intelligenzbestien unserer Zeit.«

Welch furchtbarer Tag unter der Sonne, wenn das Neue plötzlich *doch* wäre – welche Ekklesiastesdämmerung!

Vorn die Frau im windgestreiften Zelt, in ihrem leichten, lichtseihenden Gewand, an das Rohrgestänge des Eingangs gelehnt mit erhobenem, angewinkeltem Arm, den Knöchel des rechten Mittelfingers zwischen den Zähnen, bis sie plötzlich lachen muß, ein Lachen nach oben gerichtet, ohne Grund, ohne Aufbegehren, auch nicht über den Mann in ihrem Rücken, der wie der vollkommen Beigesellte ausgesöhnt auf dem Zeltboden sitzt, die Arme um die Knie geschlungen, auf dem Gesäß sich wiegend, und leise vor sich hin summt, ohne Takt und Phrase, ein vages Etwas an Tönen, das sich der unendlichen Melodie der Sonne, des Winds und des Sands einflechten möchte, dankbar für das lange Ausruhen, für diesen Vorgeschmack auf ein Ich ohne Leib und Zeit.

Aber auch die »Töchter des Tieferwohnenden«, wie er sie nennt – und hießen so nicht die Töchter des Kain? –, zwei Stock unter dem schludrigen Alten, kamen heraufsteigend Abend für Abend und brachten ihm Speisen.
Eine von ihnen, anmutiger Mischling, setzte dann den Fuß auf den Stuhlrand, schnürte ihren hohen Winterstiefel. Dabei lernte sie einen Text, der auf dem Nebenstuhl lag, zog den Senkel straff und sprach, solang es auswendig ging, beim Schnüren, stockte, las im Text auf dem Nebenstuhl, setzte den anderen Fuß auf den Stuhlrand, schnürte, sah zum Alten, Blick ohne Inhalt, memorierender, bis zum nächsten Stocken, wechselte wieder den Fuß, öffnete den schon geschnürten Schuh, lernte beim Aufknüpfen neuen Text, lernte immer weiter, den Fuß wechselnd, Schnüren und Aufknüpfen ebenso. Lückenloses Erzählen und Weitererzählen, vom Orient angefangen, dem Alten Testament. Der Grund allen Geschichtenerzählens ist die Vertreibung aus dem Paradies, das Erzählen kommt aus ursprünglichem Verlust. Wo kein verlorenes Paradies, wo kein goldenes Einst, dort kein Erzählen. Wie im Buddhismus, Konfuzianismus. Auch nicht im klassischen Griechenland. Die geborenen Erzähler, die Um-und-Umwälzer sind die Juden-Christen. Noch heute wird weltweit durch alle Medien wieder und wieder erzählt, durch tausend Manga- oder Comic-Masken plappert es fort und fort, die Woge von Erzählen wird höher und höher, unda tumescens. Noch mehr vom Unendlichen!
»Aber du? Du, Alter, hörst die ganze Welt erzählen und erzählst selber nichts.«
Der alte Mann zuckte die Schultern. Um seine Lage zu beschreiben, blieb es bei dem einen Satz: »Ich lebe mit der Kerze vorm Mund.«
Damit wollte er sagen: Solange ich atme, beachte ich ihr Flakkern. Ihr beruhigtes Licht werde ich nicht mehr sehen.
»Und wir kümmern uns dann um das Vakuumieren von Tisch, Bett und Fleisch«, sagte der Mischling und lachte.

Unter den Akteuren des Alten Testaments lieben einige unverbrüchlich. In der griechischen Tragödie lieben die Schicksalsträger eher selten oder meist zu ihrem Verderben.
Der Alte gefiel sich mitunter in widerborstigen Umdeutungen. Abel war für ihn ein Gottesfanatiker. Kain hingegen gemäßigter Theist, Liebhaber des Schönen, der den geliebten Bruder töten muß, damit der Fluch des Eifers nicht über die Menschheit komme.
»So siehst du das? Ganz verkehrt herum!«
»Es ist jedenfalls seine Mission. Doch ist auch er ein törichter Held. Luzifer erscheint in der Flügel Vielgestalt, eine Art Ein-Mann-Engelchor, so daß Kain und seine Schwester Adah durch den Gefieder-Wust sich kaum finden, um miteinander zu sprechen. Kain kennt den Unterschied zwischen Gut und Böse nicht mehr, seit er das Schöne entdeckte. Abel aber eifert für das Gute. Die schöne Welt seines Schöpfers ist ihm nicht *gut* genug. Er schmäht die Schönheit sogar seiner Schwester Adah. Kain erschlägt also seinen Bruder Abel, weil er ihn für einen Unheilbringer, einen Eiferer und Zeloten hält. In so einem darf das Menschengeschlecht nicht wurzeln. Erst nach der Tat erkennt er, daß auch er einer Mission und einem verwerflichen Eifer zum Opfer fiel. Und tritt seine Buße an: für ewig die Inkarnation des Bösen zu sein – statt wie erhofft die Portalfigur des unscheidbaren Guten im Schönen. Für ewig der Kerbpfahl des Bösen zu sein, der die Schuldmale der Menschheit trägt.«

Wie schnell können auf der Bühne Höhepunkte erreicht werden? fragte sie. Wie sähe ein Schauspiel aus, das nur von Höhepunkt zu Höhepunkt eilt? Das war ihr Plan, davon erzählte die schöne Braune, während sie wiederum vorm schwächlichen Alten den Fuß auf den Stuhlrand setzte und den Winter-Schuh auf- und wieder zuschnürte. Ihr Plan war es, auf engstem Raum mit wenigen Worten, wenigen Handlungsgelenken, urerste Gestalten ins Leben zu rufen. Sie wollte ein neues Menschen-Schau-

steller-Panoptikum erfinden anstelle des sterbenden Theaters. (Wer es berührt, geht unter. Nur ein Gesalbter könnte den Aussätzigen noch heilen!) An einem Abend würden die Liebesgeschichten und auch die großen Begierde-Verfehlungen entrollt von dem König David. David und Michal, David und Abigail, David und Bathseba, Davids Sohn Ammon und Thamar. David und Abisag am Ende, wenn der greise Herrscher nur noch friert. Und dann kommt Abisag, die schöne Dirne, die sich zu ihm legt und ihn wärmt. *Aber der König erkannte sie nicht.*
Sowenig wie der Alte mit der Kerze vorm Mund es tat, der die Braune nur abhörte beim Textlernen. Nur daß, wenn sie mal die Rollen probierte, zum Beispiel Bathseba nach dem Bad, splitterfasernackt, nur mit schwarzer Augenklappe vorm Schoß, die Flamme stärker zu flackern begann.

Fontenelle erwähnt in den »Totengesprächen« das Volk der Tirynthier, das alles lächerlich machte und alle öffentlichen Dinge ins Lächerliche zog, bis es schließlich von seinen zwanghaften Scherzbeuteleien selber beängstigt wurde und das Orakel von Delphi befragte, wie es Besserung erlange. Es wurde ihm verheißen: falls man einen Stier dem Neptun opfern könne, ohne zu lachen, so würde man in Zukunft ein wenig beständige Ernsthaftigkeit zurückgewinnen. Doch ein Kind brachte sie beim Opfervorgang wieder zum Lachen!

Die Lehre vom zweiten Schatten überliefert uns ein kleines kriegerisches Volk, die Masáres, eingeboren im Hochland von Ecuador, nicht zahlreicher als eine weitverzweigte Artistenfamilie. Der zweite Schatten fiel nicht zu Boden. Er stand wie eine Tiara über dem Kopf. Ihn warf das Herz.

Aus ihrer Schlüsselbeinkuhle sprudelte beständig ein silbernes Heilwasser. Alle Welt neigte sich zu ihrer nackten Haut und schlürfte von der Quelle. Was übrigblieb, nicht abgeschöpft, floß an ihr herab und tropfte von Brust und Fingern auf den Boden.
»So? Ein Wunder? Ach wissen Sie: die Wunder. Ich glaub nicht dran. Schon möglich. Aber ich glaub nicht dran. Kann ja sein. Warum auch nicht? Aber, wissen Sie, meinetwegen. Ich komme auch ohne aus. Mag schon sein. Komme, was da wolle. Ich glaub einfach nicht dran.«
Doch die junge Frau sagte: »Auch mein Sohn wird ein Brunnenmensch sein oder ein Menschenbrunnen.«

Die hübsche Trödlerin lockte den letzten Kunden des Tags und warf ihren Propeller an – schwang, drehte, wirbelte einen Lederbeutel für Damenutensilien in der rechten Hand. Es war wohl ihre Gebärde der Werbung und Aufforderung, sie nach dem Preis für das alte Stück zu fragen. Dazu war er auch bereit, hätte sie nur nicht gelächelt!
Eine geschlossene Reihe von Silberzähnen entblößte der Mund, wie man sie zuweilen bei den Ärmsten im Basar sieht. Ihr mannsfrohes, leuchtendes Gesicht war mit diesem metallischen Lächeln zur Schaudergrimasse verzerrt. Es kam immer häufiger vor, daß sein Blick durch ein stillgestelltes Bild einbrach wie durch dünnes Eis. Sobald er aus dem Fluß der Bilder ein einziges festhalten und erkunden wollte, durchfuhr ihn der uralte Kehrseitenschock wie ein Schlag aus tiefstem Mittelalter, Fro Welt! Ein wilder Augenblick, der dem visuell verwöhnten Mann jäh die wahre Doppelnatur jedes Bilds enthüllte, der Bildnerei an sich, wie sie verlockt und erschreckt.

Das Seelchen und der Schubiack. Das Mädchen im schwarzen Blouson und in schwarzen Röhrenjeans stand an einem Schuhputzautomaten, wendete unter den kreisenden Bürsten ihre nackten Füße und schob dazu ihre rechte Hand unter ihr Hemd, um sich die Brustspitze zu streicheln.
Dazu kam's, nachdem sie auf einem Gartenfest plaudernd an ihrem übelwollenden Freund hing, bis er ihr einsilbig befahl, eine von ihm angerauchte Zigarette durch das Gewühl der Leute hinüber zu seiner neuen Geliebten zu tragen und ihr zwischen die Lippen zu stecken.

Anfang einer Person. Einer beeilt in überfüllter Gasse schreitenden Frau wird plötzlich von einer erregten Männerstimme nachgerufen: »Haltet die Diebin!« Der Mann rennt ihr hinterher, packt sie beim Arm, behauptet laut, sie habe seine Brieftasche gestohlen. Die Ergriffene *stirbt* vor Scham. Sie reißt sich los, versucht zu entkommen. Sie ist nicht die Diebin, aber der öffentlich ausgerufene Verdacht bildet um sie Passanten, die stehenbleiben, eine runde Menge, die sie verdächtigt. Das läßt sie in diesem Augenblick ihrer selbst ganz unsicher werden, ob nicht etwas so Unbewußtes sie beherrsche, das tatsächlich stiehlt. Sie wurde ertappt – in jedem Falle ertappt, da es sich um einen Akt der öffentlichen Bloßstellung, um den brutalen Trick eines erotischen Draufgängers handelte, der anschließend mit gespielter Güte ihr verzeihen wird und schöntun. Doch sie läuft, rennt, schlägt Haken wie eine gewiefte kleine Taschendiebin – nur um der Bloßstellung zu entkommen, und die Hitze der Scheu macht sie fliehen wie jede entdeckte Kreatur.

War's nur ein Stromausfall oder schon Lemuren-Dunkel? Begann die Menschennacht? Finsternis im Internet-café. Er mußte ein Streichholz aufflammen lassen, um auf dem Gesicht seiner Begleiterin die Reaktion auf eine Beleidigung zu lesen.

»Es ist soweit«, murmelte der alle Tage lächelnde Display-Gewaltige, und neben ihm stand seine kleine »Siegessäule«, eine Art Zepter mit dem heraldischen Spruch: Non multum sed semper unum. Und es galt der Spruch in seinem Sinne: Nicht nach vielem strebe der Forscher, sondern stets nach dem Einen.

Und das war nun seine Welt der Displays. Displays, wie sie jedermann kannte aus seinem Alltag – und die nun allesamt ohne Ausnahme langsam zu verdämmern begannen. Schwarz wurde der Bildschirm des Laptops, nur schwacher Schein noch; schwarz die Handy-Anzeige, nur schwacher Schein noch. Von allen elektronischen Bildflächen ging eine erhöhte Schwarzstrahlung aus. Nur noch schemenhaft war das Angezeigte zu erkennen. Niemand besaß Auge genug, es eindeutig zu entziffern. Auch jede technische Hilfe der Verstärkung versagte. Man lebte von nun an im großen Rückzug der Displays, und das schwache Leuchten, das sie behielten, zog allmählich in seine Schwäche hinüber das leuchtende Auge.

Das Verzeih-Haus war eine Holzhütte mit spitzem Dach, darin zerstrittene Menschen sich aussprechen sollten. Worte des Verzeihens fanden sich in vielfacher Vorlage in die Wände geschnitzt. Der kleine Bau stand abseits, am Rande eines Dorfangers.

Ein Paar ging hinein, und binnen kurzer Zeit hörte man von draußen, wo andere darauf warteten, drinnen ihr Zerwürfnis zu schlichten, wie sich die beiden erregten und heftig umfingen. Im Überschwang aber schrien sie einander an: Du nicht! Du nicht. Du nicht …
Und schließlich unter Glücksspasmen keuchten sie gemeinsam: Nein! Nein nein! Und nochmals nein!

Erfinde, bis du blau wirst! Nichts Wissenswertes, bitte!
Was der Forscher, der Innovateur mit tagheller Akribie ins Werk setzt, ist nicht selten die späte Anwendung oder Richtigstellung einer skurrilen Findung, die vor Zeiten irgendeinem Desperado unter den Träumern beikam und die sich seitdem unter den Menschen ihren Weg bahnte. Nicht eine einzige Traumsekunde in der Menschheitsgeschichte des Schlafs war umsonst, nichts geht spurlos verloren! Selbst wenn davon erst sehr viel später etwas ans Tageslicht gelangt. Mit anderen Worten: Es zeigt sich, daß eigentlich alles, was ist, nachträglich ist. Daß wir aus ebensoviel Elementen Epimetheus wie Prometheus zusammengesetzt sind.

Ich sah einen holzgetäfelten Gerichtssaal mit gestuftem Aufbau, darauf der lange Richtertisch. Ein Mann – »der Richter« – saß auf dem Platz des Beisitzers. Die Mitte blieb frei. Unten auf der Bank, der langen langen Bank der Angeklagten, ganz verloren und allein die Frau, ein bernsteinfarbener Wuschelkopf, in beide Hände vergraben, vorgebeugt, das Urteil hinnehmend. Große Gerichtsszene ohne Publikum, ohne Gerichtsbeamte, keine Verteidiger, kein Ankläger. Nur der Richter, asymmetrisch, abgesetzt auf den Nebensitz, und vor dem Richterstuhl eine runde Plastiksäule, Behälter mit tausend Cent-Stücken und der Aufschrift: Notopfer. Im Geld ruckte es und rutschte. Die Münzen bewegten sich immerzu, als krieche ein Tier darin oder Geldwürmer oder die »unsichtbare Hand« des Markts. Niemals ruhte die Münzenmasse.

Each matin bell, the Baron saith, / Knells us back to a world of death. Coleridge, Christabel.
Sie beschwört die zeugungskräftigen Geister ihrer Zeit, seminal minds, bietet sich ihnen und fleht sie an, sich ihrer zu erbarmen. Doch mehr von ihnen, wenn sie nachts am Kamin vorbeigeht, als daß die Dogge knurrt im Tiefschlaf und aus dem verglühten Scheit sich eine Feuerzunge nach ihr streckt, erfährt sie nicht. Später legt sie sich Busen an Busen zu ihrer mildtätigen Gönnerin – und gibt ihr ein, von allen lüsternen Dingen im Schlaf nur das Furchtbarste zu sehen:
»Die feinen Hände der Flammen wenden und legen sich das Holz zum Verzehr. Alle Scheite brechen zur Flamme hin ein. Wäre es nur ein Naturgesetz! Als sagte man: das Alter des Staubs nimmt zur Sonne aufsteigend zu.
Wie oft habe ich ein schwaches Feuer, ein sterbendes, geprügelt! Mit Feuerhaken und Greifzange, Schinder- und Geburtswerkzeug, und siehe da, es kam wieder zu sich, ward neu geboren. Wenn etwas aufsteigt, mein Herz, und dich begehrt, so sind es die bebenden Hände der Flammen, die deine Knie, den Nabel, die schweren Brüste ergreifen.
Brandzungen, die an dir lecken, tanzend, in hoher Erregung – ein gewaltiges Prasseln und Knistern wie das Rauschen von Ballkleidern umhüllt deine Schreie, die aus den Flammen kaum noch hervordringen. Das ist alles, was ich vom Unglück gewahre, mehr festliches Geräusch als vernichtende Glut.«

Von einigen angewidert Lebenden wurde nach Formen fern vom »billigen Dasein« gesucht, und sie schlossen ein Bündnis miteinander. Angeführt von einer korpulenten Frau im langen dunklen Gewand, das die Grenze ihres Leibs nicht verriet; eine Tonangebende, die tatsächlich fabelhaft sprach, ein *bel parlare* ohne Eitelkeit, immer den anderen zugewandt. Die Vereinigten bemühten sich um Existenz statt um höheres Einkommen und neuen Komfort. Aber auch mit spitzen Verdikten gegen die anderen, die billig Lebenden, wurde nicht gespart. »Sie roch wie ein Kriechvogel«, sagte die Zungenfertige und meinte eine ehemalige Freundin, eine billig Lebende. Man fragte sich nicht einmal, was ein Kriechvogel sein könne, so metaphernfest und bestimmt sprach sie. Sie sagte eingangs: »Kein Zeitalter dunkelt unter eine gewisse Dämmerung herab. Ein vollständiges Blackout kann es *in der Zeit* nicht geben. Man wird also eine Weile das Trüblicht ertragen, bis eines Tages aus aufgeschlagenen Büchern, uns blendend, Erinnerung aufsteigt, sonnenklar, und die billig Lebenden zuerst werden sich darauf stürzen wie die Tuchschötter!«

Guten Morgen, guter Morgen!
rief der Bildhauer nach dem Erwachen aus einer einstürzenden Nacht, denn dieser strahlende Tag war der erste seines noch einmal von vorn begonnenen Lebens.
Haus und Wände lösten sich in Schwaden und Schleier. Es umgab ihn kaum noch etwas Festes und Bestimmtes. Auch jene Maillol-Frau, die Gefährtin der Nacht, stand, als er die Tür zum Bad öffnete, vor dem breiten Toilettenspiegel in neuen Formen. Ihr Körper war jetzt aus francisbaconhaft gewundenen Muskelsträngen, aus Körper-Fragmenten zusammengesetzt. Sie war nun eine fortwährend in sich selbst bewegte, in buchtenreiche Schichten aufgeteilte Figur, die niemals fertig oder mit sich eins werden konnte. So stand sie in mehrfacher Ansicht im Bad und beklagte vorm Spiegel ausführlich, daß es immer noch nicht Sache der Kunst sei, einen Menschen in der Gestalt eines erregten Bienenschwarms zu erfassen, zur Erscheinung zu bringen, da er doch im Falle seines Geliebtwerdens anders gar nicht darzustellen oder auch nur zu begreifen sei.

Das Auge begegnet dem vergoldeten Schwung einer Kommodenkante wieder im schwarzblonden Haar eines ununterscheidbar seinem Interieur angeglichenen Mannes. Es ließ sich seit neuestem eine Art Mimikry, wie sie sonst nur von Kriechtieren bekannt ist, dem Menschen genetisch ergänzen, so daß er sich vollständig seiner häuslichen Umgebung anpaßte und, getarnt mit den Formen und Farben seiner Ausstattung, für unerwünschte Besucher so gut wie unauffindbar blieb.

Man muß früh, noch vor halb sechs am Morgen über den leeren, kreidebleichen Marktplatz gehen, um die blasse Uhr am Rathausturm als Uhr des eigenen Verblassens zu entziffern. Denn zu dieser Stunde fliegen noch ungenutzte, in haarnetzähnliche Hüllen gepackte Wissenscluster durch die Luft. Sie dringen bei Gefallen umstandslos ins Großhirn, und man hat ein paar Minuten Zeit, um sich in seinem Denken als ein neuer Mensch zu fühlen oder im Gegenteil schmerzlich fremdbesetzt. Dann erst entscheidet man, ob man kauft oder ablehnt. Im letzteren Fall lösen sie sich, die kleinen grauen körperlos-korpuskelhaften, geistig-kartoffelförmigen Wölkchen Wissens, weichen restlos aus den Hirnzellen, sammeln sich wieder unterm Haarnetz und fliegen wellend weiter.

Die Sorge und die Heiterkeit: zwei Allegorien höheren Standes verloren ihr Ansehen, und das Leben verfiel zu Problemen. Sorge, nicht die Fürsorge, nicht die Sorge um den Lebensunterhalt, den Frieden, die Nachwelt, die Kinder, die Gesundheit. Sondern Sorge ohne Objekt. Sie, weit beherrschender als all die Sorgen, die einer hat oder sich macht, ist eigentlich die theologische Antwort auf alles, worum er sich *keine* Sorgen macht. Ist sie das nichtwissende Bewußtsein? Post equitem sedet atra cura, Horaz, Carmina 3, 1 – dem Reitersmann im Rücken sitzt die finstre Sorge. Die Sorge als dein kühler Beschatter, der dich begleitet, ganz dir gewidmet, der um dich weiß, was du nur ahnst. Jedoch eines Tages wird er wie ein alter, tausend Mißachtungen quittierender Hund, ungeahnt seinen Herrn anfallen und ihm ins Gesicht beißen.

Auswärtige Mädchen ritten im Galopp den Berg hinunter, Geschöpfe des reinen Vergnügens, alle von sehr guter Figur, keine entstellt, junge ebenmäßige Gesichter mit dunklen Augen unter der Reiterkappe, Guterzogene aus guten süddeutschen Familien. So! dachte ich, das ist wieder ein Club für sich, ein Menschenschlag, den du nicht kennst, mit eigenen Riten und Regeln vermutlich, einem inzüchtigen Vokabular und geheimer Gebärdensprache – etwa ein Zungenschnalzen mit binärer Ja/Nein-, Gefallen/Mißfallen-Bedeutung, vielfältig anwendbar und eindeutige Worte ersetzend. Der Club, die Kohorte galoppierte den Hang hinunter, ging in die Kurve, wehte eine nach der anderen an mir vorüber, wobei sie den Kopf in den Nacken warfen und ein Tuch ins Gesicht drückten, da sie vom schnellen Talritt alle zugleich Nasenbluten bekommen hatten.

»Seht nur! Das Meer – und jetzt zum Kinderfest die große graue Mutterwelle!« Die Schar saß auf einer Tribüne vorm Meer, alle versammelt, und er hinter ihnen. Es war eine Tribüne wie vor einem Fußballfeld, nur sehr viel kleiner, und es gab nichts zu sehen als das Spiel der Wellen.
Der Maler nahm Abschied von seinen Freunden, den Kindern.

In ihren Rücken sprach er. Jeder einzelne wurde gewürdigt. Als eine längere Pause entstand, wagte der ein oder andere sich umzublicken. Doch der Mann, der sie in ihre vorgebeugten Rücken gelobt hatte, war bereits aufgebrochen, nicht mehr zu sehen.
Ein langer Mann ist er gewesen, gebeugt ging er über die eigenen Schritte. Schmal und wachsam, ein wenig geschrumpft nach der letzten Operation. Ein sicherndes Gesicht, nicht sehr beweglich, abgehärtet vom Schauen, wenngleich das Blickfeld an den Rändern langsam trübte. Ein fester Mund, der in Verantwortung antwortete, mit wenig Worten das Schwatzhafte, das immer in der Luft liegt, vertrieb oder zum Erliegen brachte, damit die großen Augen, die Menschen doch oft voreinander bekommen, nicht so schnell von habgierigen Ohren verschluckt werden.
Ihn verfolgt und er verfolgt nun eine kleine Zeichnung des früh verstorbenen Georges Seurat, »Winteransicht der Place de la Concorde«. Sah sie vor nicht allzu langer Zeit noch einmal in der Thannhauser Collection des Guggenheim. Das Dunkelnde auf dem Bild, das niemals ganz dunkel werden kann. Dazu die Stille vorbeiratternder leerer Kutschen. Das Dunkelnde – vielleicht der Inbegriff des Geräuschlosen, ohne das es Bilder nicht gäbe. Ohne das der Maler nicht unbemerkt im Rücken der Kinder hätte verschwinden können.

Sounds scalp. Inschrift über einer Taubstummenbar. Töne ziehen dir die Kopfhaut ab! Gäbe es nur kein Xylophon! Nicht diesen kalten Klang ausgelassen aufeinanderschlagender Knochen bei einem den Totentanz vergessen lassenden Kindergeburtstag mit geladenen Toten. Genau so klingt ein Xylophon.

Es sind zuerst zwei Hände gewesen, eine rot, die andere schwarz, die sich an einer Straßenecke um die Hauskante vorstreckten und mir, der erschöpft an der glatten Wand lehnte, anscheinend ein kleines Vergnügen bereiten wollten. Sie spielten nämlich, wie man Schattenspiele mit den Fingern macht, nur daß sie unter hohem Mittagslicht direkte Figuren schnitten und kein Schattenwurf möglich war. Es kamen zu dem ersten zwei weitere Paare, die sich übereinandertürmten und wie aus verschiedenen Stockwerken miteinander debattierten. Und dann erschienen an der Hauskante aufsteigend weitere Hände und begannen zu zanken. Da entstand ein flatterhaftes Durcheinander von Händen, rot schwarz, rot rot etc. Schockschwerenot! Ich hätte nicht sagen können, wie viele Menschen es waren, hinter der Häuserecke, die zu diesen schwadronierenden und scheltenden Händen gehörten, ja mir schien, daß sie sich vollkommen verselbständigt hatten. Das Spiel, das sich anfangs einem Kinderherz einschmeicheln wollte, wurde Zug um Zug grausamer, manischer, als wären die Hände Irre, die einander zu erwürgen suchten.

Niemand beobachtete die unruhige Braut vor dem Fahrstuhl, als ein anderer statt des erwarteten Bräutigams in der gelandeten, sich öffnenden Kabine vor ihr stand und vor ihr stehenblieb, bis das Gesicht der Braut ganz langsam aufging und zu staunen begann. Unterdessen wurde nebenan eine absurde Modenschau von Angora-Pullovern, die in der weitläufigen Lounge kein Interesse fand, abgebrochen, besser gesagt: Sie verendete auf der Strecke, da ihre spärlichen Zuschauer sich alle in die Bucht der runden Sessel verzogen und sich mit den wartenden Hochzeitsgästen bis zur Ununterscheidbarkeit vermischt hatten. An letzteren, deren Laune in den Sog der Erfolglosigkeit der Modenschau geraten war, machte sich ein deutlicher Stimmungsabfall bemerkbar, eine Art von Lustverlust, als ob sie innerlich dem Hochzeitsfest schon den Rücken kehrten, ihm keine Chance mehr gaben und auf einmal kein Zweifel mehr bestand, daß der Ort, das Hotel, die Lounge falsch gewählt sei, eine grundsätzlich veranstaltungstötende Ausstrahlung besitze und am allerwenigsten die Braut noch über das nötige Temperament verfüge, den Karren aus dem Stimmungstief zu ziehen. Sie begannen sich also Seite an Seite mit den der Modeschau Überdrüssigen zu mopsen und griffen zu uralten Agatha-Christie-Taschenbüchern, die vor einem halben Jahrhundert ebenso gelangweilte Hotelgäste in der Lounge hatten liegenlassen.

Die Taucher, die Meeresgründe plündern, die Höhlenforscher, die die unterirdische Finsternis brechen, die Bergsteiger, die keinen Höhengrat unberührt lassen – diese überall ausschwärmenden Emsen des Entdeckens stören jene Geister in der Verborgenheit, die über uns die Wache halten. Wurde nicht schon das neugierige Kind bestraft, das die vor ihm versteckten Geschenke ausspähte?
Wie viele Phantome in diesem lichten Zimmer! Doch erkennt man erst nachts die ehrlichen Graffiti, die sie auf den Mauern hinterließen. Warnzeichen, Hieroglyphen, die eine zungenschnelle Welt für eine Weile anhalten wollen.

Cave, cave! Eine dunkle vergitterte Höhle, darin das Ungeheuer haust, das unsichtbare: Die Wolke/die Stimme. Es kam ein tiefes Dröhnen und Grollen aus dem Gewölb, dann ein Schleif-, dann ein Klirrgeräusch, bevor die Stimme im aufgrauenden Dunkel sich regte. Als ob ein unerträgliches Gebrüll, eine erderschütternde Verlautbarung sich vorbereite unter Kettengerassel und Meerestosen. Gewaltige elementare Geräusche, die aber allmählich wieder verebbten. Die Stimme hatte sich gerührt, doch nicht gesprochen. Es hieß, nicht öfter, als eine Schockwelle vom Sonnenwind auf den Planeten treffe, würde die Stimme sich so erheben und ein gewaltiges Wort hervorbringen, das jedesmal die Erde erbeben lasse. Bis dahin würde sie viele Male unheildrohend anschwellen und wieder in sich zurücksinken.

Der kappadozische Mönch und Einsiedler Elpidius, von dem Palladius in seiner Historia Lausiaca erzählt, trat nie aus seiner nach Osten sich öffnenden Höhle heraus, sah nie die Sonne nach der sechsten Stunde, nichts von der Neige zum Untergang, sah nie den Westen. So sehr wurde sein Leib von Kasteiung abgezehrt, daß ihm die Sonne durch die Knochen schien. Von seinen getreuen Schülern wird überliefert: »Seit er seine Höhle betrat, ging er nicht heraus, bis er begraben wurde.«
»Abendlos« war er, und so heißt ja auch der Ostersieger, Christus, *anhésperon.* (Siehe, ein Mann, Aufgang / oriens ist sein Name.)

Zwei Formen der extremen Andacht, zwischen denen der Eremit und der Wüstenheilige sich entscheiden konnten: Bin ich Gott näher in der Verborgenheit oder im erhöhten und offenen Ausgesetztsein? Werde ich ein Höhlen- oder ein Säulenbewohner? Gehe ich hinaus oder umschließe ich mich? Lebe ich uteral oder phallisch? Bin ich klaustrophil oder agoraphil?

Der Gottunmittelbare steht hoch aufgerichtet und starr wie eine Säule. Oder kauert und hockt, auf den Knien das Buch, und sucht das *Gesicht* in der Schrift. Bei sich verdunkelndem Sinn ergibt er sich seinem verständnislosen Entziffern, geradeso, als wollte jemand aus unendlich vielen Poren ein Gesicht zusammensetzen. Es ist wahr, daß die leidenschaftliche Absonderung den Verstand zerstört, und erst nach langem Ausharren in der Höhle wird er vom Unsichtbaren wieder sehend gemacht.
Er begegnet den Sentenzen der Schrift wie Augen, die strahlen, er kann kaum hineinblicken, ohne daß nicht das eigne Sehen zerrisse. Und es gibt andere Stellen, die sind dunkle Eingänge; hier sieht er nichts mehr, wird er von Finsternis umschlossen – und in ihr ist ein Herzklopfen, das höher und höher steigt.

Da springt über der Herzschlag und draußen pocht es laut gegen die Pforte.

Der Rekluse, der nie einen anderen als den völlig unerwarteten Besuch empfängt, wird, auch wenn von niemandem gesehen, Tag für Tag Anstalten machen, mit federnden Schritten zur Tür zu eilen, längst bevor es klopft, Gestalt annehmen, Figur abgeben, um den endlich Ankommenden bei sich aufzunehmen.

Nach langem Schweigen entfacht einen Tumult sein plötzlicher Bruch. Wiedereinfall der tönenden Herde von Lauten, die polternde Zunge, das peitschenknallende Wort, der unversöhnliche Hall.
Was sagen wir denn? Was bringt die alte Tonspur auf schleifender Spule? Rufe und Zungenschnalzen aus der Gruft.
Wenn man den Schweigenden aufstört in seinem Versteck, redet er Chaos. Oder er zerbricht an einer abrupten, ungeübten Körperbewegung.

Cave, cave, dominus videt. Aber dies »Hüte dich«, cave, darin klingt die Caverne, die Höhle, in der man sich birgt oder Schutz sucht. Datenfreie Herberge, transparenzabweisend. Asyl bietend vor der Menschheitsseuche Kommunikation, Exhibition, Information. Das Reich, das ist, das war, das sein wird: ein Versteck. Jedoch: Quae latebra est, in quam non intret metus mortis? Den Schlupfwinkel zeige mir, in den nicht eindringt die Furcht vorm Tod!
Wir haben das Gesehenwerden verloren. Ein Klausner, der die Enge sucht, eine ihn aus der *weiten* Welt herausnehmende Enge, wird dem Zimmer mit vier geraden Wänden zu entkommen streben. Jedes Zimmer ist ja ein Quader, ist dem Leben ein Widerspruch. Man wird nicht in einem Quader ausgetragen. Die Ge-

bärhöhle gibt dem Menschen das Runde mit auf den Weg, und er sucht nach nichts anderem. Und selbst die vielen unterwegs, die Fahrenden, werden in der Umfahrung der Erde immer das Runde suchen.

Rekluse, Techniker der ausgepichten Büßerqual: gefesselt im Stuhl, das Auge bei aufgeklemmtem Lid unschließbar, wenn sich die Spitze eines Zirkels nähert, die Pupille berührt, ohne zu stechen, während er auf dem 3-D-Bildschirm den immer gleichen auf ihn zustoßenden Sperberflug erblickt, ohne sich dukken oder zucken zu können, unbeweglich wie Maron im Dornenbaum, der nicht einmal den Kopf wenden konnte wegen der Steingehänge an seiner Stirn.

Einer der schwebenden Frauen, der Länge nach in die Luft gestreckt, stand eine graue Puste vorm Mund, darin lag wie in einer Sprechblase graues Schweigen. Ah, sie kam und blies dem Mann das Schweigen ein, das in ihm selbst nicht war.
Von einer anderen Schwebenden wurde der Name »Maria Vizaris!« ausgerufen. Doch niemand gleichen Namens meldete sich. Über alle Länder der Erde schwebte das Plasma eines großen Talents und rief den Namen, dem es zugestellt werden sollte, über Städte und Dörfer und Farmen, doch er blieb ohne Person.

Der Theologe hat sich übernommen. Wie denn anders? Alles zu deuten himmelwärts, des Menschen Schritt, der Tiere Spur, das verlangt, immerzu vom Unnennbaren sich einschränken zu lassen in der Sprache. All dies Vergleichliche, das den Verlauf gewöhnlichen Redens regelt, verfällt vor dem absolut Unvergleichlichen.
Und weil das Wort, um das sich alle Worte drehen, unendlich

mehr ist, als in unserem Verstehen an Sinn hinterlegt ist, vernimmt man, wenn man ehrlich ist, bestenfalls ein spirituelles Brummen, wie von einem gefangenen Rieseninsekt, tief innen der Offenbarungssprache. Im *Abaton*, in der unzugänglichen Stille.

Sind nicht die meisten zeitlebens nur als Bildträger eines jetzigen Menschen unterwegs? Die *persona* sagt: jetzt! Das Blut erwidert: wie ehedem!
Ach, keine *gegenwärtige* Menschen gibt es, sie stecken ja nur im löchrigen verstaubten Kostüm einer nach altem Brauch aufgeführten Gegenwärtigkeit.

Er sagte, er müsse beinahe stündlich die Rechtmäßigkeit, die Richtigkeit, die Verhältnismäßigkeit all der Gegenstände prüfen, die den Raum mit ihm teilen. Ob Stuhl, ob Spiegel, ob Gardine. Nichts bleibt unbefragt im kritischen Verhältnis zu seiner Person.
Oftmals Ekel, sich erneut zu besinnen. Vielmals dasselbe gesagt, stockender mit der Zeit.
In fremdem Wissen geschwelgt, nachlassend allmählich. In der Sprache, die man von früher kennt, echte Fortschritte gemacht. Wozu noch Verständigung? Sie ist für die weniger Bestürzten gut. In seiner Hütte standen drei Bücher mit blindem Rücken zwischen zwei Buchstützen. Eine Zahl, eine Aussparung, bei der niemand mehr fragte, welche Werke es sein mochten und ob sie der Zufall oder die allerstrengste Auswahl dort zusammenbrachte. So standen sie zu dreien geschlossen und verschlossen ein dreifaches Gesetzeswerk, das sich auf dreifache Weise widersprach.

Er, der die Stimme nicht mehr erhob, da für ihn nichts mehr auf den Punkt zu bringen war, alle Welt aber stets das Auf-den-Punkt-Gebrachte erwartete, während ihm, immer vor sich hin sprechend, auch wenn er *mit* jemandem sprach, die Gedankenmühle beharrlich alles Aussprechbare zerkleinert und zermalmt hatte, bevor es über seine Zunge kam. Sprache von Geblüt, von Herz und Hirn war längst in Myriaden von Punkten zerstreut. Merke also: Was nach allgemeinem Urteil für auf den Punkt gebracht gilt, ist in aller Regel bereits ein verwesender Punkt mit einem lächerlichen Schimmelhütchen obenauf.

Um wieviel mehr besteht ein Mensch aus Abfärbungen als aus eigener Farbe! Auch die knurrende kleine Verkäuferin in der Poststelle ist nur so mürrisch geworden, weil sie es bei ihrer Berufsausübung mit unzähligen mürrischen Kunden zu tun hat und solchen, die aus einem Winkel der Anmaßung und Abschätzigkeit auf sie hinabsahen und deren Wahrnehmung an ihr haftenblieb und ihr Gesicht bedeckte wie eine blättrige Maske.

Die sieben Revue-Engel in der Probenpause, wenn sie flügellos auf der Bühne stehen, nun sieben krummschultrige Girls in blonden Petticoats, die in Paaren ihre Schritte üben. Komm, ich zeig dir was, sagt eine Hagere zu einer Fülligen und legt ihr den Arm um die Schulter, und die Geführte legt spontan und rankengleich den ihren um die Hüfte der Kollegin. Sie gehen also ein wenig abseits mit kräftigem Schritt, da tritt die Hagere unversehens der Fülligen in die Wade, so daß sie unwillkürlich einknickt und zu Boden geht. Die Hagere lacht jetzt frech, die andere lacht erschrocken mit. Das ist ein alter

Trick der Jungen vom Schulhof, ruft die Hagere. Wer dich umarmt, bringt dich zu Fall. Keine Liebe ohne Hinterlist.

Verschrumpelt und rotfleckig lag das winzige Köpfchen des Königs auf dem oberen Kissen des hohen Matratzen- und Eiderdaunen-Aufbaus, der einst die Prinzessin von der Erbse trennte. Über die Zeiten hin war die Erbse unter einem langen und beschwerlichen Aufstieg bis zum obersten Kissen gelangt, wo sie nun, als des Königs apoplektisch rotes Köpfchen, in der immer noch ausgeformten Hinterkopfmulde der längst verstorbenen Prinzessin ausruhte.
Mit dem langwierigen Aufstieg der Erbse zum Königshäuptchen begann nun, da Metamorphosen niemals ein Ende finden, eines Tages auch der Wuchs winziger echter Zweitköpfe im Nacken der Frauen. Unter dem Haaransatz am Hinterkopf trugen sie ein kleines anderes Gesicht; wie Verstandes-Beulen mit eigenen Augen und Mündern traten sie hervor, fest angewachsen. Und miteinander schwätzten die Vorwärtsschauende und die Rückwärtsschauende, so daß eine einzelne Frau mit sich immer genügend Unterhaltung fand.

Drei Männer verbrachten die Nacht in einem glitzernden, verspiegelten Tabakwarenladen, reich ausgestattet. Hinter der gläsernen Theke standen nebeneinander ein mit Fedajin-Schal umhüllter Araber und ein Israeli im Rollkragenpullover. Vor dem Tresen saß eine gebeugte Gestalt auf einem Hocker, gebeugt von Zugehörigkeit nur zu sich selbst. Während lange nichts geschah und alles im Laden still blieb, begannen auf einmal die verschlossenen Dinge durchsichtig zu werden. Schachteln, Dosen, Beutel, Hüllen und Kuverts, die immer heller und diaphaner wurden. Da ergriff die unter sich blickende Gestalt das Wort und sagte zum Erbleichen der anderen: »Die beiden deutschen Frauen, die jetzt von euch träumen, werden wahrscheinlich nicht einschätzen können, wie weit später ihre Worte der Entschuldigung tragen.« Darauf nahm der Araber einen kleinen Teller aus dem Regal und reichte einen zerknitterten Zettel dem Gebeugten vor dem Tresen. Dort waren seine eigenen Worte in verblichener arabischer Schrift bereits aufgezeichnet und standen von alters her zur Verfügung. Ergänzt um den Spruch des Sufi-Meisters Abu 'L-Qasim Al-Dschunaid: »Dreißig Jahre lang saß ich als Wächter an der Türe meines Herzens, hütete das Herz. Zehn Jahre bewachte mein Herz mich. Seit zwanzig Jahren weiß ich vom Herzen nichts mehr und das Herz nichts von mir.«

Dem Israeli aber wurde zu gleicher Zeit, scheinbar über viele Hunderte Kilometer hinweg, aus Deutschland von langen Damen-Fingerspitzen ein winziger Happen Thunfisch gereicht. Er sagte dazu: »Von einigen ehemals Geliebten bringt nachts der Traum jenen Traum zurück, der sie uns einst waren. Er ist Stoff von ihrem Stoff und hebt aus der Tiefe das junge Verliebtsein in die müden Glieder.«

Ist es Traum? Beliebig Zugespieltes aus der Schädel-Krypta? Gewölb unter Tag, wo in Unmengen die Reste von Gesehenem spuken. Tatsächlich wird die Neuronenhöhle schon aktiv, wenn man bloß ein ärmliches Nachtlicht anknipsen will. Eine Hardware haben wir unter dem Scheitel, komplexer als das Universum, ausgelegt für einen um das vielfache leistungsfähigeren Nutzer als das moderne Ich! Doch wir begnügen uns mit diesen basalen Formen von Intelligenz, den primitiven Riten der Verständigung und einem kaum geplünderten Sprachschatz.

Ich, sagte der Schriftsteller T., habe es schließlich geschafft, mir einen beständigen Namen zu machen. Dafür habe ich viele Länder bereist und weiß etwas zu erzählen.
Darauf kannst du mit Recht stolz sein, erwiderte ich. Bedenke aber, Swedenborg hat Himmel und Hölle gesehen. Und ist nur durch erhöhten Stillstand dorthin gelangt!
Still dastehen in seiner Freiheit und ein bis ins Innerste von der Welt durchstöberter Mensch sein, da wäre doch auch was los!

Und ich, sagte das hohe magere Mannequin, ich bin schuld daran, ich langes Laster. Ich sauge Menschenwerte an, in mich hinein und durch mich hindurch – und weg! Gelassenheit und Treue, Seele, Dankbarkeit, Geheimes. Schon die Worte zeigen an verbrauchtes Zeug, überflüssige Eigenschaften. Und dem verbrauchten Stoff bin ich der Schlot, durch mich ist Menschenwertiges ganz schnell verraucht, zum Himmel aufgestiegen, ohne daß dabei auch nur ein einziger Mensch verbrennt. Ich bin das Abzugsrohr, der ganzen Länge nach ein Schlot bin ich und sauge unter Menschen ab, was sie nicht mehr gebrauchen können.
– Du bist doch eine raffinierte, eine blendende Schönheit. Was für ein Aufstieg für dich, von der Laufsteg-Raupe zum Weltabzugsrohr! Sei nicht undankbar.
– Irgendwann sind alle alten Eigenschaften durch mich hindurch verraucht. Und hängen die Leute, ausgesogen, gleich um gleich wie schlafende Fledermäuse in einer einzigen Grotte. Spitze kleine Dolche von Häuten, kopfunter hängend.
– Höre, meine Erfundene, die's mir übelnimmt. Du mußt meine Verbildlichungssucht verstehen. Du mußt meine Veranschaulichungsnot verstehen. Du mußt wissen, daß mein Hirn, sobald unfähig, in Bildern zu denken, eine Tropfsteinhöhle außer Dienst ist. Eine Moosgrotte. Alle Flechten der Welt langen aus nach mir und wollen mich überwachsend ersticken.

O meine lieben Souffleusen! rief indessen der ewig schauspielernde Mensch in die Höhe. Alle Welt versammelt sich nach und nach, weil sie ihren Text vergessen hat, vor dem großen Souffleurkasten des Himmels.

Kein Untenstehender, der nicht einen Tieferstehenden quälte.

Giovanni Epimeth, ein junger Philosoph, dem, was sich auch um ihn herum begab, zu *blindem Geschehen* ausartete, dem er im Augenblick des Vollzugs gedanklich nicht folgen konnte. Vielmehr war er gezwungen, nach-zu-denken dem blinden Geschehen. Um möglichst wenig ihm ausgesetzt zu sein, verzog er sich in seinen Keller, hauste im Hobbyraum mit Pritsche und Abfallkübel. Immer wieder trat er unter die Kamera, die ihn bewachte von der niedrigen Decke. Sein Freund war sein Wächter, der ihn geduldig (studienhalber) beobachtete und anleitend unterstützte vom fernen Perugia aus, daß dem Epimeth ein bißchen Denken auf der Höhe und im Vollzug des blinden Geschehens gelinge. Epimeth stellte sich, freiwillig eingelocht, unter das unbestechliche Auge, stemmte sich mit ausgestreckten Armen gegen die Wand, als wollte er den Raum mit sich selbst darin verschieben.
»Das Beste geht mir immer erst nachträglich durch den Kopf.«
Nachträglich zu wem oder was? fragte der untersuchende Freund. Dem Denken selbst! rief Epimeth. Gedachtes von mir wird in winzige Teilchen zermalmt, wird mitgerissen sogleich ins blinde Geschehen und vermehrt es. Gar nicht auszudenken! Getanes nochmals getan. Gesagtes mehrfach gesagt. Gar nicht auszudenken!
Und also entwarf für sich der Philosoph lieber einen »Zaubergarten des Zögerns« und erging sich in ihm. (Das schöne Wort von Jacques Rivière zitiert Benjamin einmal mit Bezug auf André Gide.) Deshalb verband sich der Name Epimeth später mit

der Erfindung und Herstellung der beliebten Tarditiva (nicht zu verwechseln mit den sogenannten tardiven Bewegungsstörungen). Es sind jene Drogen, die ein ausgiebiges Zögern, eine lange genossene Unschlüssigkeit stimulieren.

Wir beide, Textausleger, mein Freund und ich, nebeneinander am Tisch, auf dessen Kante wir die Füße stützen, auf angewinkelten Knien den Text, uns auf den Hinterbeinen der Stühle sachte wiegend, vor uns das große Fenster, durch das unser langes Sinnen davonzieht. Immer neue Fragen der Deutung. Der Text. Der Tee. Der Ausblick. Wenn wir nur wüßten, was hier mit all der *Nachträglichkeit* (des Epimeth) gemeint ist, gemeint sein könnte? Der Text sagt es selbst. Doch er sagt es ungern. Der Text sagt, was er sagt, ungern.

Es erreichen die Dichter ein Stadium der Verfeinerung und Schleierung des Besagten und Berufenen, durch das nur noch schwach ein rohes Licht, das Rohlicht, nach außen dringt. Sie wissen, daß nichts mehr kommt, das die Schleier je zerreißen wird! Und sie verstärken sie also, hüllen und hüllen.

Ihre Scheu, das ist die Scheu ihres Geistes, der flink und unverfolgbar in freie Ornamente entflieht. Sie werden kaum etwas sagen können, ohne sich in Abschweifungen zu verlieren. Was ihnen für eine Sekunde große Wahrscheinlichkeit ist und bedrängend offenbar, verdunkelt in der nächsten, und ihre Rede wird stockend, ihre Syntax unwegsam. Eine vielfache Verästelung von einander widerstrebenden, abgekürzten Botschaften, ein Glossenwerk entsteht, überfüllte Ränder eines unbekannten, ihnen selbst wie uns Auslegern unerschließbaren Haupt- und Grundtextes. Ihre Antwort ist Busch und Gestrüpp, auf dessen Wurzelgrund unsere dürftige Frage wie eine leere, weggeworfene Bierdose fällt. Ja, schön ist es, wie jedes ihrer Vorsichtsgewächse, die sich rankenden Umschreibungen die Wildnis vermehrt, die unser Wachsein, unser weniges, häusliches Denken herausfordert und ertüchtigt.

Aber der gute Freund wurde während des langen Sinnens heimlich von Bitterkeit unterwühlt, wovon ich aber nichts bemerken konnte. Man dachte, den schönsten heitersten Abend miteinander verbracht zu haben, eine seltene Harmonie nahm uns gefangen, und dann kommt von ihm am nächsten Tag eine Mail, in der von den vielen losen Sprüchen, die wir neben der Textauslegung klopften, mit denen wir uns gegenseitig frotzelten, *der eine* mir vorgehalten wird und »aufs schärfste« zurückgewiesen. Nachträglich (immer wieder dies Wort!) zeigt er sich tief beleidigt. Er beweist mir, zu welch unerhörter Infamie ich »unterderhand« fähig sei. Tatsächlich war die Bemerkung genauso gefallen, wie er sie zitierte. Doch am Abend selbst hatte er nicht die geringste Reaktion gezeigt. Vielleicht weil er fürchtete, daß der angebliche »Volltreffer«, offen zur Sprache gebracht, im Verlaufe unserer versöhnlichen Unterhaltung sich verspielt hätte oder von mir weggewischt worden wäre?
Die kleine Spitze, kaum merklich bei im übrigen gutgepolsterter Verständigung, schien ihn erst im dünnhäutigen Schlummer getroffen zu haben, und offenbar erst im Finsteren blühte sie zur Beleidigung auf. Der ganze heitere Abend, in dessen Schutz ich mir den winzigen, verhuschten, völlig unausgekosteten Seitenhieb gegen ihn geleistet hatte, versank nun auf einmal mit all seinen Geistesperlen und Annehmlichkeiten. Nur dieser lockere Spruch stieg auf und herrschte nun über den ganzen Textauslegeabend. Er müsse noch einmal darauf zurückkommen, so sein Wort in der Mail, und tat es jetzt gleichsam in Sicherheit, abseits des lebendigen Austauschs mit seinem munteren Wechsel von Behauptungen, Anspielungen, Entgegnungen, der uns beide doch erfreut hatte, dem aber die verspätete Zensur einen bitteren Eintrag tat, indem zumindest ich in meinem sichersten Gefühl mich getäuscht sah.

Nur mit dem Freund, nur im Vertrauen bin ich in der Sprache gewesen. Es ist nie dazu gekommen, daß ich mein ganzes Vertrauen in die Sprache selbst hätte setzen müssen. Die Sprache kam und ging vor meines Freundes Verstehen. Sie war wie die Blätter im Wind, die flüstern oder matt herabfallen. Sie war frei bis zur Schamlosigkeit und dann elegant überkleidet wie ein altspanischer Grande.
Das Schlimmste ist: Ich darf nicht mehr antworten. Ich habe mein Bestes im Antworten gegeben. Ich habe für meine Sprache den Dialog gebraucht wie die Augen das Licht zum Sehen. Ich wüßte nicht, was ich sagen sollte, ohne daß zuvor mich jemand *angesprochen* hätte.

Von allen niedergemacht, lobt sein Buch der eine, und nicht irgendwer, sondern ein als geistige Großmacht anerkannter Kollege. Was er an seinem Buch erkennt, hat vor ihm kein anderer gesehen. Er sagt nur drei, vier ausgewählte Sätze. Es sei ihm ergangen wie auf einer Wanderung »à la Dante«. Dieser Text trage eine Maske, die ehrlicher sei als jedes menschliche Gesicht. Hm.
Dem Niedergemachten kommen die Tränen. Ein solch gewichtiger Zuspruch für sein Werk muß ihn überwältigen, er spürt etwas von eigener unentdeckter Größe.
Der unverschämt gelassen lobende Kollege bemerkt es und setzt, auch damit seine starken Worte nicht als leere Übertreibung verhallen, noch ein paar umständliche Bemerkungen hinzu. Daß nämlich ein solches dichterisches Unterfangen letztlich einer geglückten Notlandung vergleichbar sei, bei der am Ende die Beteiligten sich um so erleichterter fühlten, je näher sie der Katastrophe kamen.
Wäre der Gelobte nicht so unsäglich durstig, er hätte über die grobe Hinterlist des Lobs sowie die darin eingelassene Verhöh-

nung nicht so leicht hinweggehört und wäre wahrscheinlich sogar beleidigt oder empört vom Sitz gesprungen. Er schlingt aber, nachdem der erste Ton ihn so sehr betörte, alles Weitere ganz ungeprüft hinunter.

Und später sagt er zu seiner Frau: Das hättest du hören sollen, was N. zu meiner Arbeit sagte. Das hört sich etwas anders an als das Urteil des abgestumpften Kunstbetriebs. Nur der Große erkennt Großes.

Nun, es hat den Großen nichts gekostet, seinem bedürftigen Kollegen Anerkennung zu spendieren, natürlich nicht ohne die gebotene Zweideutigkeit, um nur ja nicht ins Heucheln zu kommen. Was er lobte, war ihm von Herzen gleichgültig. Aber die Großmut ein wenig zu schulen, wohltuend zu wirken, sich in den Ambivalenzen zu verbessern, fand er hier eine gute Gelegenheit. So etwas gehört zum Übungsprogramm des Genies. Auch Großmut will trainiert sein.

Ach, dachte die Frau in ihrer Verschwiegenheit, die gespaltene Zunge, die dieser N. besitzt, die da Gutböses lispelt – möchte sie doch bei einem solchen Menschen in eine anatomische Gegebenheit verwandelt sein! Man möchte doch einmal so eine gespaltene Zunge wirklich hervorschnellen sehen!

Der Müde unermüdlich träumend. Es muß in Mensch und Tier ein tieferes optisches Verlangen geben, das sich vom Traum Erfüllung verspricht. Das vielmals Gesehene, das scharf und fest Erkannte wird wieder unbekannt, aufgelöste Zusammenhänge, nie geschaute Vergrößerungen, Schnitte und Montagen, unterlegt mit völlig unerprobtem Sinn. Wir sehen, daß die Dinge nicht in sich zu Ende sind, sondern ihrem ursprünglichen und ewigen Gestaltwandel zurückgegeben.

Er *generiere*, sagt er, aus einem einzigen Ton, Schwingung einer skeptischen Nachfrage, mit der ein fremder, bedeutender Mann vor langer, langer Zeit einmal etwas anzweifelte, was er ihm gegenüber besonders fest behauptet hatte – er *generiere* aus diesem einzigen Ton den bohrenden Zweifel an beinah allem, was er seitdem behaupte. *Warum sollte denn aber der Leviathan?* Etwa in der Art schwang damals des anderen Skepsis ... *Warum sollte denn aber ...* Trochäus Daktylus Trochäus. Worte mit schwerer Hebung, gesprochen im leichten staccato. So erhob sich der versuchte Einwand, der ihm unvergänglich wurde. Und dieses isolierte Partikel, dieses Gen des Zweifelns, sitze nun in seinen gedanklichen Keimbahnen fest und erzeuge fortlaufend ein Zweifeln, und zwar an beliebigen Vorgängen und Argumenten, vor allem aber an von ihm selbst getroffenen Feststellungen. Die Stimme eines ernstlichen Bedenkens, die sich ihm eingenistet hatte, begleitete fortan alles, was er erwog und beurteilen mußte. Sie hallte im Originalton in ihm wieder, obwohl er längst den Mann dazu vergaß, wer's damals eigentlich war, der ihm den Code eingab für den sich schnell vermehrenden Ohr- und Gewissenswurm, Unumstößliches unterwandernd, den Ton eines sanft erbötigen, doch unerbittlichen Zweifelns.

Die Alte mit zwei Krückstöcken und einem riesigen Gerstenkorn am rechten Augenlid saß in Schürze und Pantoffeln auf einer Bank neben der Tür zum Gerichtssaal. Sie pochte mit einer Krücke gegen die Tür. Der Richter öffnete, sah niemanden vor der Tür stehen und wollte sie wieder schließen. Da sagte die hinter der geöffneten Tür sitzende Frau: Du verhandelst über meinen Sohn? Der Richter antwortete, ohne um die Türkante herum nach der Alten zu sehen: Ja, ich verhandle über einen gemeinen Libellenmörder. Die Alte: Wie lange wird es noch dauern? Richter: Es wird noch eine Zeitlang dauern. Die Alte: Gut. Ich warte. Tür schließt sich.

Eine Spinne hatte sich im inneren Augenwinkel des Richters eingenistet, und ihre langen Beine strampelten und kraulten die dichte Braue des Manns.

So gab es jetzt viele Benistete unter den Menschen. Sie wurden in ihrer abgöttischen Tierliebe beim Wort genommen, und am ganzen Körper waren sie Wirte und Hüter von Kleinlebewesen, Insekten und Gewürm. Diese wurden zuvor streng nach den Richtlinien der Tierethikkommission ihrer natürlichen Umgebung entortet, zogen dann aber erleichtert um und wanderten zu besserer Versorgung in ihrer Herzliebsten Häute.

Es verstörte ihn, daß der teilnahmsvolle Ton eines alten Freunds, den er zufällig wiedertraf, nicht mehr echt war. War er es denn einst? Er ärgerte sich über seine fragwürdige Begabung, bei jedem Menschen auf Anhieb die verbrauchten Teile seines Innenlebens zu entdecken. Was einmal Herz war, war nun hohler Ton. Dergleichen mußte nun ein Mensch, der selbst bereits seine aufrichtigsten Leidenschaften überlebt hatte, unerbittlich bei anderen bemerken. Ein moralisches Gehör, ähnlich wie in der Musik ein absolutes, kann unerträglich sein; die geringste Abweichung in der Stimmung der Instrumente quält.

Ich könnte ihn nicht einmal der Lüge überführen, da ich allzu tief in die Wahrheit und Schlüssigkeit seines »Systems« hineinstarre. In den Abgrund seiner Gründe. Wie könnte ich sagen: Dieser Mann spricht falsch? Wo er sich doch im ganzen dartut und versucht, ohne Vorbehalt vor mir zu sein, wer er ist. Mit allem Drum und Dran, *ein System*. Einschließlich der Lüge, die kaum mehr als eine feuchte Locke auf der Stirn der Wahrheit ist.

Ein Mann schiebt einem zweiten ein Schreiben über den Tisch. Werden Sie es können? fragt er. Und noch bevor der andere zu Ende gelesen hat, sagt der erste abschließend: Sie werden es nicht können. Während nun der zweite noch einmal das Schreiben liest und nicht antwortet, erhebt sich vor ihm wieder die fragende Stimme und schwankt zwischen Vorwurf und Hoffnung: Wann werden Sie es können?
Schließlich hebt der Befragte den Kopf vom Papier und sagt: Nicht offen, nicht geschlossen. Nicht leicht, nicht schwer. Nicht zusammenhängend, nicht zusammenhanglos. Nicht ortlos, doch nicht zu orten. Und wissen Sie weshalb?
Natürlich. Sonst hätte ich Sie nicht gefragt.
Der erste nimmt dem zweiten unsanft das Schreiben aus der Hand und will es noch einmal überlesen. Doch er stockt sogleich, starrt es an und erbleicht. Nichts ihm Verständliches steht mehr darin.

Der schwer atmende zugebundene Kartoffelsack in der Zimmerecke enthält einen Menschen. Er ist vom selben Schlag wie jener Geist, der einst in Swedenborgs Zimmer hockte und ihn mehrmals am Tag aufforderte: Iß nicht soviel! Der Mensch im Sack zählt sich nach tief unten, er will einer der am stärksten Gebeugten und am festesten Verschnürten sein. Er hält sich für den Inhockenden aller Hockenden. Doch richtet er knappe Befehle an seine unruhige Frau, die sich entschlossen hat, ihr Leben »neu zu ordnen«, und damit beginnt, unablässig die Möbel im Wohnzimmer umzustellen. Laß das! kommt es aus dem Sack in der Ecke. Und: Steh still. Jedesmal gehorcht sie, daran gewöhnt, daß alles am glimpflichsten verläuft, wenn sie gehorcht und nichts erwidert. Nach einer Weile wiederum der Sack: Mach weiter. Die Frau verrückt wiederum ihre Möbel. Als sie endlich mit der neuen Ordnung zufrieden, halbwegs zufrieden ist, fragt sie in die Zimmerecke: Na, Büßer, wie findest du's? Aber der Sack atmet schwer und sagt nichts. Na gut, Büßer, murmelt sie gleichsam endentschlossen, kein Wort ist auch ein Wort. Und, als würde sie es ihm zum Trotz oder gerade umgekehrt ihm zu Gefallen tun, verschiebt sie aufs neue Stühle, Couch und Tische. (Perpetulum 1014)

Auf jeder Seite muß ein Buch beginnen können, in jeder geschilderten Begebenheit die ganze Geschichte enthalten. Es liefe darauf hinaus, ein kugelrundes Buch zu schreiben, dessen Anfang niemals auf Seite 1, sondern eher auf Seite 37 oder auf Seite 243 zu finden wäre. Ein solch vielköpfiger und versteckter Beginn streckte wie eine Nervenzelle seine Fasern, Dendriten oder Axone nach etlichen anderen Seiten aus und bildete mit anderen Neuronen schließlich ein reizbares Nervengeflecht. Dies erlaubt dann eine Lektüre in verschiedenen Richtungen, mit Ausnahme der von vorne nach hinten, der auf der Welt unergiebigsten Richtung.

Eine der Hexen aus »Macbeth« aus dem Laien-Ensemble *Serena* suchte eines Abends Zuflucht auf dem Schloß einer alten Freundin, die gerade im Vestibül ihre Gäste verabschiedete. Die Besucherin platzte unangemeldet in die Gesellschaft, und ebenso unvermittelt platzte es aus ihr heraus: »Man hat mich soeben gemein behandelt. Ein Kollege hat mich von der Bühne gejagt!«
Kurz darauf – alle Gäste standen bereits mit ihren Mänteln über dem Arm in der Vorhalle und schauten verlegen zum Plafond hinauf – hatte sie sich blitzschnell in den Kronleuchter emporgeschwungen und sich darin verstiegen!
»Ich bleibe hier. Ich wohne hier. Ich hungere hier. Ihr könnt mir den Nachttopf hochseilen.«
Sie war ja völlig schwindelfrei! Schwang im Lüster durch die Nacht! Und verkündete den Untenstehenden ihre idée fixe vom anderen Verlauf des »Macbeth«.
»Macbeth müßte nur eine der drei Hexen überreden, mit ihm die Bühne zu verlassen – und schon wäre der böse Zauber gebrochen! Die beiden Zurückbleibenden, der Dreiheit, der Triaden-

Magie beraubt, würden schnell ihre Beschwörungskraft und den rhythmischen Spruchzauber einbüßen und zu zwei hilflos stammelnden Vetteln werden, die in Verwirrung taumelnd schließlich den Kessel, in dem das dunkle künftige Geschehen brodelt, ausschütten.
Während auf ihrem Schloß an ihrer Tafel Macbeth und die Lady von ganz kleinen Tellern mit sehr kleinem Besteck sehr kleinhäppig speisten und fast nichts runterbekämen.
Ich lasse mir nichts mehr weissagen, murmelt der König. Alles Unheil ist bereits eingetroffen. Jetzt heißt es warten können.
Darauf die Lady: Ach? Auf einmal?
Der König: Ich bin ein hohler Baum, in dem es saust und faucht.
Die Lady: Du bist jemand, der sagt, was man von ihm erwartet, und sogar es zweimal sagt.
Und weiterhin die Lady: Du gehst und gehst nicht weiter. Trägst einen Vorwärtsschuh und einen Rückwärtsschuh. Träumst voran, erwachst zurück.«

Hausherr und Diener kamen und stellten eine hohe Leiter unter den Kronleuchter.
Doch die verstoßene Schauspielerin schwang im klingelnden Lüsterkristall und ließ nicht ab, ihre Version des »Macbeth« mit nur zwei Hexen vorzutragen. Ein Eingriff, der die gesamte Tragödie aus den Fugen brachte, so daß kein Vers auf dem andern blieb und die Handlung sich ungeahnt neue Wege bahnte. Nun mußte sie gewaltsam aus dem Haus geschleppt werden.
Sie hatte auf dem Hinweg, auf ihrer Flucht, kaum beachtet, daß die Gutsherrin zum Zeichen ihrer eingefleischten Mimenfeindlichkeit an jedem Laternenpfahl auf der Zufahrt, an jedem Fensterkreuz ihres Hofs einen gehenkten Pierrot baumeln ließ, »les aristocrates à la lanterne!«, aufgeknüpft wie die Königstreuen im Paris der Schreckensherrschaft.

»Ich wollte dich fragen, was deine Tochter macht? Ist sie inzwischen verheiratet und hoffentlich mit dem Richtigen?« So geschieht es oft, daß man beiläufig, ohne wahres Interesse etwas fragt und unvermittelt ins Fettnäpfchen einer Tragödie tritt. Eine harmlose, höfliche Anfrage, die dem Vater einen Stich ins Herz versetzt, da seine Tochter ihm die schlimmsten Sorgen bereitet, indem sie an einem Kerl hängt, der sich in Rauschgiftgeschäften herumtreibt. Auf eine oberflächliche Erkundigung erfolgt ein Tränenstrom. Der Mann wird dies viele Male schutzlos ertragen, solange er nicht mit einem stummen Schildchen am Revers herumläuft: »Bitte nicht nach meiner Tochter fragen!« Wie es sich doch eigentlich gehört.

Trifft man aber tags darauf die Tochter selbst, so wird man unwillkürlich von ihrer guten Laune mitgerissen und vergißt sofort, woher sie rührt. Man ist ausgesprochen dankbar dafür und möchte sich nutznießend eigentlich an den Kosten beteiligen, die sie dafür aufbringen mußte. Der Wirkung nach scheint sie aber eher »dem Positiven« verfallen als irgendeinem anderen Stoff. Jenny Wirth, die Tochter, ist eine junge Frau mit verzottelten Haaren, abwechselnd mit Perücke oder Liza-Minnelli-Frisur, Stirnfransen hängen tief über den Augen. Eine, die auch mal spotten und lästern kann, aber vor allem im Hochgefühl ihrer selbst immer neue Gipfel stürmt.
»Glück gehabt! Ich hab's geschafft! Ich steh da, wo Tausende an meiner Stelle stehen möchten. Jetzt stehe ich aber da und laß niemanden an meinen Platz. Ich habe genug mit mir machen lassen. Ich bin auf Platz eins. Ich bin noch jung. Ich sehe gut aus. Ich habe was in den Beinen. Ich habe was im Kopf. Ich habe die Kraft. Ich habe die Ausdauer. Ich habe das Polster. Was noch? Ja, ich habe das Polster, Stoßdämpfer, irre Reserven. Ich bin wer. Ich kann's mir leisten. Ich steh noch lange da. Was noch?« Und leise: »Glück gehabt!«

Dann weiten sich die Pupillen, und es verdreht sich der Augapfel.
»Am schlimmsten täglich der qualvolle Versuch, kehrtzumachen vorm Sonnenaufgang. Zurückzuweichen vor dem kraftstrotzenden Morgen, zurück vor diesem aufgeblasenen Neuanfang, zurück bis in die letzte Stunde des abgelebten, alten, schwächlichen, gestrigen, vergangenen Tags! Zurück noch einmal bis in die Minuten kurz vor dem … vor dem Abschied von gestern.«

Wie lange wird jemand, Geschöpf einer Pause, mit leise malmenden Händen, bei vorgebeugtem Oberkörper, die Ellbogen auf die Oberschenkel gestützt, unter anhaltend mildem Kopfnicken zu Boden starren, obschon dieses Relikt eines tatendurstigen Händereibens nun eine unbestimmte Frist von Tatenlosigkeit zu zerkleinern sucht, so wie auch das beständige Kopfnicken niemandem beipflichtet, sondern lediglich zur Bestätigung der Lage dient, in der das Geschöpf sich befindet und über die es sich keine Illusionen macht?
Nun, der Mann würde sich gewiß wieder in Bewegung setzen, wenn jemand, der zufällig des Wegs käme, eine günstige Gelegenheit in ihm erblickte und ihn zu einem festbegrenzten Zweck aus seiner schicksalhaften Pause hervorholte, beispielsweise weil er ihm als Trauzeuge wie gerufen erschiene, als den beiläufig aufgegriffenen Trauzeugen eines Paars, das frei und ungebunden seine Reise antrat, jedoch unterwegs, wie vom Affen gebissen, sich das Jawort zu geben für unvermeidlich hielt, gleichsam um der wider Erwarten geglückten Reise am Ende ein Sahnehäubchen aufzusetzen, und nun also einen wildfremden Menschen überredete, auf das Standesamt für eine halbe Stunde mitzukommen, gewissermaßen sich als weiterer Zufall ihres an Zufällen wie an einem seidenen Faden hängenden Liebesschicksals

zu verknüpfen und in die gemeinsame Urkunde einzutragen, wobei sie zu diesem Zeitpunkt nicht ahnen konnten, daß der beliebig aufgegriffene Trauzeuge jemand sein könnte, den die Getrauten zeitlebens nicht wieder vom Hals bekämen, der es jedenfalls über die Jahre hin so einrichten würde, daß er zu den beiden in ein nicht mehr lösbares Verhältnis träte, das heißt: immer wieder in heiklen Momenten ihrer Ehe aufkreuzte und als Gewissenswurm wie als Erfüllungswärter jenes Vertrags, dessen Gültigkeit er mit herbeigeführt hatte, sich ihnen beschwerlich machte.

Der niedergedrückte Betrachter entdeckte auf einem Gemälde, das in einer Woge von Pracht und Rausch den Höllensturz gewaltiger Menschenscharen zeigte, unten, ganz unten rechts das Porträt eines zur Mitte aufschauenden Bild-Gastes, eine dem äußeren Betrachter vor dem Gemälde nachempfundene kleine Gestalt, aus deren Perspektive jedoch die Fülle sich lichtete und in leicht herabsinkende Einzelwesen löste, obgleich dem Motiv nach immer noch der Menschen Höllensturz.
Seit Jahr und Tag kein Bild, das ihn nicht um einen Deut kleiner gemacht hätte, als er es vor seiner Betrachtung war. Wieder und wieder habe er gebüßt. Kein Eintritt! Woran er auch pochte. Wie zart er auch anpochte beim Kunstwerk. Von der kleinsten Zelltür bis zum erhabenen Portal: kein Eintritt! Doch konnte er nicht von den ihm verschlossenen Bildern lassen, täglich mußte er in die Galerie und vor die großen Werke hintreten – ja, er nährte sich geradezu am Schank ihrer Verschlossenheit.
Sind wir nicht Verlegene, wenn es hoch kommt, vor der großen Kunst? Und stehen wir nicht verlegen da, dann war's auch keine. Dann gebrauchen wir die vielsplissig schlitzigen Worte.

»… denn wie andere hundert Augen zum Sehen haben und andere hundert Hände zum Winken, so hatte dieser hundert Herzen zum Dulden und bestand gänzlich aus Herz.«
Balthasar Gracián, Criticón

Je eine Hand zweier Männer umklammerte die Obstschale aus Muraner Glas, lag eingeklappt auf dem Schalenrand, in der Schale Obst, unausgepackt in grünen Tüten. Nicht auszumachen, ob es sich um Griffe, die Besitz beanspruchen, oder um ein zerstreutes Festhalten an einem beliebigen, der Hand schmeichelnden Gegenstand handelte. Ebenso wie sie nach einem Streit, nach einer Phase des heftigen Hin- und Herzerrens der Schale eine Weile zu ruhen schienen, hätten sie auch zwei tief einander verpflichtete Hände sein können, die sich im gleichen Fassen am gleichen Glasrand einiger waren als miteinander verschlossen.
Es stellen sich Fragen der Zuordnung ein und derselben Gebärde zu zwei Affekten mit einander ausschließenden Impulsen. Woher die Nachlässigkeit geöffneter, jedoch nicht ausgepackter Tüten in der Hochrandschale aus geschliffenem bläulichem Kristall? Waren die beiden Fasser etwa in Uneinigkeit geraten, wer die erste Frucht den Tüten entnehme? Es sah so aus und sah ebensogut nicht so aus. Beide Hände, die den Rand umfaßten (nicht »umklammerten«, wie der erste flüchtige Anblick glauben machen wollte), beide Hände gehörten zu verhältnismäßig ausgestreckten, doch immer noch leicht angewinkelten Armen, die aus der Brustseite und nicht aus der Brustfront nach der Schale langten: Der rechte Arm des einen schien den rechten des anderen daran zu hindern, die Schale an sich zu ziehen. Da beide Männer einander gegenüber auf ihren Stühlen sitzen blieben und die Rippen des seitlichen Brustkorbs gegen den Tischrand drückten und dabei – angestrengt oder gerade nicht, beschämt

oder durchaus nicht – unter sich schauten, läßt sich nur so viel mit Sicherheit sagen, daß die Griffe schon vor geraumer Zeit erfolgt sein mußten, aber der Antrieb, der ihnen vorausging, nicht mehr zu ermitteln war. Unbestimmbare Dauer einer gegenseitigen Blockade? Dauer eines einträchtigen Aufgebens von gemeinsamer Handlung? Rein zufällige Handablage? Der letzte Halt zweier Träumer vor dem Absturz ins Erwachen?
Nicht zu ermitteln.

So wie sich das bessere Talent höchstens einmal im Leben und heute allenfalls in seiner Jugendzeit durch einen dichten Passantenstrom in Gegenrichtung einen Weg bahnt, fragte sich ein Sokrates täglich wider den Strom des allzu Plausiblen mühsam ans Ziel!
Phaidros: Was haben sie (nämlich die Grillen) denn für eine Gabe? Ich glaube, das habe ich noch nie gehört.
Sokrates: Das darf aber doch nicht sein, daß ein Musenfreund von diesen Dingen nichts gehört hat.

Nun, ich sehe doch, daß Sokrates einen bestimmten, akzentsetzenden Gebärdentick zeigte beim Philosophieren. Niemand berichtet uns darüber, aber ich stelle fest, er steckte bei übereinandergeschlagenen Beinen beide Hände flach unter die Kniekehle des linken oder rechten Beins und wechselte bei jeder tieferen Erörterung mehrmals zwischen hängendem und aufgesetztem Fuß. Wobei er den jeweils hängenden leicht kreisen ließ und erst unmittelbar vor dem Clou seiner Gedankenführung im Spann heftig anzog, um ihn kurz darauf souverän zu entspannen.
Oder aber, ein weit störenderer Tick, er rieb sich mit den Fingerknöcheln beider gefäusteter Hände rechts und links die Backenhaare, jedesmal wenn er einen seiner Freunde in die äußerste Zuspitzung hinein und hinauf gefragt hatte. Still und edel unbe-

wegt, gelassen hingegossen, saß er bestimmt nicht da. Irgendeinen Tick muß er wohl gehabt haben.

Ein leichtfertiger Mann schoß mit seiner Flinte einer Taube in das geplusterte Gefieder. Ein unvergleichlicher Laut des Zorns und des Wehs entwich dem Vogel. Aber auch alle Verächtlichkeit, die ein Tier dem Menschen zeigen kann, lag in diesem greulichen und abgründigen Laut. Die Taube wackelte ein paar Taubenschritte voran, wie um zu beweisen, daß der Schuß sie nicht erledigt hatte. Jedenfalls zeigte sie sich so. Vielleicht war es auch ihr gekränkter Stolz, der sie so stark machte, daß sie ihr Enden dem Mörder vorerst verbergen konnte.
Aber dann sah man sie mit dem Geschoß im Schnabel und staunte nicht schlecht, als der spitze Schnabel die Mordperle trug, die sich der Vogel aus seiner Wunde gepickt hatte.

Der Ort, an dem sich all dies zuträgt oder mir zugetragen wurde, ist die Bühne und nichts als die Bühne der Nacht. After the performance. Es gibt keine Schauspieler mehr, es gibt nur noch fleißige Geister.
Die Stellfläche, vor der man sein Leben verbrachte, war stets mit Projektionen schöneren Lebens bedeckt. Man lebte immer embedded in fabelhaften Ansichten von Häusern, Gärten und Landschaften. Die Kleider waren schön, die Menschen darin leider oft von der weichen, debilen Art.

Das Kind aus dem Andersen-Märchen besucht eine Gemeinde von Menschen, die in der Vorstellung leben, alle nackt und bloß, ganz und gar sich selbst und der Welt erklärt, wunderbar befreit und ungeniert zu sein, tabulos. Da sagt das Kind auf einmal: Seht nur, warum tragen denn alle im Paradies diese bunten und gescheckten Zwangsjacken?
Des Volkes neue Kleider.

Die Sitzenden. Einer im hohen Ohrensessel. Einer auf einem Fußschemel. Einer im knöchernen Bürostuhl. Einer allein auf der Chaiselongue. Einer auf der Parkbank. Einer auf dem Brunnenrand. Einer auf dem Meilenstein. Einer auf dem Treppenabsatz. Gedehnte Totale. Die Bühne wie das Leben selbst: Landschaft mit Sitzenden. Oder ist es ein und dieselbe Person, die im Auf und Ab von Sitz zu Sitz wandert?
Aus Klugheit müd, aus Müdheit wieder klug geworden.

Am längsten hallt wider in der Hirngrotte der Peitschenknall der Manege, Schuß-Laut, der die Gedanken dressiert wie nervöse, tänzelnde Pferde. Sie werden schließlich Figur machen, und die Manege wird immer ein Ort der Despotie der Formen bleiben.

Der Jammer ist etwas, das dem Jammern so unvergleichbar ist wie der Ozean einer Regenpfütze. Der Jammer ist ein so mächtiger Urlaut, daß er neben sich keinen kleineren Laut duldet. Der Jammer ist vielleicht sogar das Chasma, »jener widrige, modrige Schlund« bei Hesiod, darin die Erde sich öffnet, und Mensch und Nichts steigen herauf wie ein Paar.

Jenem Verdammten, dem seine tendenziöse Poesie das Verderben brachte, war es in seinem *Perpetulum* unmöglich, die Metapher von der *stundlosen Nacht* je zu begreifen.
Unwissen herrscht ja unter den Menschen über die Stunden der Nacht, von eins bis drei, da es keine Zeit gibt, intempesta nox, zeitlos tiefe Nacht oder, wie es bei Aischylos heißt, ’εν ’αωρόνυκτι, in stundloser Nacht.
Der Spott-Dichter in seiner Kuhle mußte nun die ernste Trope ewig aufs neue verwenden im triftigen Sinn, doch jedesmal wieder verfehlte er ihn.

Da ihr nichts blieb als weiße Wand und endlose Zeit, holte sie die Ansicht auf ihr Display und filmte mit dem Smartphone die Mauer immerzu, an der entlang sie lebte. Den Kopf hielt sie abgewandt von ihr, voll Scheu oder Abscheu, streckte den Arm mit dem Handy von sich, immer zur Wand hin, filmte sie in Abwehr, und um nicht in den Rachen des feindlichen Weiß unvermittelt zu blicken, sah sie hin und wieder nur dessen Abglanz auf dem Display.

Automaten – in der Maske von weißen gesichtslosen Menschengesichtern – begleiteten wie Schutzengel die hilfsbedürftigen Schwundmenschen und griffen ihnen in den Arm, hinderten sie jedesmal, wenn sie wieder im Begriff waren, etwas Falsches, für sie Bedrohliches zu tun. Diese kalten Hostessen waren die neuen Anstandsdamen der maschinenmagischen Epoche. Die Menschen hatten ihre erworbenen Fähigkeiten und natürlichen Instinkte fast komplett eingebüßt, weshalb sie nur mit Hilfe ausgeklügelter Ersatz- und Verstärkungsmaßnahmen überleben konnten.
Deshalb sahen die Anstandsdamen nicht zuvörderst auf ein gutes Benehmen der Betreuten, sondern suchten sie überall von den vielfältigen Gefahren fernzuhalten, denen sie sich, ohne sie überhaupt als solche zu erkennen, völlig unbekümmert aussetzten. Alle Bemühungen, die Hilfsbedürftigen zu belehren, ihnen als gutes Vorbild zu dienen, um etwas von ihren fahrlässigen Verhaltensweisen im vorhinein zu unterbinden, hatten sich als nutzlos erwiesen, und die Automaten brauchten für ihre Schützlinge keine Lernprogramme mehr zu entwickeln. Daher wurde ein Rund-um-die-Uhr-Geleit für sie letztlich unverzichtbar. Dies wiederum provozierte, daß unablässig neuartige Schwächen und Einbußen wie Parasiten über die Ungeschickten herfielen, um sie noch ungeschickter zu machen, woraufhin ebenso unablässig

die Automaten neue Unterstützungsmaßnahmen erlernen und ergreifen mußten.

Die Zukunft besitzt nur noch wenig Futur. Und wenn die allgemeine Übereinstimmung lautet, daß *dies hier* bereits das Niedagewesene sei, dann ist es eben die Zukunft. Wir werden erst dann vor Langeweile sterben, wenn die Zeit, die kommt, nichts anderes bringt, als seit langem vorausgesagt und -gesehen.
Andererseits ist es ganz unmöglich, sich in allen Konsequenzen das Reich der kommenden Künstlichkeiten vorzustellen, in das vielleicht schon bald »der alte Adam« auswandern muß. Eine solch kategorische Unvorstellbarkeit wälzt jedoch andere, durchaus gesunde und nützliche Vorstellungen um und um. Das ganze Vorstellungswesen schüchtert sie ein, schikaniert sie, denn wir können's nicht lassen, wir *müssen* uns was ausmalen. Die Welt, der ich nicht mehr angehöre, ist noch nicht ganz da, doch immer häufiger begegnet man Leuten, die schon mit ihr in Berührung kamen. Zurückgekehrt murmeln sie ein wenig erschöpft etwas, das für mich unverständlich ist. Nichts kann mich in größere Panik versetzen als der Gedanke, daß auch ich eines Tages unversehens, ohne mannhaft Abschied genommen zu haben, vielleicht noch kurz vorm gesegneten Ende, schwuppdiwupp in den Garten der Künstlichkeiten verpflanzt werde und zu einem zeitlos seichten Dauern verdammt. Zu einem von Menschenrechtsaktivisten überwachten Wohlseins-Inferno.

Unter den Städtern war es nun Mode, sich einen Kuß im Vorübergehen zu geben, vorn auf die Lippen, eine Art Kurzschluß zwischen zweien, die sich auf den ersten Blick sympathisch fanden. Doch mit dem Ankuß war auch schon der Abkuß gegeben. Man war sich einig, daß nichts weiter folgte und keiner mit dem anderen was anfangen wollte. Leib und Gesicht, Hände und Gang hatten ja seit langem das Gesehenwerden verloren. Blicke, die den anderen wahrnahmen, kannte man nur noch aus dem Kino. Von Angesicht zu Angesicht wich man sich aus. Nachdem nun aber das Aufblicken vom Handy und also auch Blickkontakt und Anstarren (zum Teil mit Hilfe spezieller Kurse) neu entdeckt und wiedererlernt wurden, war er schon bald und wie von selbst zur Konvention geworden, der An- und Abkuß im Vorübergehen, mitten im Passantenstrom, an der Haltestelle, im Supermarkt …

Am Rande einer tiefen Kuhle stand ich, unten stöhnte der ausgediente Gegenwartsnarr, der sich um und um drehte in ewiger Schlaflosigkeit:

Ich richte mich zu meinem Grund: in mich gekehrt immer bohrender, immer schlundsüchtiger. Wie anders sollte Verenden sein? Keine Mauer gab's bei euch da oben, die mich nicht niederbrüllte. Die Kraft, etwas zu sagen, borgte ich dem unbesorgten Gerede aller.

Da sprach ich zu ihm hinunter wie zu Mephisto der Baccalaureus: ›Am besten wär's, euch zeitig todtzuschlagen.‹

Das braucht nicht mehr gesagt zu werden, stöhnte es von unten.

Soso. Dann war's das also, wie? Die Buchführung über das Sagenswerte ein für allemal abgeschlossen?

Versteht sich von selbst. Was verstünde sich nicht von selbst! stöhnte der Mann in der Kuhle.

Und ich: Heißt das, von nun an versteht sich die Welt von selbst?

Der ganze Platon versteht sich von selbst?
Und der Stöhnende fuhr fort:
Die Worte brauchen unser Verstehen nicht mehr. Sie ordnen sich zu eiskaltem Selbstverstehen. Die Wörter bleiben unter sich, die Menschen-Sprecher sind ihre hohlen Vertöner oder Widertöner, ihr Medium eben.
Und ich erwiderte:
Was ich da höre, stammt aus dem Repertoire des überholten Zeit-Genossen. Das sagt man so, wenn es darum geht, den Stunden zu trotzen. Da man leider ihr Mitläufer nicht mehr ist. Und als ihr Gegenspieler zu häufig verlor. Wenn einem die Zeit die Genossenschaft entzog!
Darauf richtete sich der Stöhnende auf und zeigte einen Anflug von Unwillen:
Erzähl mir bloß, was wichtiger wär als Gegenwart! Selbst zum Erinnern brauchst du Gegenwart. Wenngleich Erinnern heute kein gesundes Organ zum Überleben ist. Da muß der Deutsche erst mal tiefer werden, sich Raum verschaffen fürs Gedenken. Vertiefe, erweitere, dehne ihn nach rückwärts aus! Aber dahin will er nicht! Sie trotten alle noch an schlaffer linker Longe, nicht anders als zu meiner Zeitgenossen-Zeit. Das Voltigieren wird nun läßlicher ausgeführt, und beim immer entfernteren Umkreisen einer leeren Mitte verheddern sich die langen Longen, die Diskurse verdrehen sich und lenken nicht. Lassen kaum noch etwas Kür erkennen. Immer schlaff im Kreise – links herum. Es fehlt uns übrigens eine Abstammungslehre für Gesinnungen: wie sie trotz Wandel, Mischung und Verdünnung stets noch ihren einen Ursprung, rechts oder links, verraten. Zur Abstammung von rechts gehört: wenig Leine lassen, und der Longenführer heißt Joseph de Maistre.
Links oder rechts, sagte ich, das geht uns nichts mehr an. Beide machen ihre Rechnung ohne den Wirt, der jeweils der andere ist. Das geht uns nichts an.
Darauf reckte sich empor der Mann in der Kuhle:

Hör zu, du lausiger Randläufer da oben! Es gibt genug Gutgedachtes, wovon der Mensch bis Menschheitsende zehren könnte. Aufgepaßt! Während ich mich unablässig auf der Stelle wälze, befällt euch schleichend Lähmung, euer Sinnen und Entwerfen wird ganz säuerlich. Auch du fühlst dich morgen schon in Stille abgestellt unter deinem Hirngewölb. Azay-le-Rideau, wie ich zu sagen pflege (berühmtes Wasserschloß an der Loire!) und was soviel bedeutet wie: Martha! Der Vorhang fällt!

Ein Zimmer, bestückt und bestirnt, geschuppt und besproßt mit unzähligen grünen Blättern, Knospen und Trieben. Sehr enge Wände, Stuhl, Spiegel, Kleiderständer, Schrank, aus glatten, leblosen Dingen wachsen langstielige oder flach sich windende Pflanzen hervor. Dichtbelaubtes Zimmer, grün, moosgrün, lindgrün, flaschengrün, jägergrün. Die Ureinwohnerin des Raums sitzt auf ihrer Couch, es wächst ein Preiselbeerstrauch aus ihrem Oberarm, Schlehen aus den Knien, Erde rinnt ihr von den Fingerspitzen, Labkraut hängt ihr vom Ohr. Immerzu muß sie was pflücken von Haut und Haar.
Alles Verheißungsvolle steigt herab. Aus Heil wird Utopie. Erleuchtung wird Aufklärung, der Garten Eden ein grünendes Zimmer.

Die furchtbar wasserdicken Füße, aufgequollene formlose Quanten, standen unter dem Saum des Vorhangs hervor. Ohne daß die unerschrocken Verliebten sich darum scherten und ohne ihr Schmetterlingsflattern zu unterbrechen, hüpften sie jedesmal anmutig über die beiden Hünenstummel, als sie nach einer geeigneten Vorhangfalte suchten, um sich darin zu finden.

Jede Tür ist ein Januskopf: Auf das eine Zimmer blickt sie zurück, auf das nächste voraus. Im ersten stand der arbeitslose Vater, der immerzu »Verehrter Meister« zu seinem Sohn sagte, bis dieser es sich verbat und ärgerlich erwiderte: »Ich bin genauso eine elende Krücke wie du: jemand, der sich ein spärliches Geld dazuverdient, indem er in aller Herrgottsfrühe bei ›Lidl‹ die Regale aufräumt, die Stapel neuer Ware in die Regale einrückt.«
Und der Vater war einer, der immer, zu jeder Gelegenheit, den Fluch: »Erbärmlich!« auf den Lippen führte. Er zitterte, daß sich der ganze Leib zusammenzog und »Erbärmlich!« ausstieß.
Was immer er selber tat, es war: »Erbärmlich!« Was andere zu ihm sagten, es war: »Erbärmlich!« Die Lage der Menschheit: »Erbärmlich!« (War sie aber auch erbarmungswürdig?) Einzig den Sohn verklärte er ohne Einschränkung. Er war zum Aufblicken da, egal wie's um ihn stand.

Im angrenzenden Zimmer sah man den Nudelesser. Er saß über den Teller gebeugt, und im Teller gab es ein Spundloch, durch das eine einzige lange Nudel hervorquoll und sich in die Tellerkuhle ringelte, wie aus der Tortenspritze hervorgedrückt. Neben ihm saß ein Kind, das ihm beim Verschlingen der einen und ganzen, der immer nachringelnden Nudel zuschaute. Zu sehen aber gab es nur den kindlichen Hinterkopf. Ein wüster, nicht menschenähnlicher Schädelteil war das, wie eine runde Drahtbürste, so sah er insgesamt von hinten aus. Bei aufgestützter Schläfe, zeigte sich der nackte Kinderarm mit dichtem schwarzem Flaum überzogen. Man hatte sofort vom Gesicht des Kinds die schrecklichste Ahnung und wünschte es niemals zu sehen. Es war gewiß eine schrundige, lederne Fläche, und Tränen aus geschmolzenem Blei rannen wahrscheinlich über das Antlitz dieses nie entdeckten Geschöpfs. Eine ganz andere Art von missing link, als die Naturgeschichte es suchte, ein missing link, das uns tatsächlich in der Entwicklungsreihe des Schreckens – in all unseren Vorstellungen vom Abscheulichen bis heute noch fehlte. Da saß es nun, das Bindeglied zwischen Kind und Abmensch, vor dem Ein-Nudel-Esser, sah ihm zu, und sein Anblick schien dem Mann keineswegs den Appetit zu verderben.

Man könnte meinen, das tröstliche Schaukeln in Weltunerfahrenheit habe den Menschen im Mutterleib bereits mit der vollendeten Langeweile vertraut gemacht. Von der Erschütterung durch Geburt jäh unterbrochen, kehrt später hier und da in gewissen Abschwächungen zurück das Fruchtwasser-Genügen. Die Langeweile. Kehrt wieder und hüllt den an seine Tage Verlorenen, schützt ihn vorübergehend vor zu schnellem Zeitvergehen.
Der Wanderer ging auf dem Mittelweg zwischen zwei herbstlichen Äckern. Die frisch gepflügte Erde war übersponnen mit den Flugfäden der Baldachinspinne, sie glänzten wie Flitter in der späten Sonne. Ein hauchfeines Kleid war über die nackte Krume gewebt. Schöner kann's nicht werden, dachte der Gänger. Sieht aus, als träume Mutter Erde von ihrem immer wiederkehrenden, immer zu ihr findenden Sohn.

Es gibt ja solche Schläfer, die verschlafen sogar nationale Katastrophen. Zum Beispiel mitten in Manhattan verschlafen sie den Einsturz der zwei Türme. Man fragt sich, ob das Unglück nicht überhaupt erst durch die Portale ihres widernatürlichen Schlafs Einlaß fand in die Welt? Im Schlaf, im verschlagensten Winkel des Bewußtseins verschwören sich gewisse spiriti mit dem in Latenz befindlichen Unheil. Sie verleihen diesem womöglich sogar die letzte Kraft, um tatsächlich zu geschehen. Insofern schlafen die wenigsten unschuldig. In Phasen ihres gesunden und tiefen Schlafs vollzieht eine Frau ihre Trennung vom Mann, und davon liegt ein Schein guten Gewissens auf ihrem Gesicht.

Fuori le mura – es liegen noch ein paar Verstoßene vor der Stadt, evakuierte Einwohner von Idle City, die alle kleine Lügner sind – und bei ihnen der Hund, der sich selbst, auf dem Rücken liegend, eine Decke über den Kopf ziehen kann. Freunde, die allzu große Stücke auf die stille Stadt gaben und Eigenschaften lobten, die sie gar nicht besitzt. Die im Loben immer logen und die vom Loben nun verwahrlost sind.

Sie leben ausgesetzt in Wellblechhütten, und jeder in der Siedlung hofft, daß ihm noch einmal das große Los beschieden, zurückzukehren innerhalb der Mauern. Sie malen stille Kolonnaden in den Sand und möchten dabei sowenig wie Archimedes bei seinen Kreisen gestört werden. Die vor der Stadt, das sind die, die die reine Muße nicht konnten. Aus der Stadtmitte nach draußen vor die Mauer versetzt, sind sie alle etwas abgemagert, derangiert, etwas schiefmützig im Kopf. Aus träumenden Männern wurden kleine Mythomanen, kleine Enkomiasten und Bombasten. Phantasten, Enthusiasten. Solche, die beim Schlaf-

wandel nicht mithalten konnten, überschlagen sich jetzt in Schönfärberei und verklären die stille Marmorstadt zum Neuen Jerusalem.
Marian und Adrian und Celestan und Florestan und Justinian und Kilian und Sebastian und Julian. Mäzenin Cordula hatte sie alle ausgehalten, die Start-up-Jungens, und dabei ihr halbes Vermögen drangegeben. Man sagt nicht von Sapristian, er sei schwachsinnig. Man sagt: er ist langsam, ein Langsamer eben. Ideenschmiede? ’ne Schmiede ja, aber eher ein alter Rostverhau draußen vor der Stadt. Neue Ideen erhämmert man nicht auf dem Amboß.
Die Aussicht für die äußerst Auswärtigen, für die Übriggebliebenen fuori le mura, war bis tief in den Horizont lückenlos ausgelegt mit leeren alten Traktorreifen.

Sie sagen: Wir wissen bis heute nicht, ob wir für die Chance oder das Mißgeschick geboren sind. Wir alle sind ja im Spiel. Es gibt keinen lebenden Nicht-Spieler. Niemanden, mit dem nicht wenigstens der Zufall spielte und der ihm gekonnt oder ungekonnt parierte. Chance kommt nämlich von *cadere*, fallen. Die Würfel sind gefallen. Wir kennen die uns betreffende Augenzahl nicht.

Und der Wahnsinn fuhr in die Netze.
Unaufhörlich tröllerten die Telefone, sendeten diese elektronische Verhöhnung von Klängen, die Rufzeichen wurden unabstellbar, alle Telefone riefen wie durchgedreht, alle auf einmal, wie sie eben pinkern, fliebeln, dingeln, unablässig, ein Gigagetröllere erhob sich über dem Planeten. Ausgelöst von einem Stör-Satelliten, den die Terrorgruppe »Alte Musikanten« in die Erdumlaufbahn geschossen hatte. Doch plötzlich bricht das Sphären-Charivari in sich zusammen. Kein einziges Rufzeichen mehr auf Erden. Alles unterbunden.

Was sind die time-bettering days (aus dem 82. Sonett von Shakespeare) anderes als Tage, so erwählt, erfüllt und überlegen, daß sie die Zeit in ihrer Umgebung, ja sogar das ganze sie umgebende Zeitalter verbessern?

Tief im Bühnengrund sahen wir das gleißend helle Kind, das zu uns sprach und das, soweit wir es mitbekamen, der Menschenwelt voraussagte, daß die zur Stunde herrschende »Große Turba« (Verwirrung) nach vielen Schrecken und Übeln für uns alle ein gutes Ende nehmen werde. Der Knabe sprach ohne jedes Verständnis für das Wort, das ihm eingegeben ward, und pries »das Angeld auf die Herrlichkeit«, das er an uns verteile.
Ein kleiner Schemel stand neben ihm. Doch der Knabe zögerte, einen Fuß daraufzusetzen. Obgleich er bei seinen tröstlichen Verkündigungen immer sann, was es mit dem Schemel auf sich haben könne. Zugleich wußte er, daß er sich niemals darauf niederlassen dürfe. Denn das wäre dem Charakter seiner Verlautbarungen nicht angemessen gewesen. Und doch linste er ab und zu nach dem kleinen Schemel wie der Schauspieler nach einem befremdlichen Requisit, das sich bisher bei keiner Vorstellung an dieser Stelle befunden hatte und das er nun auf irgendeine Weise mit seiner Rolle ebenso unauffällig wie schlagfertig in Verbindung bringen mußte, um es fortzuschaffen.
Im Vordergrund, dem Knaben zugewandt, drückte auf einen hohen Stütz- und Wippsitz ihr schmales Gesäß eine junge Frau, die das Kind zuerst und zunächst hören konnte und dabei ihr offenes schwarzes Haar im Nacken mehrmals mit beiden Händen packte, nur um es zu bündeln und gleich wieder freizugeben. Wir unten im Saal hatten es schwer, die Rede des Knaben dem

Sinn gemäß zu verstehen, und sahen dauernd in den Rücken der wippenden Frau, die den Knaben sehr viel besser hörte als wir im Parkett. In einem Abstand, der uns zusehends beunruhigte. Schließlich wandte sie sich mit einer halben Drehung über die rechte Schulter ans Publikum und sagte:
Wenn ich noch eins kriege, dann zeige ich es niemandem.
Der Satz bezog sich auf ein Kind, das die junge Frau, ein zweites, vielleicht bekommen würde. Jedoch: ein Kind auf die Welt oder auch nur auf die Bühne zu bringen und es niemandem zeigen? Wie wäre das möglich? In welcher Lebenswelt befänden wir uns, in der eine Frau ein Kind gebiert und es niemandem zeigt?

Der Bühne im Rollenkleid entlaufen, zum Bretterzaun geflüchtet, zur Grenze, im breiten karmesinroten Umhang der Hermione, an die verschlossenen Bretter gepreßt, sucht sie nach einem Spalt, wozu sie alle dienstbaren Geister anruft, daß sie ihr Kleinheit schicken und Behendigkeit, um durch die Ritze zu schlüpfen. Gleichwohl gräbt und schaufelt sie mit beiden Händen unter den Brettern in der harten trockenen Erde – ihre Fingernägel brechen, die Kuppen bluten, obschon sie nur eine flache Kuhle aushöhlt, nicht größer, als daß ihr Kopf hineinpaßt, aber sie im ganzen noch lange nicht hindurch und hinüber, so daß sie weiter wühlt und scharrt wie ein fährtebesessener Hund, ein Tier sie, die ihre Tochter unter dem Aufwachsen verlor und endlich ihre Spur aufnahm hinter dem weltentrennenden Zaun.

Und wenn die Toten neben den Lebenden liegen, sich die Lebenden zu den Toten legen, ist nicht leicht zu bestimmen, wer zu wem. Auch die Art des Beieinanders, Miteinanders noch wenig erprobt. Vielleicht daß jeder einen Schritt auf den anderen zu macht – in der Erträglichkeit einerseits, in der Eingeschränktheit andererseits. Die einen aus ihrer eitlen Beweglichkeit heraus, die anderen aus ihrer stupiden Totenstarre, so daß sich am Ende beide im Wächsernen träfen. Die Lebenden im porösen Wachsüberzug, die Toten ebenfalls in Wachs, doch ohne Poren.

Die meisten von uns sind immer noch viel zu tüchtig, viel zu zugreifsch, anstatt zu trödeln, da und dort etwas liegenzulassen und sich in Distanz zueinander zu bringen. Menschen wurden geschaffen als die kleinen Helfer, ursprünglich eine Versorgungsgesellschaft für Götter. Nicht zuletzt um sie vor Entfernung und Vergessensein zu bewahren. Längst haben sie sich ihres Auftrags begeben und sind ausschließlich um sich selbst – ihre fatalen Menschenrechte! – besorgt.

Und der letzte der Vertriebenen wandte sich noch einmal um und fragte den Menschen:
Wer aber wird nun zu dir die Götter versammeln,
Daß du findest das Leben, welches du suchst?
Gilgamesch, 11. Tafel

Es sind nicht die Kröten wie in »Magnolia«, die auf die Windschutzscheibe klatschen, nicht die Schauer von Jungfrauen, die bei Charles Fort vom Himmel fallen, sondern es sind die Larven, die stotternden Hüllen unentwickelter oder zurückgebildeter Halbgottheiten; sie landen wie bewußtlose Rauchgiftsüchtige kreuz und quer auf den Fahrbahnen, in ihren gelösten Mänteln segeln sie hinab aus den mit Subalternen überfüllten Lüften.

Da gab es eine Schar liebenswürdiger Menschen, sehr kleine, die von größeren geführt wurden. Kurz vorm Überschreiten der Fahrbahn brachen einige ins Knie; doch statt sterbend zu vergehen, blieben sie dieselben als bewegliche Puppen, und die sie führten, führten sie weiter als Puppen. Und es gab den Ausdruck des Schmerzes auf der Stirn eines Mannes, den er als Puppe für immer behielt, das Nicht-Begreifen eines Verlustes, in Falten lag die Stirn, die Brauen hochgezogen, ein tiefer Jammer, ein ewiges Weinen, eine ursprüngliche Verlorenheit, die sonst nur das Neugeborene zeigt, kurz ein so lebensvoller Ausdruck zeichnete sich ab auf seinem Puppengesicht, wie ihn der Mensch aus Fleisch und Blut niemals erreicht. Nun aber war der Mann in diesem einzigen Ausdruck festgehalten, und kein Wechsel erlöste ihn davon. Jammer eines für immer in Schmerz erstarrten kleinen Mannes.

Und der Diener führte die wichtigsten Gäste zu Tisch. Aber der Tisch war noch nicht da, und die Gäste saßen im Rechteck, in zwei längeren und zwei kürzeren Reihen auf ihren Stühlen um einen auf sich warten lassenden Tisch herum.
Welterklärungen, Weltkommentare wollte niemand mehr hören, ein *komplexes* Bewußtsein keiner mehr besitzen. Das wichtigtuerische Gehabe derer, die so etwas anboten, hatte die Ware gründlich diskreditiert. Es gab im tischlosen Rechteck nur Trauer oder Ausgelassenheit. Nur Seufzer und Jauchzer. Sprache wollte niemand mehr hören, vor Sprache grauste es alle. Mehr als das Nachsehen hatten sie nicht. Und sie ergaben sich dem Nachsehen, als starrten sie im Kino auf die Leinwand.

Ein junger Mann, kein Parzival, doch einer, der von den Ereignissen fast täglich überholt wurde und jeweils in eine neue Naivität gestürzt. Einer, der sich schon wieder mal nicht auskannte und ungläubig, was sich um ihn tat, verfolgte, es ungläubig hinnahm. Ich glaub nicht dran, worin ich da verwickelt bin; ich glaub nicht dran, was mir da geschieht, das kann nicht sein. Darauf kann mein Leben nicht hinauslaufen, daß ich verstehe, was mir da geschieht. Es muß noch was anderes kommen. Es muß noch ganz was anderes kommen.

Was dir fehlt, oh mein Junge, sendete ihm aus dem Rechteck der tischlosen Gesellschaft eine angegraute Jacksonide, ist der Moonwalk-Stehtänzerschritt. Der Moonwalk-Fortrückschritt. Daher dein Abseits unter dem Sternehagel der Neuerungen.

Draußen vor der gläsernen Halle, dem ausgedienten Treibhaus, saßen drei *hypnotrophische* Frauen, das sind: die Traumernährerinnen. Und wenn sie aufstanden und sich zum Betrachter in Bewegung setzten, so hielten sie große Schüsseln umarmt, an den Leib gedrückt, in denen sie Brei aus nassem Humus verrührten.

Wie es schien, mußten sie unaufhörlich rühren und ließen es auch nicht, wenn sie mit fragenden Menschen sprachen oder anderes verrichteten. Sie mußten auf ewig rühren, damit der Brei, Grundsubstrat des Menschenhirns, nicht andickte und plötzlich zäh und steif würde.

Die Höhle rußschwarz, ausgebrannter Bühnenkasten, das Portal mit verkohlten Brettern versperrt, durchkreuzter Raum, durchge-x-te Menschen.

Die Ghouls, die Meute mit dem schaurigen Gelüst, alles zu beschmutzen, schritten unaufhaltbar voran, besudelten einen für die Stille reservierten Fleck nach dem anderen mit unaufhörlichem Gerede.
Sie wußten Sprache in Portion und Proportion nicht zu gebrauchen. Sie wollten bloß etwas zum Verschleudern im Mund haben. Also befand sich auch die Insel des sanften Lampenscheins, die ein Leser bewohnt, immer inmitten der Rede-Brandung der lebenden Toten. Sie drangen einfach überallhin. Die Saftlosen, die *alíbantes* bei Homer … Wir sind die Guten und richten das Fürchterliche an.

Oder einem Mann verendet sein Verlauten. Erstickt die eigene Stimme. So wie er spricht – und nur er, er allein spricht so – sein allzu eigenes Sprechen, sein Ton, seine Mundart, Melodie, all die einsamen, unverwechselbaren lautlichen Eigenheiten ziehen in den Maelstrom der Kommunikation, in das Wirbelhohl der millionenfach angeglichenen, in Timbre und Schwingung, Botschaft und Absicht gleichtönenden Stimmen. Es reißt auch die seine, die einzige, mit in das rasende Kreisen. Erdrückt, zerstückelt sie, und seine Sprache quillt und bläht sich wie ein Kadaver. Über ihm kreisen die schwarzen Fledderflügler und zerren ihm die alten Stimmbänder aus der

Kehle. Nur die Zähne, die knöchernen Akzentsetzer, Worteschärfer, verschmähen sie.
Ach, er wird nicht aufhören von seiner nur ihm eigenen Sprache zu träumen, selbst nachdem seine Stimme in Stücke gerissen wurde. Irgendein Hermes, einzige Hoffnung, flickt sie wieder zusammen, und statt des Schulterstücks, in das die gierige Demeter biß, wird ihm der Kehlkopf ersetzt, und statt des Elfenbeingelenks wie einst dem Pelops entsteht ihm aus Knorpelmasse ein neuer, künstlicher Larynx. Er wird guten Muts sein eigenes Verlauten wieder beginnen.

Und ich sah das in die Luft gewobene große Antlitz, das gütige Lächeln einer Zuhörenden ohne Arg, ihre hellen weichen Augen, um den freundlichen und feinen Mund der untrügliche Ausdruck des gefälligen Interesses und der Liebenswürdigkeit, die nichts erheischte oder heimlich bezweckte. Und ein Junge saß auf einem Stapel blütenweißer Handtücher, auch er zeigte ein Lächeln von lebhafter Freundlichkeit. Und die Kamera, des Schlafenden Unstetcam, zog streunend durch den wandlosen Raum, schwenkte nach da und dort und von überall wandte man sich dem Auge mit milder Freude zu. Mußte ich nicht glauben, daß ich selbst der Auslöser war für diese zur Liebenswürdigkeit bekehrten Mitmenschen? Wer war dann aber ich? Wer war dieser Schlafende und seine menschenbessernde Kamera?

Es kreuzte auf der Obdachlose, der »Schlachtenbummler«, wie er sich selber nannte, von oben bis unten mit prallen Plastiktüten behängt, trug seine gesamte Habe am Leib wie Diana multimammia ihre Stierhoden-Brüste. Beutel, von

denen einer seitlich einen langen Riß hatte, und er wußte nicht, wie den »heilen«. Er hatte mehrmals versucht, sein uraltes Kofferradio in die Tüte zu schieben, auf deren Grund unverpackt ein Haufen Pommes lag. Hätte er das Gerät senkrecht in die Tüte geschoben, wäre es auf die Nahrung gestoßen. Aber es sollte die Tüte sperren und nicht durchrutschen, doch der entstandene Riß erschwerte die Bemühung, obgleich das Radio bereits waagrecht in der Tüte steckte wie die Gräte in der Luftröhre und weder vor noch zurück zu bewegen war.
Und er sagte: »Jeder Hund könnte mir mit seiner warmen Schnauze den letzten Stoß versetzen! Aber den vom Gerüst stürzenden Maurer faßt, umarmt ein fülliger Engel mit seiner nur leicht verhüllten weiblichen Brust wie auf dem Deckengemälde Tiepolos in der Schule der Karmeliter, Venedig. Kennen Sie das?«

Bilderfluten auf der *site* des Sonnenkönigs. Rundhorizont mit Auditorium, steil aufsteigende Zuschauerreihen. Darauf gruppiert-klumpiert die Komödianten, die Frei-Geister der Geschichtsschreibung, gespensterhaft überschminkt, geschmacklos auftragend die pludrige Kleidung, Beinkleider vom Louis-XIV-Hof, Saint-Simon-Zerfledderte, ausrangierte Molière-Schauspieler, um sie herum: Verpackungsmaterial, gebirgeweis, alles scheußlich grell, schreiend bunt – und hauchdünn, Puder und Seidenpapier, gepudertes Huteinwickelpapier, angesprochen stiebt Puder von der Nase des Angesprochenen. Und ein Mensch mit Augen wie kleine glasierte Zwetschgen gibt den Zeremonienmeister. Sie alle stopfen *in diesem Moment* irgendwo eine Lücke im seriösen Gedächtnis eines Historikers, glossieren gediegene Geschichtsschreibung mit dreisten Possen, freien Erfindungen und Konfabulationen.

Eine Berühmtheit zu Gast, ein Abendessen im kleinen Kreis. Eine junge Frau sitzt ihm schräg gegenüber und richtet unentwegt die Kamera des Smartphones auf ihn, während er die Gesellschaft etwas eitel und großspurig mit Anekdoten aus der Welt der Berühmten unterhält. Plötzlich unterbricht er sich und sagt: Bitte, lassen Sie das. Legen Sie das Smartphone weg oder stellen Sie die Kamera aus.
Sie tut es, und er kommt sogleich wieder in Fahrt. Er gibt die lebhafte Schilderung eines verhaßten Kollegen, der noch berühmter ist als er. Die Frau, in der Vermutung, der Eifer mache ihn unaufmerksam, streckt ihr Handy wieder gegen ihn aus.
Doch der Berühmte springt im selben Moment vom Stuhl und herrscht sie an: Ich verlasse sofort den Raum, wenn Sie nicht auf der Stelle aufhören, mich zu filmen. Sie verletzen nicht nur Sitte und Anstand, sondern auch meine Persönlichkeitsrechte. Hören Sie auf!
Die Frau filmt aber ungerührt seinen Wutausbruch, der immer heftiger wird, nicht nur die Tischgesellschaft betrifft, in der niemand Anstalten macht, auch der Gastgeber nicht, der Frau ihr ungebührliches Betragen zu verweisen. Seine Schelte weitet sich schnell ins Allgemeingesellschaftliche aus. »Die Leute sind unerzogen, zuviel Komfort und technischer Schnickschnack haben sie rücksichtslos und unverschämt gemacht. Sie haben weder Taktgefühl noch sonst irgendein Gefühl für einen anderen Menschen. Verzogen, verkommen, verroht sind sie. Verhornt und verriegelt ... Verblödet!« rief er zum Schluß, obwohl das Wort zur Krönung seiner Abrechnung eigentlich nicht so viel hergab, wie seine Empörung, sein Zornesmut gebraucht hätten.
Als die Frau die Kamera endlich beiseite gelegt hatte, stützte sie den Kopf auf und sah sich den Berühmten unverwandt mit bloßen Augen an. Nach einer Weile sagte sie: Ist es besser so, wenn ich Sie bloß anstarre?
Der Berühmte wurde bleich und erhob sich.

»Bleibt unter euch. Belügt euch, haltet eure Verabredungen nicht ein, redet schlecht übereinander – mir ist das egal. Ich gehe!« Und er verschwand mit aufgepumptem Schritt durch eine Schiebetür aus dem kleinen Festsaal, den ein keineswegs reicher Verehrer für sich und seine Freunde gemietet hatte, um zu Ehren der Berühmtheit ein Abendessen zu geben.

Theater diente einmal dazu, die Lächerlichkeit der Menschen, die nirgends Figur machen, so wie sie sich tagaus tagein voreinander aufführen, für einige Abendstunden aufzuheben, indem dort jeder, der auf die Bühne tritt, unwillkürlich Figur macht, und zwar nicht zuletzt, damit jeder im Publikum, der im Leben keine macht, sieht, wie es wär, machte er eine.

Wir saßen um Mitternacht in einem Türken-Imbiß an schmalem Wandbord, vorm Kopf direkt die harte Mauer. Im Rücken die fast leere Einkaufspassage mit einer schönen Auf-und-ab-Gehenden draußen auf unsicheren Beinen. Ich war als Mensch und Teil des größeren Ganzen fehlerhaft, mir wie tausend anderen galt seit acht Uhr abends eine aufwendige Rückrufaktion. Der treue Wirt saß neben mir und sprach mir Mut zu. Er versetzte sich in meine Lage und stieß seine hohe Stirn mehrmals gegen die Wand, als wäre sie ein nimmer hinnehmbares Schicksal. Unterdessen sah ich traurig nach der Auf-und-ab-Gehenden in der Passage und hatte die größte Lust, in ihr Verweilen einzudringen, einfach vor ihr zu stehen, ehe jener andere, den sie vielleicht immer noch erwartete, es tat.
»Komm, Schenke, gib mir die verhüllte, die trunkene Jungfrau dort, / die sich gewählt zum Aufenthalte der Schenke wüsten Ort«, murmelte ich den Hafiz aus dem Schenkenbuch.
Und mein Schenke sagte: »Du willst mit dem Kopf durch die Wand? Es gibt eigentlich keine andere Wahl, als mit dem Kopf durch die Wand zu wollen, wenn man ein ehrgeiziges Ziel verfolgt. Die einzige Umgehung der Wand wäre, sie zu bemalen, wie Goya im Haus des Tauben es tat. Oder wie der Höhlenmensch den Fels mit erträumter Beute. Eine kahle Wand reizt den

menschlichen Kopf mit dumpfer Unpassierbarkeit; er wird zum Stier, der die Hörner senkt und gegen das rote Tuch rennt. Unpassierbarkeit weckt im Menschen die niedrigsten Instinkte, weckt die blinde Angriffslust.«

Einst schliefen die Menschen flacher und wachten traumhafter. Das war auch zu der Zeit noch so, als es gewisse Fernsprecheinrichtungen gab und wir uns in eine Zelle verkrochen, um ein intimes Gespräch zu führen.

Damals gab's auch noch die Mischlingsnutte in Tigerfell-Hotpants, die aus dem Telefonhäuschen trat, den Hörer noch in der Hand, und in großem Bogen auf das Pflaster spie. Du sahst das Elend auf hohen Beinen, du zucktest zurück und unterschiedest dich. Doch wärst du hingegangen und hättest sie in den Arm genommen beim Erbrechen: Dem wahren Gesicht des Elends wärst du gewiß nicht nähergekommen. Im Umriß der Speienden lag mehr Auskunft, als ein Geständnis aus demselben Mund gebracht hätte. Das Ich und das Selbst waren mit der Hornhaut des Fraglosen, der stummen Ausrichtung auf Erwerb und Gewinn überzogen. Das Mitgeteilte wär nur ein angepaßter Fetzen, der den aufreizenden Gang von Tag zu Tag, von Nacht zu Nacht vielleicht noch lasziver gemacht hätte, und dieser schöne Wandel auf steilen Hacken – hielt er nicht dagegen, tapfer gegen den Fall, gegen den Auswurf und das Geworfen-Sein in öde Tage? Und: sind wir nicht alle unterwegs, nur um den vom Herrgott lizenzierten Betrieb erlösungsbedürftiger Vergeblichkeit am Laufen zu halten?

Immer wieder such ich sie auf: accidiosi, die Gelangweilten, die Trübseligen und Trägen im Fünften Höllenkreis ... und später die auf dem Läuterungsberg (wo sie unaufhörlich rennen müssen treppauf treppab). Die schöne Müde. Ohne aus eigener Anlage dazu bestimmt zu sein, wird sie von einer Modestimmung erfaßt, wird sogar zu deren Pioniergestalt, genannt *Inertia,* bald auch Leitbild und Ikone: üppige Verleiblichung von Trägheit, Desinteresse, Daseinsschwere.
Versteht ihr, sagt sie und rührt sich nicht vom Fleck und spricht, als wär's der langen Erschöpfung letzter Schnaufer: Versteht ihr, mein Bild ist, ich bin hängengeblieben, ein dicker Brummer in einem feinen Fliegengitter, ein Stück gekochtes Fleisch in einem Sieb, durch das mein Leben abtropft langsam, aber ich dicker Brocken, ich ganz allein, bin hängengeblieben im Sieb.

»Man kann dem Wind nicht hinterherlaufen«, seufzte ein anderer Schwerfälliger. »Mein Ort war meine Zeit. Ich stand am rechten Fleck, ich wurde vom Wind vertraulich behandelt, beiseite genommen und weise unterrichtet. Nun geschieht das anderen an einem anderen Fleck. Es ist unmöglich, den einflüsternden Wind, sobald man ihn einmal verloren hat, einem anderen Menschen fortzunehmen.«

Eine der Trägen, die es schon seit Urzeiten waren, ein Weibstrumm im Männerjackett, sagte: »So wie mich früher die Verrücktheit des Weibs nach dem Mann ergriff, so wird zu guter Letzt der Geist, mit sich allein, rauschig wie die Sau. Und Mannfrau bietet den Stirn-Schoß, Schoß unterm Haaransatz, wie Baubo ihre Feige dem obersten Schnürboden dort oben. Und wenn's gutgeht, wird man von Stimmen beströmt wie von Pfingstzungen. Was lähmt mich Verdammte, daß ich den dicken Rücken nicht hebe, bereit für den Empfang der zurückkehrenden Seele? Ich gestehe, daß mir der ›weitausgestreckte Cherubim‹, Symbol des verdorbenen Intellekts, wie Milton und Blake ihn verstehen, verdächtig wär – gehört er nicht zur Eskorte der satanischen Gottkopien?

Ein Mammut, ein Mastodon an Schwarzer Seele, etwas so Schauriges, das in der Wissenschaft für ausgestorben galt seit Jahrtausenden, ein Urtier kommt mir übern Rücken? Nicht unbedingt mein Lustgusto.

Und mit dem Brustzähner zöge herauf die Wolke der Entbilderung. Feurige Hiebe eines fremden, den Menschen bis heute unbekannten Wetters schlügen ein auf die Erde. Gewalten gingen nieder, die einzig Kunstwerke angriffen und sie zerstörten. Düsterer Strom der Schrecken, tobende Ikonoklasten, bilderstürzendes Unwetter.

Hörst du, Zappelphilipp dort oben am Kuhlenrand? Dies hier sind Mitteilungen aus Illuzien, dem unlichten Gefild, der Höhlenkopfnacht.

Die wahren Verständigungen vollziehen sich im Vergleich zu den Hochgeschwindigkeiten des *totum digitale* mit erdgeschichtlicher Langsamkeit.

Und zwischen den Menschen bleibt viel Abgelebtes hängen wie schwere Gerüche in gesättigter Luft.

Meine schmutzigsten Nachbarn wollten mir einreden, daß von meiner Unsauberkeit die Verbreitung des Fingerwurms ausgehe, der fingerdicke Rillen in ihre Schränke und Holztische grabe.«

Und ich ging zur nächsten accidiosa, auch sie eine vollschlanke Mamsell, die Schenkin zum »Nobiskrug«. *Nobis* hieß soviel wie futsch, beim Teufel, non und nobis. Der Nobiskrug ein Orbiskrug. Die Hölle das Wirtshaus zur

Hölle. Der Krug zum grünen Kranze war's zum Feuerkranz, die letzte Herberge, wo die Äpfel auf der Fensterbank verbraten.
Non und nobis, nun leer der Krug, das große Leiden futsch, noch eine Kakerlake ganz geringen Kummers huscht über den krustigen Boden.
Die Schenkin sagte, während sie ein Bier zapfte, bis der Schaum überlief: »Die Menschen stürzen, stürzen, solange es die Leere gibt. Sie stürzen, weil ihnen mit der Geburt der Boden unter den Füßen entzogen wird. Und weil ihnen der Boden entzogen wird, stürzen sie ins Bodenlose. Ihr Leben lang.
Aber weil sie alle gleich schnell stürzen und das Bodenlose ja nie aufhört, merken sie's nicht richtig, wie schnell sie sausen. Sie denken sogar, mein Gott, wir schweben doch nur. Wir schweben so schön. Und das ist dann ihr Leben. Hier nehmen Sie diese Pantoffeln, darin kommen Ihre Füße solide zum Stehen, denn nun sind Sie ganz unten angekommen.«
Und ich bestätigte sie und sagte:
»El hombre vive cayendo. So steht's bei Goya unterm Capricho. Des Stürzenden slow motion. Die große Zeitenleere, in der der Sturz an Schwere verliert und sich ins Schweben verzögert. Aber bedenken Sie: Damit sich das Stürzen in ein Sinken oder gar Schweben mildere, ist uns der Flügelschlag der Sprache angeboren!«
»Dieser Gedanke verführt zu Hintergedanken«, murmelte die Schenkin und strich den Schaum vom Bier.

Im gelichteten Wald auf kahlem Geäst saß der schwarze Adler, der die Schwingen hochstellte, aufrecht zusammenklappte, wie der Schmetterling seine Flügel faltet. Der Traum läßt Tiere in Gebärden sehen, die sie in Wirklichkeit nicht ausführen können. Ein Hund, der die rechte Vorderpfote von sich streckt und auf seinen Herrn zeigt, als wolle er ihn verraten.

Das bäuerliche Paar, der Mann mit O-Beinen, sie mit verbrauchter Perücke, angedetschte Locken. Die beiden suchen im Areal einer prunkenden Glasarchitektur nach dem Büro ihres Sohns, im Gebäude eines Riesen, eines Versicherungs-Riesen. Ganz allein irren sie vom Park-Deck, das eigentlich nur von Firmen-Autos benutzt wird, durch Schleusen und Passagen aufwärts zum Besuchereingang. Gekrümmt und schlumpfig die Alten, umgeben von der anmaßenden Eleganz der Verwaltungstürme, der rücksichtslosen Setzung erhabener Baukunst, und die beiden spüren sehr wohl die Mischung von Herablassung und Aggression, mit der der eiskalte gute Geschmack sie, die preisgünstig gekleideten Landbewohner, isoliert und vorführt. Sie haben ihre Vorbehalte; von kritischen Medien mit den Jahren zum Kritischsein umerzogen, stellen sie fest, daß Architektur die nicht zu ihr passenden Menschen diskriminiert. Ungeschickt wie sie sind, haben sie einen Spitznamen gefunden, mit dem sie sich den Palast vom Leibe halten, und sie nennen ihn nur das *Kastell*. Unser Sohn im Kastell, sagen sie zu Haus. Und denken dabei an Kasten und Gestell. Jeder im Dorf denkt sofort an das zerbrochene Gemäuer, das Kastell, die Ruine am Hang des Rasselbergs. Vielleicht erblicken die weitsichtigen Alten aber auch den hochmütigen Bau schon jetzt in seiner letzten, eingestürzten, zerbombten und zerstörten Form.

Der kleine Fels, den er gerade noch umarmen, gerade noch tragen konnte, wurde überallhin mitgeschleppt. Es war sein Findling, den er hüten und pflegen mochte. Er packte den runden Gesellen in sein Auto, er saß neben ihm auf dem Beifahrersitz, und sie fuhren durch schöne Landschaften. Er aß mit ihm zu Abend, setzte ihn neben sich an den Tisch, in eleganten Restaurants, wo man ihn genauso zuvorkommend behandelte wie einen Gast aus Fleisch und Blut.

Einmal sagt der Tafler zum Kellner: Bei einem Menschen habe ich oft das, was mir wert an ihm war, nicht richtig und nicht tief genug erfassen können. Einen Menschen habe ich mir immer zu schnell mit einem Urteil verdeckt oder verstellt. Es bedurfte oft besonderer Anstrengungen, ihn hervorzuholen aus dem Schutt seines Anscheins und seiner Worte. Ich wußte: Er vorenthält mir ein Wunder. Nur mir verbirgt er sich! Ich bekomme nichts von seiner wahren Person mit.
Keine Spur davon bei meinem lieben Fels. Die sogenannte Unterhaltung? Was für eine Korruption! Ein Larifari, ja oft sogar ein Blutfleck, der sich ins Hemdgewebe saugt. Diffus! Im Vergleich zur harten, strengen Linienführung seines Schweigens, zum erdgeschichtlichen Gewicht, die das treue Kerlchen mit sich bringt beim Teilen von Tisch und Bett.

Wiederum taucht aus vermischter Menge auf ein ruhiges warnendes Rot. Die Stirn eines Betrügers. Der Schuh einer Schauspielerin. Die Wimper des Oger. Und manchmal strömt Blut im Mittagslicht.

Man nutzte mit Widerwillen einen dieser verschmutzten Vorortzüge, in denen die Fahrgäste entweder alles fallen und liegen ließen oder aber – die wenigen, die nach sauberen Plätzen suchten – durch Lachen von ekligen Flüssigkeiten und Auswürfen und Absonderungen staksen mußten, mit Abfall auf allen Sitzpolstern, Glassplitter, Elektronikteile, zerbrochene Armaturen, als sei eine Recyclingtonne verschüttet worden. In solchem nicht mehr gereinigten Staatsgefährt wußte man nicht, wo man sich niederlassen sollte, ohne sich zu beschmutzen oder zu verletzen. Eine schmale Sitzecke schien noch unverwüstet, neben einem erloschenen Breitbildfernseher, der ununterbrochen einen schrillen Pfeifton von sich gab. Die Beseitigung dieses in aller Bequemlichkeit ausgestreuten Unrats würde auch mir Genugtuung bereiten, ja ich fände mich an der Seite der Ordnungschaffenden wieder. Grundwörter wie Ordnung, Sauberkeit würden mir dann beim Bücken ins Blut schießen und im Hirn ganz neue Assoziationen triggern. Bekäme ich allerdings zu spüren, daß die mir entgegengesetzte Position – Schrott, Chaos, Auswurf – sich reicher in Worte fassen läßt, mehr sprachlichen Schliff erfordert, würde ich über kurz oder lang eventuell ins Wanken geraten und am Ende gar zu der Ansicht neigen, daß Verwüstung die besseren Argumente, sprich: das farbigere Vokabular, für sich habe. Während Ordnung, Sauberkeit zu verteidigen, fast zwangsläufig eintönig, gesinnungslastig, klischeebefangen bleibt, sprachlich unfruchtbar, zu keiner schöpferischen Leistung ermunternd.

Ein weißer Maki mit falschen Armen, langen Schimpansengliedern, hatte sich seit Tagen in der Wohnung verkrochen, und wir wußten, er war da, kauerte irgendwo in unzugänglichem Eck, ohne Nahrung, ohne Auslauf. Er zeigte sich nicht. Bis er zu einem Zeitpunkt, da wir ihn gerade vergessen hatten, plötzlich hervorbrach, uns angriff, nicht zu bezähmen war und tobte. Er schrie nach Freiheit, kämpfte gegen uns, als ob wir sie ihm verwehren wollten. Ich bat Freund Bertolt, die Balkontür zu öffnen. Es war unverantwortlich, sich so zu verhalten. Wir hätten den Zoo, den Tierschutzverein, die Polizei benachrichtigen müssen. Aber der Mitbewohner war uns auf sträfliche Weise gleichgültig geworden, in Vergessenheit geraten, wir mochten ihn nicht. Am wenigsten jetzt, wo er uns ansprang und seine falschen Arme um unsere Knie schlang, von Unruhe gepeinigt. Er kletterte am inneren Rahmen der Balkon-

tür empor, ohne zu bemerken, von panischem Fluchttrieb verwirrt, daß sie offenstand.
Er klammerte sich an die schwingende Tür und brüllte hinaus in die Freiheit, als sei sie ein neuer Gegner.
Ein Tier, das tagelang in trüber Stille und Unauffindbarkeit in unserer Wohnung ausgeharrt und zum Schein eine duldsame Zimmernatur angenommen hatte, verlor also fristgerecht seine Scheu, brach sein Geheimnis, geriet außer sich und verwandelte sich in ein hysterisches Biest. Wie sollte ein solches von verworrenen Instinkten gehetztes, von innersten Zwängen gebundenes Wesen überhaupt jemals den Weg in die Freiheit finden?

»Nicht Türme sind's, ein jeder ist Gigant« (31. Gesang des Inferno). Nacht für Nacht versah ich den Posten des Aufsehers, der den Fuß des Riesen umkreist. Den linken, der sich in einen deutschen Acker drückte, während der rechte auf einem elsässischen Parkplatz stand, also in einem anderen Land, und dort von einem französischen Wärter beaufsichtigt wurde. Ein Bildhauer mit dem Künstlernamen Nimrod hatte den Europa-Koloß entworfen und errichten lassen, dessen Haupt und Beginn in den Wolken lag und nur bei heiterem Himmel mit gutem Fernglas zu erkennen war.
Mir gefielen die Verliebten, die zwischen den Zehen Versteck spielten, und die Diebe, die sich in die Zehkuhlen drückten und ihre Beute zählten. Ich schöpfte gegen sie keinerlei Verdacht. Den Runden des Wärters, die vom Fuß des Riesen den Umriß furchten, entsprachen die Runden meiner Gedanken, und sie drehten sich meist um den ursprünglichen Nimrod, der mit dem Bau des Turms von Babylon die eine Sprache des Menschengeschlechts zerstückelt hatte, so daß sich die Völker untereinander nicht mehr verständigen konnten und er selbst ihm Fremdes sprach.

»Denn ihm ist jede Sprache, wie den Andern /
Die seinige, die niemand ist verständlich.«
So hieß es doch (Inf. 31, 80). Nach dem Sturz des Turms spricht er zur Strafe in einer Sprache, die er selber nicht versteht. »Raphèl mai amècche zabì almi.«
Und immer wieder zog ich meine Runden um den *einen* Satz, in dem sich mir eine neue »Poesie des Menschengeschlechts«, ein Sprechen in hoher, in idealer Dichte, zu verbergen schien. Eine Wortkernkraft in einem Zustand vielleicht, der dem vor dem Urknall vergleichbar wäre. Wenn man sich einmal eine rein aus Geist hervorbrechende Welt vorstellen möchte. Etwas Vorsprachliches, das sich mir beharrlich unter dem Codebegriff »Leichtsinn« aufdrängte und wieder entzog; sich ebenso streng konzentrierte wie von sich abschweifend auseinanderfiel.
Ich deklinierte, das Wort aushorchend bis ins letzte, sogar bis in seinen mich persönlich betreffenden Gebrauch: Ihr Leichtsinn, mein Leichtsinn, Leichtsinn meines Sohns, Leichtsinn meiner Mutter. Der Leichtsinn hatte die ganze Familie heimgesucht und einen nach dem anderen aus der Bahn geworfen.
Aber ungeachtet meiner festen Gewißheit, daß einzig das hintergründige »Leichtsinn« den Schlüssel zu jenem Satz von idealer Dichte enthielte, stellten sich mit dem Wort sogleich zahllose Beispiele und Gebrauchsfälle ein, die es seiner keuschen Schwebe, seinem heimlichen universalsprachlichen Einbehalt, gewissermaßen seinem vorgeburtlichen Bedeuten entrissen. Dabei geriet ich am Ende, gepeinigt und geschunden, selbst in eine geradezu babylonische Verwirrung, indem ich dem »Leichtsinn« in seiner nach allen Himmelsrichtungen sich zerstreuenden Verwendbarkeit nachspürte.

Mit dem Akt der Geburt befiel ihn stage fright. Die Angst, hinauszutreten, eine Person zu sein. Hinausgeschickt zu werden in ein vollkommen unbekanntes Schauspiel, ohne zu wissen, welche Rolle man zu spielen, welchen Text man vor aller Welt zu sagen hat.

Wie ein Fassadenkletterer, der unter den zitternden Minutenzeiger einer kolossalen Turmuhr schnell sich duckt, um nicht aufgespießt und in die Runde gehievt zu werden. Oder wie einer, der unterm Spiegel gebeugt vorbeirennt, um nicht von sich selbst erwischt zu werden. Oder wie man dem Todfeind, der einem unverhofft auf derselben Straßenseite entgegenkommt, durch halsstarres Beiseiteschauen den Blick verweigert – so er und sein Hinwegducken unter beinah allem.
Sein Traum war es, ein Wurfspeer geworden, eine vorausgeschleuderte Lanze zu sein, die ihre Spitze fest in einen Boden bohrte, den seine Füße nie betraten und nie betreten werden. Seine einzige *lebenslustige* Bewegung würde dann das lange Vibrieren des hohen Schafts sein. Ein Speer auf fremdem Gelände! Eine Markierung, ein Ausruf, eine Ritzung, ein Wurf, ein Vorgriff: Er.

In seiner Redekammer steht der ehemalige Militärminister und beugt sich wie ein umgedrehtes U, neigt sich vornüber, so daß seine Fingerspitzen die Diele berühren und er seinen Kopf verdrehen muß, um den kleinen Bildschirm zu betrachten, der auf dem Boden steht. In der Kammer

kein Stuhl, kein Bett, kein Absatz. Er bückt sich, um seine früheren Reden zu studieren, die der kleine Bildschirm unablässig ausstrahlt. Kaum hat er sein verkehrtes U geformt und sich sprechen gesehen, schnellt er auch schon wieder empor in den geraden Stand, um seine Rede von damals mit gleicher Überzeugung zu wiederholen. Eingesperrt in seine Redekammer muß er fortan ohne Publikum, ohne Transmission und ohne Mission unaufhörlich und sich selber sklavisch nachahmend sämtliche Stellungnahmen, Vorträge, Ansprachen seiner Amtszeit noch einmal in den Mund nehmen.
Auch dies ist nur eine Zelle des Unaufhörlichen, dessen Gesamtorganismus aus ungezählten individuellen Perpetula besteht. Denn die Hölle – das sind durchaus nicht die anderen! (Wie Sartre schrieb.) Die Hölle, das ist die bis ins Verdammte reichende Selbstbegegnung eines jeden, unerlösbar vom Wiederholungszwang.

»Gehen wir auf die Straße, um eine Zigarette zu rauchen?«
Mein Freund fiel mit dem ersten Zug zu Boden. Lag mit angezogenen Beinen auf der Seite, den Kopf an den Bordstein gelehnt, aber er rauchte, gekrümmt wie ein Embryo am Boden, rauchte voller Entsetzen weiter.
»Oh meine Erinnerung«, rief er. »Wie wird mir mein Leben doppelt beschädigt, wenn jede Erinnerung nur Schäbiges bringt!«
Einer, der zuerst eine schlechte Kindheit hatte, dann eine schlechte Frau, einen falschen Beruf ergriff, immer die falschen Reisen unternahm und ganz allgemein nur falsche Entscheidungen traf, der infolgedessen alles, was er gerade liebgewann, im nächsten Augenblick schon wieder verlor. Der zurückblickte auf nichts als Verwirktes. Und der sich entschlossen hatte, allein

durch stures Weiterleben, mit Hilfe tapfer ausgefochtener Gegenwart an seinen gemeinen Erinnerungen Rache zu nehmen! Ihren Nachstellungen, alternd, sich krümmend hoffte zu entgehen. Und falls nicht, hoffte, rauchend, an fortschreitender Verkümmerung zugrunde zu gehen.
Ich erwiderte: Kein Mensch kann sterben an täglicher Verkleinerung. Selbst dicht überm Staubkorn bleibt er heil und ganz, wenn auch kaum noch auszumachen.

Wem nicht alles werden wir hinzugezählt?
Oh die vielen abwärts führenden Verzeichnisse! Ein Geschäftsfreund! Er fuhr mich am Ende unserer Verhandlungen eigenhändig zum Flughafen, ich durfte kein Taxi nehmen. Sein Unwille, mich gehen zu lassen, Abschied zu nehmen, ließ ihn sich mehrmals heftig in den Fahrersitz zurückwerfen. Er wollte mich nicht fliegen lassen. Noch in der Abfertigungshalle stemmte er beide Arme gegen meine Schultern. Waren es nur Gesten? Ungelenke, übertriebene Gesten, mir eine gewisse Anhänglichkeit zu bezeugen? Oder war er tatsächlich auf einmal so aufgewühlt? Wir standen uns gewiß nicht nahe. Wir waren weder miteinander befreundet, noch war mir während meines Besuchs und der beratenden Unterhaltungen irgendeine warmherzige Regung an ihm aufgefallen. Ich sagte mir, es könne sich womöglich um den Rückstand eines schweren Abschieds handeln, den er einmal ertragen mußte, vielleicht als kleiner Junge, und der ihn so verletzt hatte, daß er zeitlebens auch bei völlig belanglosen Abschieden den ursprünglich verzweifelten und stets vergeblichen Umklammerungsakt wiederholte.
Er sprach nicht, sah mich nur unendlich traurig an. Doch als er mich vor der Bordkartenkontrolle versuchte zurückzureißen, geschah das nicht mehr mit voller Kraft, war es offensichtlich nur noch eine Geste, etwas stärker als: Paß auf dich auf, alter

Junge! oder: Halt die Ohren steif! Aber kein Griff mehr aus der Tiefe der Unzertrennlichkeit. Eher schon die leichte Persiflage eines endgültigen Lebewohls. Dennoch war seine hilflose Rührung nicht zu übersehen. Sie glich der eines Hunds, der die Zeit nicht ordnen kann und jedes Fortgehen seines Herrn als eine Trennung für immer empfindet.
Wie konnte aber aus mir, zwei Tage mit einem kühlen Verhandlungspartner ringend, in der letzten Stunde des Besuchs auf einmal ein Herr über einen Hund werden?

Und wie kommt der berühmte Rumpf der vom Kopf bis zur Schulter schon abgefressenen Frau in die Hände des Mönchs? Die Durchsichtigen – das sind jene Menschen, denen man bis auf die inneren Bildwerke schaut, die sie antreiben und formen. Sie lassen zum Beispiel durchscheinen das Wasserzeichen des Schreckens: Kronos, Goya (der offensichtlich nicht seinen Sohn verschlingt, sondern ein Geschöpf mit weiblichem Hinterteil). Die Sibylle mit schon abgebissenem Haupt war zuvor der Star auf vorgeschobenem Posten, war die Ausschauhaltende, die Späherin. Sie empfing Schaumspritzer aus dem Gierschlund des Tartaros oder Abyssos, von wo Unordnung aufsteigt und schon bald die Oberhand gewinnen wird über all das im Leben Passende, Sich-Fügende, das keinen Verdacht erregt. Und die Zierliche ergriff unmenschliche Furcht vor des Gottes Willkür, genau wie jetzt den Mönch, der sie hält beim Träumen in der Hand. Noch eine letzte Weissagung gab sie, bevor Kronos, der Verstümmler, sich an ihr verging:
Um einen zitternden Zeitpunkt werden sie kreisen! Die Menschen werden so tief ins Unendliche hinein empfinden, daß sie das geringe Zittern um den festen Zeit-Punkt, auf den der Minutenzeiger springt, bereits als Äon oder Epoche erfahren.

Zitternd am ganzen Leib, die flachen Hände auf die Ohren gepreßt bei abstehenden Ellenbogen, mit beiden Füßen auf die Erde trommelnd, weil es nicht auszuhalten ist. Die vier weissagenden Töchter des Evangelisten Philippus, »eine Sammlung erschrockener Gesichter, die zu gleicher Zeit schauen und sprechen, wenn sie unter der Inspiration ihrer gelben Häßlichkeit die Zukunft sagen.« (Teixeira de Pascoaes)

Was fiele mir ein zu diesem Menschen? Ein Stobben. Ein mukscher Künstler, gibt es den? Ja, er war es. Der mir den Einbau seines Bilder-»Palastes« in ein Felsmassiv zeigen wollte. Er hatte noch einen alten Freund bei sich, einen abgezehrten Alkoholiker, der sonntags mit seinem kleinen Sohn unterwegs war. Ein Kleinkind fast noch, es kroch hinter dem Trinker her und gab, schwer lautend, ein paar Sprachbrocken von sich. Hohl und benommen starrte der Vater vor sich hin.
Es langweilte mich, durch die Säle des in den Fels gehöhlten Palastes zu schlendern, es war nichts zu sehen, die Böden waren noch nicht belegt, die Wände unbehängt. Weshalb war ich dem mukschen Künstler in seine Höhle gefolgt? Durch einen Wanddurchbruch sah ich draußen heitere Sommermenschen auf einer breiten Terrasse sitzen. Mich ärgerte die eigne Geduld, mit der ich Interesse heuchelte an dieser abwegigen Kunstgrotte, die hier entstehen sollte.
Da durchquerte plötzlich die kleine weibliche Armee einer weißberockten Sekte die Höhle, flache weiße Helme mit sehr langem Nackenschutz, bis zur Mitte des Rückens, enge Formation, himmlischer Gleichschritt, unterbrochen ab und zu von kurzem Verhalt mit leichtem Schütteln des ganzen Körpers.
In einer Nische saß eine Angehörige der kleinen Armee unter niedrigem Stahlblech-Vordach. Von einsamer Glühbirne beleuchtet, lehnte sie mit dem Rücken an einer gänzlich von Blei-

guß verschlossenen, also im ganzen plombierten Tür. Sie harrte auf der obersten Stufe, die zu dem abweisenden Eingang führte. Zugegeben: eine dieser schönen Frauen, denen man im Vorübergehen gern eine Frage stellt, nur um sie einmal sprechen zu hören.
»Was verteidigt ihr und gegen wen?«
»Die Bilderstürmer rüsten schon zum Angriff.«
Wie erhofft, wohltönend und melodiös war ihre Stimme.
Auch schien sie zufrieden mit ihrer Mission, saß wachsam und gut motiviert unter dem kleinen Schutzdach über dem Kopf und nahm auch keinen Anstoß an der Ausgeschlossenheit, die jene Tür in ihrem Rücken ihr zumutete. Denn sie glaubte wohl, ihre Armee könne sich jederzeit Zugang verschaffen zu dem »unterirdischen Reich und Reservat der Meisterwerke«.

»Obscurity was already invading my mind, and clouds enveloping my senses.« Ich erinnerte mich in diesem Augenblick an die Bemerkung aus dem 2. Abschnitt von Poliphilos Traumliebeskampf und verspürte den vollen Anklang an das berühmte »mi ritrovai per una selva oscura ché la diritta via era smaritta« zu Beginn der »Commedia«.
Ich kam erst wieder zu mir …

Als ich im dunkelnden Abend auf dem verschneiten Waldweg ging nahe den Eisenbahngleisen, sah noch die Rückleuchten am letzten Waggon eines Güterzugs; das war der Weg, der schnelle Entfernung bedeutet. Geht man nicht immerzu etwas Entweichendem nach? Sucht zu erlangen, wiederzuerlangen, was sich rasch entfernt? Das ist alles. Mehr Inhalt haben die Schritte nicht. Auch sah ich Zwerg Mime am Bahndamm hocken. Ein Männlein mit großem, zerknittert wachem Gesicht und wüstem weißen Schopf. Er sprach mit den Bahngleisen. Die Schienen summten, sie waren sein Schmiedwerk, seine Nerven, sein Netz.
Zwerg Mime sprach:

»Auch wenn diese wandelbare, gut einschmelzbare Masse von Milliarden vernetzter Menschen auf die Idee käme, milliardenfach ihre Seele in den Himmel zu posten, würde ich mich auf keinen Fall dazutun, sondern versuchen, so viel wie möglich von ihrer Rohmasse zu nutzen.«

Eher als Arzenei gegen seinen Menschendegout denn als Mission gegen sein nordisches Heidentum empfahl ich den Spruch des Anselm von Canterbury: »Intra in cubiculum mentis tuae, exclude omnia praeter Deum ...« Geh in deine Geist-Höhle, schließ alles aus außer Gott.

»*Praeter somnium!*« widersetzte der Nordgeist zu meiner Überraschung in klarem Latein: Außer dem Traum!

Ich kam erst wieder zu mir ... halbentblößt, nur in ein Saunatuch gehüllt, stand ich vor meiner alten Adresse, Maurerstr. 9. Ich gewöhne mir ab, irgendeinen Tag noch für alltäglich zu halten. Ich hörte den nicht abstellbaren Türöffner plärren. Hausbewohner kamen und untersuchten die Klingelkontakte, ich schlüpfte ins Vestibül. Oben im ersten Stock stand die Tür zu meiner vor Jahren verlassenen Wohnung offen, und eine lose Schar freundlicher Menschen, alle mit einem Weinglas in der Hand, ließ mich eintreten, ohne sich weiter um mich zu kümmern. Alle waren auf ihre Weise ebenfalls Halbentblößte, und meine alte Wohnung gehörte keinem beständigen Mieter mehr, sondern solchen, die sich dort, ohne etwas Häusliches zu betreiben, von der Straße erholten, sich duschten und wieder verschwanden.

Alle scherzten, aber ein großer Mann war hingefallen im Bad und kam zu der Gruppe der Ausgelassenen und klagte: Ich habe mir den Arm gebrochen! Doch alle scherzten weiter und beachteten ihn nicht. Da griff er mit dem gesunden Arm aus der Gruppe einen heraus und stieß ihn mit dem Knie vor sich her,

bis er zu Boden fiel. »Ihr habt Spaß, immer nur Spaß. Doch ich sage: Ich habe mir den Arm gebrochen. Warum tragt ihr keine Sorge um mich?« Und er wütete unter den Spaßfrommen wie Simson unter den Philistern und geriet in altertümlichen Zorn. Der Schmerz macht den einen kleinlaut, den anderen erhebt er zum großen Wüterich.
Unter den haltlos Kichernden führte eine schmalgesichtige Brünette mit wulstigen Augenrändern das Regiment, war die Anführerin, wenn sie und die anderen unentwegt die Möbel hinauf- und hinunterkletterten, an Schränken, Vitrinen, Regalen und Kachelöfen waren kleine Vorsprünge, Stufen angebracht, so daß die Verdammten des Tags wie die Affen schnell nach oben fliehen konnten, wenn ihnen unten am Boden die Luft zu dick wurde oder Streit entstand. Im Nu waren sie hinauf auf den Schrank oder sahen, auf einer Ahnentruhe sitzend, auf die anderen in der Szene hinab. Alle flink und pausenlos unterwegs wie die Affen.
Über die Scheibe der uralten Standuhr ratterte der Sekundenzeiger wie ein Wagenrad übers Kopfsteinpflaster. Aus Angst vor den Tagen oder sogar *dem* Tagen. Einmal gelang es mir, den ehemaligen Mieter, die Brünette, am Ellbogen zu fassen, um ihr einen Ratschlag in Worten zu geben, wozu sie fünf Sekunden stillstand, denn so lange brauchte sie inzwischen, die affengleiche Turnerin, um einen Tropfen Sprache zu verarbeiten.

Wie kam das blutjunge Mädchen in meine Nähe, mir zugewandt ebenso ernst wie flatterhaft? Sie mochte zwischen zwölf und vierzehn Jahre alt sein, aber an ihrem Körper von Blüte keine Spur. Doch war sie sehr gewandt, gar nicht geziert oder kokett, sondern von seltsamer innerer Hast ergriffen wie zuweilen nervöse geistreiche Frauen; und anfaßfreudig war sie wie eines dieser abgebrühten Gesellschaftswesen, die sich mit einer verfrühten Geste der Vertraulichkeit absichern bei einem fremden Menschen. So legte sie rasch ihre Hand auf meinen Unterarm, ohne jeden Flirt, nur flüchtig, immerzu angetrieben, etwas oder sich selbst in Bewegung zu setzen, dabei nicht altklug, nur umgänglich wie die Alten – in ihrer schon fertigen kleinen Person, die anscheinend gar nicht reif werden konnte, die ihre Blüte versäumte, wie die schöne Kletterrose unter meinem Fenster, die schon im Mai dicht aufwächst, weil sie keine Blüten treibt.

Auch daß sie immer sagte: Hannovertrick oder Baumtrick oder Lachtrick, Milchtrick, Uhrtrick – also beinah an jedes Wort ein Fälschlichkeitssuffix hängte. Es war in ihren Augen eben nur ein Trick, der dazu führte, daß dies und das *da* ist.

Und das Mädchen drehte sich um und sagte: Oder eben mein Busentrick. So wie man einen flachen Stein sehr flach über den See schleudert, so daß er dreißig Male die Oberfläche berührt, besitze ich keinen Busen zum Vorzeigen, sondern einen, der beim Vorübergehen dreißigmal am Tag jemanden antippt unter den Leuten. Ganz leicht am Ellbogen oder Oberarm. Dazu gebe ich einen Schrei in die Luft ab, damit dem Anstoß meines Busens eine Schrecksekunde folgt.

Und ich antwortete: Das Ganze heißt Busentrick, weil du noch keinen Busen hast?

Darauf sie: Mein Schrei vom Tag schallt hundertprozent durch dreißig Schläfer nachts und schützt sie vor Traumbetrug. Das gelingt nur mit dem Busentrick.

Ich schenkte ihr Glauben, gab aber meinen griechischen Senf hinzu: Die Wachen, sagt Heraklit, haben eine einzige gemeinsame Welt: koinon kosmos. Im Schlaf wendet sich jeder der eignen zu: idion kosmos. Das sieht der moderne Mensch inzwischen genau umgekehrt. Im Traum erschließt sich ihm mehr vom Gemeinsamen als bei Tag und wachem Bewußtsein.

Wiederum das Mädchen: Ich denk mal, das hat auch was mit dem Busentrick zu tun.

Wie es ist, wenn man auf einer Seefahrt an einem runden Spieltisch sitzt, an dem nicht mehr gespielt wird, sondern von den Umsitzenden nur gehorcht, wozu eine abgeschirmte Lampe sie mit dünnem Licht begießt. Und sie horchten mit silbrigem Gehör, bis einer schließlich die Kuhglocke vernahm und bald darauf ein anderer die Kuh laut brüllen hörte. Bis es unzweifelhaft schien, daß sich ein Rind als blinder Passagier an Bord befand.

Kein Averroës unter den Einwanderern? fragte zynisch ein Spieler. Wo bleiben die arabischen Aristoteliker, die uns ausgedampften Liberalen Mores lehren, und zwar ganz neue Mores?

Und einer der Stillsten sagte nun doch etwas: Es müßte das Jahrhundert, das wir erst seit kurzem hinter uns haben, noch einmal neu aufgerollt werden wie ein Jahrhundertprozeß. Ein Jahrhundertprozeß müßte dem gesamten vergangenen Jahrhundert gemacht werden.

Darauf erwiderte der, der nicht als erster reden wollte: Wäre ich Programmierer geworden, wie es immer mein Ehrgeiz war, ich hätte Planungsfehler, die sich erst in ferner Zukunft herausstellen werden, schon im Ansatz jeder Planung ausfindig gemacht. Ich hätte punktgenau die Enttäuschungsfalle innerhalb einer zwangsläufigen Entwicklung ermittelt. Es fällt mir ohnehin schwer, nicht an einen *selbsttätigen* Fortschritt zu glauben. Immer ist etwas auf dem Weg, auf den es nicht gebracht wurde. Entwicklungen, die aus bereits Entwickeltem zwangsläufig hervorgehen. Die meisten Bewertungen, die wir für sie aufwenden, werden von der Macht der Erinnerung beeinflußt. Wir stehen, was wir auch für die Zukunft planen und entwerfen, unweigerlich im Banne einer Wiederholungsverheißung.

Schließlich sagte ich selbst, der die Männer ja träumte, in ihre Runde hinein: Und ich bin Fritz Letana, der waghalsigste Artist der Welt! Ein Sprungbrett ragt aus meinem Fenster im 14. Stock. Unten die sensationsgierige Menge, kein Netz. Der »Springer«, wie ich in meiner Straße heiße, läuft schnell über das Brett, wippt an dessen Ende heftig in die Höhe, als wolle er mit einem Kopfsprung in die Tiefe pfeilen. Doch er macht aus seinem Sprung in letzter Sekunde eine Schraube und einen Salto rückwärts und kommt mit beiden Füßen und ausgestreckten Armen sicher wieder auf dem Brett zu stehen.

Weite leere Straßenkreuzung. Chris Schwimmer (Name der Nacht) stand an einer Bushaltestelle und sah auf der anderen Straßenseite zwei Frauen in einen Hauseingang treten. Bevor sie verschwanden, oder um sie am Verschwinden zu hindern, rief er über die Kreuzung hinweg die Frage: Wie komme ich nach Hienieden?

Der laute Ruf hatte drüben unweit des Hauseingangs einen Mann vor seinen Frisörladen gelockt. Die beiden älteren Frauen winkten Chris über die Fahrbahn, rätselten aber untereinander, wie man nach Hienieden käme, wo das überhaupt liege. Dann wiesen sie auf den Mann im Schattenhof seiner Ladenmarkise. Sogleich redete er Chris Schwimmer mit seinem Namen an, diesen ungeheuerlich verirrten und vereinzelten Menschen auf leerer Straßenkreuzung auf Anhieb identifizierend! Er winkte ihn zu sich. Schwimmer faßte endlich den Entschluß, die weite und wüste Leere der Straßenkreuzung anzugehen, sie hinter sich zu bringen. Es gelang ihm leichter, als er's, an ihrem Rand verweilend, befürchtet hatte. Beide, Schwimmer und Frisör, betraten den Laden. Seine Frau, die auch ein verhutzelter Mann hätte sein können, saß auf einem Stuhl mit untergeschobenem Kissen am Ende einer kreisrunden Riege von Stühlen. Sie schnitt dem Kunden auf dem Stuhl vor ihr, also ihrem Vordermann, die Haare. Sobald dieser seinen Haarschnitt bekommen hatte, räumte er seinen Platz, die Frisör-Meisterin rückte auf diesen vor mitsamt Kissen und Schere und schnitt einem nächsten Vordermann die Haare, während ihr voriger Vordermann nun auf ihrem Stuhl

Platz nahm und einfach die Zeit des Haarewachsens vergehen ließ. So ging es in die Runde mit zwanzig Vordermännern, und wenn der letzte fertig war, kam wieder der erste dran. Auch hier war ein kleines, aber echtes Perpetulum zu bewundern.
Der Frisör-Meister machte keine Anstalten, seine Frau einmal abzulösen, und stand unterdessen untätig an die Wand gelehnt. Schließlich sagte er zu Chris Schwimmer: Hienieden!
Dazu breitete er beide Arme aus, als ob er den seit langem gesuchten Ort ihm anbiete in seinem Laden. Dann sagte er noch: Herr Schwimmer! Sie sind hier längst bekannt wie ein bunter Hund.
Er spielte offenbar auf den jüngsten Mißerfolg Schwimmers bei der von ihm besorgten Ausstellung der Gruppe »Pünktlich« an. Er selbst, Frisör-Meister vordem, sei als Künstler bis heute noch nicht ernst genommen. Wie zuvor Hienieden so präsentierte er nun mit ausgebreiteten Armen *seine* Installation, und sie bot nichts anderes als den ewigen Kreis der Vordermänner, denen im Scharwerk seine Frau die Haare schnitt, und es hob sich seine Brust mit völlig unbegründetem Stolz.
Einmal in einer kurzen Ruhepause sah Chris Schwimmer auf die langen Hände der Frisörin, sie hingen metzgerhaft gerötet herab, und es schien ihm unmöglich, daß derart ungestalte Gliedmaßen einen so feinen Haarschnitt ausführen konnten.

William Blakes Zeichnung »A Vision«: Dies kleine Zimmer im tiefen Grund der weiten leeren Bühne. Mann am Tisch. Links neben ihm die Erscheinung: Engel in weiblicher Gestalt. Frau, die gehen wird. Die noch einmal spricht, die sich bekennt zu dem Mann, den sie verlassen wird. Die Bühne, die sich in ein Zimmer verjüngt, weit hinten, in dem für den Zuschauer unhörbar gesprochen, unerschließbar gehandelt wird. Hier war ein Theater, das der Rampe soweit wie irgend möglich entrückt war und dem Zuschauer mehr verbergen als vorzeigen wollte.

Eike Pohl (Name der Nacht), ein Fluidum-Forscher, zog umher und erbat Einlaß bei unbekannten Menschen, setzte sich still in eine Ecke und begann mit seinen Messungen.
Einmal empfing ihn ein junger Mann, der um Ende zwanzig war. Er zeigte sich interessiert an dererlei Untersuchungen, und Pohl erläuterte ihm im groben den Unterschied gewisser fluidaler Eigenschaften bei intimen Kontakten im Vergleich zu denen in größerer Gesellschaft.
Daraufhin setzten sich beide an den Abendbrottisch, und sein Gastgeber plauderte allerwelthaftes Zeug. Aber nicht zu Pohl hin, sondern zu einer Gestalt ihm gegenüber, die in Kutte und Kapuze vorgebeugt unbeweglich am Tisch saß. Im Gewand befand sich kein gesprächsbereiter Gast, sondern nur ein Gerippe. Der Anrede des jungen Manns war zu entnehmen, daß es sich um das Skelett seines älteren Bruders handelte, das er in einem einzigen grabschänderischen Akt geraubt, präpariert, mit einem zarten Inkarnat bedeckt und schließlich für immer zu sich an den Tisch gesetzt hatte.

Das Fluidum des jungen Manns war nicht leicht zu bestimmen, da ihm durchaus keine Sphäre von hoffmannesker Dämonie oder verschrobener Abartigkeit anhing. Vielmehr legte er eine frische, fast fröhliche Umgänglichkeit an den Tag und unterhielt seinen Gast, den Forscher, mit allerlei süffisanten Kommentaren zu Land und Leuten. Es schien bald, als suche er sich vor dem brüderlichen Gerippe mit erhöhter Geistesgegenwart hervorzutun. Dessen ewige Stummheit schien wie Tadel oder kritische Zurückhaltung auf ihn zu wirken. Und tatsächlich war er ja, so empfand es der Jüngere, eine ihm um Tod und Jenseitsschau überlegene Instanz, die ihn beständig herausforderte. Er diente ihm geradezu als eine Art Sparringspartner zur Steigerung der eigenen Überzeugungskraft und gesellschaftlichen Kampfbereitschaft.
Es wunderte den Fluidum-Forscher daher nicht, daß seine Messungen, die er bei Tisch auch am Skelett vorgenommen hatte, zu einem Ergebnis führten, das weit über den Spitzenwerten seiner lebenden Probanden lag.

Les fantômes de la déception. Die Gespenster der Enttäuschung. Ein langes Zugabteil voller Enttäuschter. Der junge Mann mit dunklem Lockenkopf stützte seine hohe Stirn auf, über sein gebeugtes Gesicht zogen ausgewählte Mienen der tiefen Enttäuschung – bis nah an die Tränen. Doch sie flossen nicht, Bitterkeit blockierte sie. Eine Frau lag ausgestreckt im Gang, den Kopf auf ihren Gepäckbeutel gebettet, und starrte, benommen von Enttäuschung, mit großen kranken Augen an die Abteildecke. Wer könnte sie malen, die Stillgewordenen, die von einem Kind, einem Freund, einem Buch, einem Staat, einem Sonnenaufgang Enttäuschten? Wie überleben den brutalen Raub von Getäuschtsein, der Nähr- und Schutzhülle des Seins?

Das Gebiet der Euhemeristen – also jener, die die Ansicht verbreiteten, die Götter seien nur Projektionen, die der Mensch an den Himmel werfe – dies Rückzugsgebiet der Euhemeristen war eine Badewiese am sonnigen See, reserviert ausschließlich für Frauen und Mädchen, die auf ihren Badetüchern saßen mit angezogenen Knien oder sich im Gras ausstreckten mit hinterm Kopf gefalteten Händen. Diese weibliche Gemeinschaft versammelte gewissermaßen die letzte Aprèsgarde der Entzauberung. Nachdem die großen Taten der Degradierung des Heiligen seit langem vollbracht waren, hatten sie voller Eifer weiterhin für sie gestritten, als wären sie noch längst nicht vollbracht. Davon, von der kraftraubenden Überflüssigkeit ihrer Aufgabe sich zu erholen, lagen sie in bequemer Ruhe auf der abschüssigen Badewiese. Obgleich sie der Entzauberung selbst zum Opfer gefallen waren, kam doch über die schönen gelösten Glieder der Erschöpfung ein wenig Zauber zurück über sie.

Einer Lydia Fluch war es: ihre Nacktheit niemals kleiden zu können. Von der Stirn bis zur Ferse besaß ihr Körper eine fasertrennende Ausströmung, eine ätzende Emanation, die jeden Stoff löste, jedes Textil zersetzte, das ihre Haut bedecken sollte.

Unglücklich ausgerutscht, glitt ich durch einen Felsspalt, mit feuchtem Moos bewachsen, hinab in eine dampfende Höhle, deren Ausgang von einem dichten Wasserfall verhängt war. Unmöglich, zurück zu der oberen Öffnung zu gelangen; ebenso unmöglich, mit dem Wasser in die Tiefe zu rauschen. Mit allen Kräften, den letzten dichterischen, die ich besaß, fast schon ohnmächtig vor Erschöpfung und Metaphernschwäche, bildete ich mir das Wasser um in eine Nereiden-Mähne, das Haar der Grotten-Nymphe. Und zu meiner größten Verwunderung, zu meinem unverhofften Glück rettete mich die Gunst der leichtlebigen Poseidon-Tochter. Die Wassersträhnen wurden tatsächliches Haar, und ich ließ mich, den gesammelten Lebenswillen zur Stärkung der Muskeln nutzend, an ihrem fallenden Schopf, dem dichten gekräuselten Haar hinab auf den schroffen, doch sicheren Grund.

Der Schlaf der am Boden Gekrümmten verbreitete Unordnung im ganzen Haus. Tänzer und Tänzerin, schmal, umeinandergeflochten wie die Fäden des Dochts, wurden fallend in die Tücher der fallenden Engel geschlungen, sanken abwärts ohne Halt. Ja, sie wurden selbst zu Wesen, die nur aus wogenden, schwingenden Gewändern bestanden. Sosehr sie nacheinander suchten und wühlten in den leibverheißenden Stoffen, den Stolen, Schärpen und Pallen – niemals bekam einer des anderen Leib zu fassen. Am Fuße ihrer Jahre angekommen, blickten sie in Unlust zurück auf ihre Lüste. Sie schüttelten die Köpfe über die sexuellen Kindereien, die ihnen einst über alles gingen.
Fear: Three crouching girls, Füssli, Zeichnung von 1780. Drei kauernde Mädchen, die Augen kugelrund, voll Entsetzen, das nicht von etwas Erblicktem herrührt. Die linke starrt in die Kamera, die mittlere nach innen, die rechte in ein Nachwehen. Und doch das gleiche Entsetzen. Der linken über das, was kommt; der mittleren, abgewandt vom äußeren Geschehen, über das, was niemals sein wird; der rechten über das Nachwehen einer überstandenen Todesgefahr.

Nichts von nahem sehen! Zuviel drängt sich auf, es von nahem zu sehen. Doch jetzt heißt es: Entfernen, entrücken, was man sehen, was man lieben könnte.
Das einzige, was die immer unscheue Kamera nicht erträgt: einen Menschen in der Entfernung zu lassen, ihn nicht ins Nahe holen zu dürfen, ihn nicht identifizieren zu können.
Es gäbe ihre billigen Triumphe nicht, wenn wir vertraglich auf Distanz bestünden und nur erlaubten, im Hintergrund dürftig erkennbar zu sein. Mit der gebotenen Vorsicht dort, wo wir kaum noch zu unterscheiden sind.
Die sich in der Ferne sahen, sprachen später in der Nähe, einander gegenüber, nur von den »Glücklichen«, die sich in der Ferne sahen und nicht identifizieren konnten.

In einem Raum mit ausbleibender Gesellschaft saß ich neben der jungen Gastgeberin, die mich vor nervöser Erwartung der Gäste kaum wahrnahm. Ihre Schwester stand in ihrem Rücken, sie trug ein schlafendes Baby im Arm. Die schöne Nervöse, die Gastgeberin, sagte: »Es hatte sich für heute Lea angesagt, auch Martin wollte kommen.«
Ich fiel ihr ins Wort: »Und dann bin nur ich erschienen.«
Da sah sie mich aufmerksam an, einen Unbekannten, den sie gar nicht eingeladen hatte.
»Ha!« rief sie. »Sieh mal. Er wird rot. Das sieht man selten.«
»Er ist ganz rot geworden«, sagte die Schwester mit dem Baby.
Und ich korrigierte vorsichtig: »Ich würde sagen, ich erröte leicht.«
»Ich muß mal verschwinden«, sagte aus ihrem tiefen Anblicken heraus die nervöse Gastgeberin.
Die Schwester mit dem Baby im Arm trat nah an meine Seite, griff ein Smartphone aus der Strickjacke und versuchte meine gerötete Wange von nahem zu fotografieren.

»Es ist zu schwach«, sagte ich, genierte mich aber, so daß das Rot wieder stärker wurde.
Sie beugte sich zu mir und küßte mich leicht auf die Wange, wie orthodoxe Gläubige die Ikone berühren. Sie knickste ja fast mit ihrem Baby im Arm.
Ich sagte mir, du bist aus Versehen hier, sie behandeln dich wie eine ehrwürdige Erscheinung. Zumindest wie eine ans Unwahrscheinliche grenzende Sehenswürdigkeit.

Ich komme noch einmal darauf zurück, ich *rekapituliere* – kehre noch einmal zum *Haupt* des Geschehens zurück. Als das Gewesene noch ein Geschehen war. Als ob ich nicht genug vom Gewesenen hätte! Es läßt sich nicht zur Ordnung rufen, was das Seepferdchen (Hippocampus) an Gewesenem dir zuspielt, läßt sich nicht zähmen und nicht bestellen. Hier herrschen Anarchie und Flüchtigkeit.
Die größte Nonchalance besitzt das Bewußtsein. Es weiß selbst, daß es kein Ziel hat und ein Vagabund ist. Entladung der Synapsen, *flashs,* Stimmungssprengsel, Stimuli, alles in Unverbundenheit; sprunghaft flammt auf, was einmal Eindruck machte, was sich eindrückte dem limbischen Erlebensgrund. Vergangenheit gibt's nur in Kostproben, Kostproben *jetzt.*
Wozu dergleichen Hexereien wiedergeben in behäbiger Schrift? Zwar ist sie ein viel trägerer Fluß, doch der sicherste, dich hinabzutragen bis zur Mündung in das schäumende Meer, das schäumende Alles-in-allem, das schäumende Alles-drin-Gedächtnis, das niemandem gehört.

Wenn nun aber der Betrachter sich allmählich vom Betrachtbaren lösen möchte, entfernen, Abstand zu gewinnen sucht … Ja, er sucht Abstand überall und überhaupt von den Dingen. Nur einen Abstand vom eigenen Bewußtsein wird er niemals finden.

Von Menschen, Häusern, Ländern, Geschäften, Büchern und Überzeugungen – ja, von sich selbst (oder was man jeweils dafür hält) läßt sich Abstand nehmen. Halt die Welt zurück von dir, weise ab die List der Phänomene, die Meute der Belange, die sich so dringend geltend machen gegen dich. Aber gegen den Einschlag des Gewärtigens, gegen die Millisekunde des Entschlusses und all die unzähligen neuronalen Plötzlichkeiten bist du vollkommen machtlos.

»... um sie kein Ort, noch weniger eine Zeit« (Faust II, Finstere Galerie). Die Mütter. Kein Licht, kein Schall ... »die ewig leere Ferne« umgibt sie.

Es wird zu allen Zeiten nur mit dem Gang zu den Müttern möglich, daß man in eine dehnbare Gegenwart das tiefe Gedächtnis, das allen gehört, einberaumt. Kein anderer Gang, wieder und wieder eingeschlagen, wird eine ähnlich bespielbare Simultanbühne enthüllen.
Sie entwirft uns eine postfuturale Lage, in der wir nichts Neues mehr wissen, ahnen oder betreiben werden; in der wir unermüdlich in einem abgeschlossenen Bewußtsein kreisen. Bewußtsein all dessen, was wir glücklich hinter uns haben, Werke und Tage, *Leistungen*, von denen wir, unendlich erleichtert, lange ausruhen dürfen. Geborgene in der undurchlässigen Hülle des Präteritums.
Manto: Streifst du noch immer unermüdet?
Chiron: Wohnst du noch immer still umfriedet,
Indeß zu kreisen mich erfreut.
Manto: Ich harre, mich umkreist die Zeit.

Für kurz war da nichts als nur der Menschen Lachen und Weinen; für kurz gab es die Welt ohne meine Vorstellung von ihr.

Andreas Gurskys Foto-Komposition »Lehmbruck« zeigt den Glaskasten im Museum mit den Skulpturen des Bildhauers und außerhalb auf der linken Bildseite den Rückenakt einer Frau, die sich vorbeugt. Ein durchsichtiger Kasten wäre auch der szenische Körper des Traums mit vielfach verschalteten Figuren, aufscheinenden und wieder verschwindenden Männerköpfen, Läufern, Gewissenserscheinungen, Geistern, Bäumen, Widdern. Und draußen vor dem Glas die Vorgebeugte, in deren nacktem Rücken das blinde Geschehen – immerzu dies Soeben, dies Soeben, gleich wieder was Umwälzendes! – sein unübersichtliches Schauspiel aufführt.

Auf der Kuppe eines Karsthügels, dem Kulm, klopfte die Sachkundige mit dem Fuß auf den Boden.
»Hier etwa muß sich der Kopf des Krans befinden. Sein Ausleger stößt manchmal an die untere Karstschicht.
Nun, es gibt im Reiche Agharti seit kurzem eine große Baustelle, die von unten an die Erdoberfläche stößt, so viel ist sicher. Der Eingang ist unbekannt. Vermutlich gibt es keinen, und die gesamten Baumaßnahmen werden in einer nach oben abgeschlossenen, autarken Grottenwelt ausgeführt.«
Ich sagte: »Das geht wohl zurück auf Verse von Vergil!« Ich murmelte die bekannten aus dem Unterwelt-Kapitel der »Aeneis«:
»›Uralte Brut der Erde ist hier, das Volk der Titanen, / wälzt sich, niedergeschmettert vom Blitz, in den Tiefen des Abgrunds.‹
Du erinnerst dich: Die hörnerne Pforte war die für die wahren Träume, die gleißend elfenbeinerne für die falschen Träume. Ich habe nie recht verstanden, weshalb Aeneas und die Sibylle durch die letztere die Unterwelt verlassen. Was hatten sie für falsche Träume?«

»Wer möchte schon Wahres träumen? Jeder ist glücklich dran«, sagte meine Begleiterin, »wenn er Falsches träumt. Wer aber Wahres träumt, wird es zu fürchten haben.«

»Wann ist es passiert?« Frage des Fassungslosen zu einem ihm mitgeteilten Unglück. *Imb* – so hieß das letzte regierbare und regierte Randstück des südwestlichen Deutschlands. Denn das Globusrund hatte eine neue Delle bekommen, es war – nach titanischem Walken und Brechen von Erdgütern – eingesunken im großen Bogen von der schwäbischen Alb bis tief ins Allgäu. Die Oberfläche glich dort einer Trichterschale. Tief absteigen mußte man, um Reste der abgerutschten Provinzen zu entdecken.
Eine *Binge,* städteverschlingend, war entstanden. So jedenfalls nannte man früher eine durch Einsturz alter Grubenbauten entstandene trichterförmige Vertiefung der Erdoberfläche. Manches kommt jetzt herauf in der Sprache des Bergmanns; nach Absterben seines Berufs steigt die Sprache der unterirdischen Reiche empor und durchsetzt unser Tagbaugewäsch.

An diesem wie in Meteoritenstaub gehüllten Ort gab es nur Ödnis, Wüste, Geröll. Doch auch das aufragende Skelett einer bleichen Kiefer. An ihr erkannte ich, daß mir aufgegeben sei, der äußersten Verödung zu trotzen auch in meiner neuen entarteten Gestalt.
Nach der Zertrümmerung und Erniedrigung meines Genoms ging ich auf dem Brustkorb mit drei Dutzend Beinchen unter den Rippen, tippelte auf der letzten unzerbrochenen Asphaltstraße bei Göppingen. Der Brustfüßler, der ich nun war, schabte schließlich an der Metallspitze eines Spazierstocks, dessen Herrn ich der Länge nach nicht absehen konnte, der aber an mir schubste und stocherte, als ob er mich aufspießen wollte. Mein schildkröten-

förmiger Kopf richtete sich auf zu meinem Schinder. Ich flehte um Schonung, aber stimmlos war ich, kein Laut drang aus meinem Leib. Um Gnade kosend rieb ich ihn an der mörderischen Spitze.

Sein »Ich glaube, daß das ungeklärt bleiben sollte« war zweifellos eine Variante des Bartlebyschen »Ich möchte lieber nicht«. Immer wenn man ihn vor eine verzwickte Grundsatzfrage stellte, etwa Elite ja oder nein, Wunschkind ja oder nein, gab er zur Antwort: »Ich glaube, daß das ungeklärt bleiben sollte.«

Letztlich war das nicht falsch; im Urteils- wie im Meinungswesen gibt es keine Klärungen, die nicht nach einer gewissen Frist hinfällig würden, und den Prozessen, die nach und nach ganz von selbst zur Klärung führen, wird man nicht gerecht, wenn man ihnen mit kurzen Entscheidungshieben zusetzt, die ohnehin nur der Genugtuung einer Person und der Übereinkunft mehrerer dienen.

Es wird sich weisen! Welch schöne alte Wendung! Sie drückt Geduld, Gelassenheit, Zuversicht aus. Etwas wird sich in der Zukunft von selber klären. Zukunft und fortschreitende Zeit werden es an den Tag bringen, wir selber können es nicht. Wer es jetzt oder gleich wissen will, bricht dem Zeitpfeil die weisende Spitze. Er erhält dann ein unausgegorenes Wissen.

Ein Baumeister, der im Alter vom Alter eines anderen überdeckt und überlappt, jedenfalls vollkommen entstellt wurde. Auf der Stirn tiefgefurchte, wulstige Falten, die wie geraffte Volants über die Augen niederzurollen drohten. Einem für den Winter gepflügten, gegrubberten Acker glichen

Wangen und Kinn, in groben Schollen aufgeworfen sein ganzes Gesicht. Ein buchstäblich vom Alter seines besten Freunds überzogener Mann, den seine Frau, so gut es eben ging, vor dem letzten im Haus verbliebenen Spiegel zu schützen suchte, indem sie ihn mit ausgebreiteten Armen bedeckte und sich selbst anstelle seines Anblicks ihm bot, meist vergeblich, da er auch ohne seinen Widerschein aus dem Spiegel vor Selbstekel zu zerspringen drohte.

Der um sein eigenes Alter erleichterte Freund eröffnete ihm eine festliche Rede über sein unschätzbares städtebauliches Werk: die Gärten und Plätze, die klassische Schönheit der Kolonnadengänge. Doch der Entstellte entgegnete mutlos: Er habe nicht mehr als das Weiße unterm Fingernagel füllen können. Er habe lediglich seine Hände in die nackte Erde gekrallt. Er aber, der Freund, da er sein Alter bei ihm abgeladen habe, verfüge nun über die nötige Zeit, um sich beide Hände mit Plänen zu füllen und die mißglückte Stadt mit einer neuen edlen Stadt zu überbauen und zum Verschwinden zu bringen.

Der Unverständige erwacht. Niemals würde er sagen: Ich verstehe die Welt nicht mehr. Sondern: Meine Jahre haben mich Unverständigen hervorgebracht, den viel mehr wundert als ein Kind.

»Ich für meine Person habe den Eindruck, ständig in einer universellen Märchenwelt zu leben, in der das Erklärbare die Ausnahme ist«, schreibt Georges Dumézil in »Der schwarze Mönch in Varennes«.

Im Auditorium, dessen Akustik die feinste Verlautbarung an beliebiger Stelle jedem im Saal zu Gehör brachte, lauschte eine neunhundertköpfige Studentenmenge einer Kommilitonin, die unter ihnen saß, sich nicht erhob, sondern von ihrem versteckten Platz aus mit sehr leiser Stimme einen Vortrag hielt, der eine Philosophie der einfachen Lustlosigkeit skizzierte. Er behandelte die alltäglichen Anfälle, unser aller Anfälle von Lustlosigkeit, welche angeblich aus einem einzigen abgründigen Ratschlag, den die Mutter einst gab, resultierten und die erst später im Leben eines Menschen zur vollen Wirkung gelangten. Jedem von uns gab seine Mutter zu einem gewissen Zeitpunkt einen solchen verhängnisvollen Rat, und ihm entstieg wie aus der Büchse der Pandora Lustlosigkeit. Eine Stimmung, die auch den gröbsten Draufgänger, die rührigste Verliebte überwältigen kann. Diese mütterlich erzeugten und wiederkehrenden Anfälle von Lustlosigkeit wirkten jedoch keineswegs rauh und herb, sondern die Studentin schilderte sie wider Erwarten als etwas Wohltuendes, das man sogar genießen könne, ein Ablassen von allem, was Aktivität, Begierde und Ehrgeiz erforderte. Lustlosigkeit beuge nachweislich Streß und Erschöpfung vor, regele das Zusammenleben mit einem egoistischen Partner, vor allem aber: wahre Lustlosigkeit sage jein zur Welt. Ja zum Da- und Hiersein, nein zu jeder Konsequenz, die sich daraus ergeben könnte.
Und so eröffnete die Studentin, deren leise Stimme den vollbesetzten Hörsaal in Stille hielt, beinah für sich sprechend Zug um Zug eine neue Plattform, die bald Zigtausende Bekenntnisse zur Lustlosigkeit versammelte.

Im Grandhotel gab es zu ebener Erde mehrere Restaurant-Buchten, die man von einem langen Gang aus ohne Tür oder Abtrennung betreten konnte. Ich kam aus der Empfangshalle mit großem inneren Antrieb; das heißt, ich ging mit überschüssigem Vorwärtsdrang und konnte ihn nicht abschwächen. Wie jemand, der in einem Fahrzeug sitzt und es nicht bremsen kann, gelang es mir nicht, mich zu gemäßigtem Schritt oder gar zum Stehen zu bringen. Da ich meinen Gehdrang zwar nicht dämpfen, jedoch meine Schritte noch halbwegs lenken konnte, versuchte ich den Zusammenprall mit einem gedeckten Tisch zu vermeiden und steuerte auf eine Loungegarnitur zu, die vor einer Fensterimitation aufgestellt war. Der Anstoß verlief einigermaßen glimpflich und unauffällig, und ich ließ mich auf eine Ledercouch fallen.

Kurz darauf kam aus der Nebenbucht der Kellner – wieder so einer mit wippender Haar-Feder am Hinterkopf! – und bat mich, den Einzelgast, an einen kleinen, eher für das Mokkatrinken nach der Mahlzeit geeigneten Tisch.

Auch dieser Mann war wie so viele jetzt ein geölter Scherzbold. Kaum ansprechbar, redete er die Speisekarte wie ein Ringelnatzgedicht vor mich hin. Das Paar am Nebentisch lächelte über meine Verlegenheit, sie kannten wohl die Eigenarten dieser Speise-Bucht, hatten schon gezahlt und brachen auf. Dabei gab die schön lächelnde Frau mir einen herzensguten, zutunlichen Blick, als ob ich ihr bekannt sei in meiner beruflichen Charge, als der Chargendarsteller meiner selbst nämlich. Das Lächeln, das sie mir schenkte, galt, wie sich zeigte, der von ihr vorausgesehenen Verwirrung, die mir ein bizarrer Effekt dieser Bucht sogleich bereiten sollte.

Im Jugendstil-Dekor der Rückwand befand sich eine sanfte Tonanlage, aus der in unregelmäßigen Abständen eine suggestive Frauenstimme, wie der Inspizient über den Garderobenlautsprecher, die Namen berühmter Schauspieler ausrief. »Herr Helmuth Lohner, bitte zum Auftritt.« Oder: »Frau Gorvin bitte zum Auftritt.« Herr Balser, Herr Held, Frau Wimmer, Herr Quadflieg, bitte zum Auftritt. Doch immer wieder und immer dringlicher hieß es: »Frau Gorvin bitte zum Auftritt! Frau Gorvin bitte … Frau Gorvin.« Und die Stimme erstarb, ein leiser

Fluch folgte. Frau Gorvin befand sich nicht an ihrem Auftritt und kam nicht herbei. Die Szene konnte nicht beginnen. Und die suggestive Frauenstimme, die die beliebten Schauspieler aus dem Hades, Scheol oder Jenseits zu ihrem Auftritt rief, hatte einzig Joana Maria Gorvin nicht heraufbeschwören können. Alle übrigen schienen sich eingefunden zu haben und warteten auf ihr Zeichen, um ins anflutende Scheinwerferlicht hinauszutreten. »Achtung! Vorhang auf!« rief auf einmal die Inspizientin, die in Panik geraten war. Die Szene begann, die Gorvin trat nicht auf. Die Schauspieler mußten improvisieren, um sie herum, die fehlte. Da hörte man leicht entrückt den Balser, etwas näher den Attila Hörbiger:
– Alles vorbei?
– Alles vorbei.
– Ich muß sagen, bei Licht besehen, niemand mehr. Niemand.
– Es gibt nur noch Sie und mich. (Weil ja die Gorvin ihren Auftritt versäumte!)
– Lassen Sie sich Zeit.
– Alles vorbei.
– Da kann man nichts machen.
– Dann machen Sie nichts.
– Na, irgend etwas ergibt sich bestimmt von selbst.
– Es wird sich schon was ergeben.
– Es hat sich jedenfalls immer etwas ergeben …

Und so balancierten die unerschütterbaren Profis über den Abgrund der ausbleibenden Kollegin, bis sie die nächste Szene erreicht hatten, in deren Verlauf und Folge die Gorvin keinen Auftritt mehr hatte.
Vom Schrecken erlöst, kam noch einmal die Stimme der Inspizientin über den Garderobenlautsprecher: »Die Vorstellung läuft.«
Im selben Augenblick wie auf Stichwort brachte dann der Kellner den filetierten Saibling.

Wer war der schmale Mann, der mir im Traum den Arm um die Schulter legte, während ich voll Entrükkung wieder und wieder in die Grotte starrte, in der eine Szene aus unserem zarten »Homburg« geisterte, immer die gleiche Sequenz, als Lühr, der Kurfürst, den Lorbeer in des Träumers Händen sieht und fragt: »Wo fand er den in meinem märkischen Sand?«
Ich war betört von der Behutsamkeit, den von innen geführten Figuren, der dunklen Begegnung, die wir damals wagten, wo alles auf Erlösung ging, Todesnähe, Todesversuchung und -überwindung. Wie verfing mich die Szene nach über vierzig Jahren noch! Der Blick in die Grotte, die Geisterberufung – die Geister des einst Gutgemachten, der stille Triumph der Intimität. Wer aber war der schmale Mann, der mit mir in die Höhle starrte?

Jemand, der immer nur »Pas ça!« (Nicht das!) ausrufen konnte, obwohl er eigentlich »Papa!« rufen will, spränge ihm nicht kurz vor der zweiten Silbe jedesmal die Zunge aus der Spur, war zum Zauberer wider Willen geboren. Schon sein erster Ausruf, der »Papa!« lauten sollte, entgleiste zu »Pas ça!«, und auf der Stelle war sein Vater verschwunden. Denn jeder seiner Ausrufe »Pas ça!« – »Das nicht – nicht das!« änderte in seiner Umgebung eine verfehlte Gebärde, ein schäbiges Wort, einen unziemlichen Anblick, machte einen unverschämten Auftritt rückgängig, hob einen verzweifelt Handelnden aus seinem Konflikt, tauschte eine lästige Frau gegen eine betörende etc. Das für ihn unaussprechliche, das ursprünglich und zwanghaft verfehlte »Papa!« korrigierte in der Folge um ihn herum jede Wirklichkeit mit verhexender Kraft.
Eines Tages aber, wie die meisten Gehemmten, wird er plötzlich entriegelt, wird er erlöst und der Ur-Ausruf: »Papa!« erklingt

vollkommen rein. Er jubelt ihn in die nächtliche Gasse, »Papa! Papa!« Und neben ihm der große Hund, den er liebt, bleibt stehen. Nichts ändert sich mehr.

Oniritti Paartrittsiegel fossil

»Wenn Sie ein Paar sehen, ganz gleich wie es ist,
wenn Sie um sie einen Kreis ziehen, ist alles drin« (Benn)

I

Erster Band: Memoiren. Zweiter Band: Ungefähre Memoiren. Dritter Band: Verbesserte Memoiren. Vierter Band: Genaue Memoiren. Fünfter Band: Noch genauere Memoiren. Sechster Band: Stündliche Memoiren. Siebter Band: Minuten-Memoiren. Achter Band: Memoirenminuten.

Rote Kammer mit roter Frau vor rotem Bücherbord mit roten Bücherrücken. Darunter schmaler roter Wandvorsprung, Sitz- und Schlafsteg, Lager für jeweils eine Körperhälfte.

Gang von der Bank zum Bücherbord. Mit dem roten Finger die roten Buchrücken entlang.

Schließlich keine Wahl getroffen. Wieder einmal keine Wahl getroffen. Zurück zur Bank.

Dienstag bis Donnerstag Rückenlage nur für rechte Körperhälfte, Wirbelsäule bündig mit Stegkante, abwärts bis zur Kimme, eine Hälfte gut gebettet. Linkes Bein hat Bodenberührung. Freitag bis Montag andersrum, Kopfteil wird Fußteil. Linke Frauhälfte gut gebettet, Wirbelsäule bündig mit Stegkante. Abwärts bis zur Kimme. Schmaler Schlafsteg. Rechtes Bein hat Bodenberührung.

Frau mit übergeworfener Strickjacke auf altem Küchenstuhl, die leeren Ärmel hängen an ihren Armen herab, die Hände im Schoß umfahren einander. Im Hintergrund ein heller Türspalt. Von dort kommt ein Mann zu ihr, faßt sie an beiden Schultern und rüttelt sie sanft: Verstehst du mich? Hörst du mich überhaupt?
Die Frau sieht ratlos und unruhig vor sich hin. Die Frage sperrt, steht halb offen wie die Tür. Durch sie treten in Abständen andere Männer ins Zimmer, fassen sie bei der Schulter und machen ihr Vorwürfe. Oder wollen sie zur Besinnung bringen, indem sie sie rütteln. Sie kann keinem antworten. Manchmal kommt ein schwacher Einwurf, ein, zwei Laute, wie aus ihr herausgeschüttelt: Nein. Nein.
Doch! schreien dann die Männer.
Die Männer, die hereintreten, sie schmähen und wieder gehen, heißen Ress, Cill, Flack, Balle und Tann. Stets beginnt einer mit dem Satz: Ich nehm dir deine Vergangenheit nicht übel. Was ich dir aber übelnehme usf.
Jeder, der bei ihr noch einmal vorbeikommt, tut es, um sie irgendeiner Niedertracht zu zeihen.
Sie rückt die von Männergriffen verzerrte Strickjacke zurecht und sagt:
Ich bin die Grotte, die von Flüchen widerhallt. Ich bin die Höhle, in die sie ihre Schmähung brüllen. Der Schmähstein bin ich. Jeder zweite aus der Liebeszeit tritt her an meinen Rand und brüllt den Fluch in mein Gewölbe.
Doch weint sie auch, und Tränen tragen mit der Zeit den Schmähstein ab.

Frau, die sich vom roten Faden ernährt. Ihn verzehrt statt ihm zu folgen. Eine gütige Stimme souffliert ihr aus dem Tisch-Ventilator, Frau spricht mit lippensynchron. »Aber nein. Erzähl mir doch. Mein Lieber. Gut siehst du aus. Was war? Wo bist du gewesen? Wie lange habe ich dich nicht gesehen. Nun erzähl mir doch. Ich dachte immer, eines Tages wirst du wieder, wie in alten Tagen, mein Lieber sein: da sein, einfach da.«
Neben ihr der Stuhl mit über der Lehne hängender Handtasche. Und es schlängelt zurück aus ihrem Mund der Bindfaden, ein blutiger Faden rinnt nun über ihre Lippe, schlängelt sich übers Kinn zum Schlüsselbein, sie kaut ihn heraus.
Schuhspitze wird Liebesspitze, die in Resten schürft, die Rosen waren.

Tief in ihrer Kuhle, beinah wie auf dem Grund eines Bombentrichters, hockt jene Frau, die bekannt ist für ihre Schreie, ihre unversöhnlichen, markerschütternden Zwischenrufe, die gegen alles aufmucken, was ihr dort unten zu Gehör kommt.

Ich saß in meiner tiefen Kuhle
sah über mir den Schönen
schwärmend wandern um den Rand
Er weinte laut, erschöpft vom Loben
Er warf zerknüllte Briefe
auf mich nieder in den Schlund
Entweder war er fühllos blind
vor schierem Fassen – und mich Küssenwollen.
Oder ich war doch noch nicht das Skelett, das ich zu diesem Zeitpunkt eigentlich hätte sein müssen.

Wem hab ich nicht schon gelauscht?! Wem nicht alles.
Und wie viele Fragen hatte ich erwartet in meinem Leben!
Aufrichtige Fragen, schöne Fragen. Nur an mich gerichtete.
Sie hätten mich aufschließen können wie eine Schatztruhe.
Aber leider wurden mir nur Fragen gestellt, die sich alle von selbst beantworteten.

Monolog einer jeden, und ist nicht bei allen die Richtung dieselbe, zu enden im Ja der Molly Bloom? Man beachte den großen Murenabgang, einmal die große Schüttung, die ganze Geröllmasse von sich strömen lassen ...! Den Monolog verströmen! Statt sich vom Tohuwabohu der windigen, flackernden, flachen Pixelschaften, statt sich von der Masse an Schein erdrücken zu lassen. Warum übt ihr nicht fürs Finale? Wenn die Säume der Ballkleider über den Tanzboden schleifen, dies Geräusch meine ich, den Kehraus.

Niemand sah ihren blutigen Scheitel. Den schnurgeraden Strich nackte Kopfhaut. Kleine Bluttropfen traten hervor. Aber wer sah ihr noch von oben aufs Haar? Wer sah die dünne Schneise, in die ein unerbittliches Blut-Schweiß-und-Tränen-Denken seine Sekrete drückte?

Es ekelt mich vor den Stürmen, die herannahen, sagt sie. Stürmen, die kommen werden. Ich will nicht schwarzsehen. Sehe aber schwarz.
Sie stand allein in einem runden Saal mit wilden Türen. Es lösten sich die Türen mitsamt ihren Rahmen, die Türen rückten gegen sie vor, von allen Seiten hörte sie's schlurfen und schleifen, quietschen und knarren, sie klappten ihr Maul auf und zu und wollten sie fangen.

Sie fand keinen Fluchtweg, und immer enger umzingelten sie die nach ihr schnappenden Türen. Da stieß sie rückwärts an eine Stufe, oh da stieg eine Treppe nach oben, eine Treppe kam ihr zu Hilfe, und rückwärts stolperte sie die Stufen hinauf, eine Art Gangway, mitten in der Luft hörte sie auf. Und unten rückten die Türen vor bis an die Treppe, offene Türen, die ihren Rachen aufrissen und sie wegfangen wollten.

»Als ich mich oben auf der Plattform umdrehte, fiel mein Blick in eine düstere Schlucht. Gleißend in seinem Schweiß dort unten und aus sich selber strahlend ein umgestürztes Pferd, ein Rappe auf seinem Rücken, die Läufe schlugen in die Luft. Es sah aus, als hätte das himmlische Lichtschwert nicht den Saulus getroffen, sondern das zelotische Pferd. Und neben dem in die Luft trampelnden Gaul sah man das abgeschleuderte Paar, das sich paarte. Die Frau – eben noch züchtig im Damensitz auf der Schabracke, eine aufgelesene Verirrte – nun auf Knien breit, die Stirn im Moos, der Sitz entblößt und aufgerichtet. Es war, als hätte der Abwurf bei beiden zugleich eine Schrecklust und ein Notklammern ausgelöst, denn er nahm sie wie der Frosch das Weibchen. Der Sturz, und beide fielen weiter, einer in den anderen. Der Rappe aber wand sich im Staub und kam nicht wieder auf die Beine.«

Mal mit ausgestreckten Armen, gegrätschten Beinen sich in die Türrahmen spreizend, mal lässig am rechten Pfosten gelehnt. Immerzu die Haltung ändern und auch die Öffnung des Türblatts.
Mal bei fast geschlossener Tür, hinter der Schließkante hervorlugend, mal die Tür weit aufstoßend und mit den Händen, dann Fäusten in den Hüften in herausfordernder Stellung, der »Warte nur! Ich warte!«-Stellung.

Die Frau ist in der Tür zu Hause. Hockend, kauernd, angelehnt an den Rahmen erst im Profil, dann nach vorn gedreht, dann Kopf vornüber, dann Schläfe auf der Zarge. Mal die Lockende, mal die Verwehrende, die in der Tür steht und mit beiden in den Rahmen gestemmten Armen ihm den Zugang versperrt. Seine Braut eben. Des Unankünftigen Einzige.
Tür-Sequenzen. Ein Warteleben.

II

Cécile gesehen Aber wir! Endlich zum Aufgeben bereit, wer sind wir? *Syzygielithe,* Abdrücke im Anthropozän-Gestein. Paartrittsiegel. Spuren von zweien, die es so nicht mehr gibt. Paläontologie der ausgestorbenen Liebesart. Der menschliche Vierfuß war auf Erden das höchstentwickelte Lebewesen. Zwei, aus einer losen Verabredung hervorgegangen einst, ihre sich den Weg bahnenden Schritte erreichen nun leicht die Zahl, mit der man den Planeten umkreist.
συζυγία das Paar συζύγιος im Joch verbunden das Gespann, zusammengejahrt.

Zählebig zähliebend. So daß keiner mehr weiß, woher alles kam. Ihr neugieriger Blick, der nicht von ihm ließ und seit so vielen Jahren ungeschwächt: Was wird mir der andere mehr und tiefer noch anderes verraten? Es wird kein Ende seiner Andersheit geben, solange *ich* ihn vor mir sehe.

Die Stimme des Mannes, der etwas Liebes sagt, ihr zugewandt. Die Stimme der Frau, das Gesicht in die Höhe gerichtet, die über die Bande des Firmaments ihm antwortet.

Lange waren wir uns die Liebsten und eng auch zusammen in der Arbeit und Abgeschiedenheit, mieden überflüssige Begegnungen, auch wegen des Bedarfs und der Armut sehr aufeinan-

der angewiesen. Ich ging aber zu einem anderen, wie früher vielleicht eine Frau, die einen berühmten Dichter oder Bildhauer besuchte, eine kleinere Künstlerin, die sich einen Funken erhoffte, nicht für sich selbst, sondern auch, um ihn weiterzugeben an den Vertrauten und Liebsten, kein Verrat, nichts als ein kleiner sinnlicher Raub von einer höheren, reichen Begabung.
Ich kam bald zurück, hell, schön, ruhig und so anders, daß er es merkte und sah, daß ich bei einem anderen war.

Auf dem dunklen Thron unseres Hügels saß er, vor ihm das weite mondlichte Land, ein junges Mädchen war ich, begriffen in mühsamem Wandel, zu Besuch bei ihm, an seiner Hand hängengeblieben, daß ich die Sterne sähe, Orion, Sirius, Cassiopeia. Ja, sagte ich, mein Vater hat sie mir oft beim Namen genannt. Wir gingen bald in die Stube zurück, und er legte mir das Kaschmirtuch um den Rücken, das ihm eine Französin einst schenkte, Geliebte lange vor mir.
Höre noch, wie dem Verliebten zuweilen ein Jungenslachen, ein geniertes, helles Kichern aus der Kehle sprang. Aus dem vermoosten Brunnen, der alten Kehle, denn bejahrt und von früher war er schon immer.
Spürte das Nichtige, das ihn und mich zerfrißt, mich unvergleichlich weniger als ihn, und macht, daß er in der Nacht den Kopf hin und her schlägt auf dem Kissen und daß er röchelt unter der Last, niemals aufgestanden zu sein, das Nichtige abgeworfen zu haben. Das Nichtige, sein Alb im Nacken. Die Welt hat geschrieben, Tausende haben sich eingereiht, allein er war verflucht, der unerschöpfliche Verfasser sich selbst tilgender Zeilen zu sein!

Stets im Umkreisen meiner Freiheit lief er, und seine Schritte hinterließen eine weiße Kreidespur, die mich umzingelte, Gefangene wurde ich seiner magischen Runden. Wie nie zuvor ein

Mensch schloß der Rundendreher mich ein. Ich saß in der Mitte, gelähmt und gebannt.

Sie war die Frau, die nicht alles sagte, die sich nie ganz zu erkennen gab. Ich hatte immer das Gefühl, sie hat noch etwas anderes vor, wenn sie vor mir stand. Aber sie äußerte nie ein Ungenügen, sie beklagte sich nicht. Sie blickte nur häufig sehr ernst in die Ferne, und das tat sie auch, wenn sie mich ansah. Wahrscheinlich könnte ich niemals herausfinden, ob sie, was sie mich nicht wissen ließ, selber wußte.

Als du mich unterbrochen hast, sagte sie. Einmal hast du mich unterbrochen. Bist mir ins Wort gefallen. Jahre vergingen. Doch es gelang mir nicht, den Faden wieder aufzunehmen. Ich muß gerade dabeigewesen sein, eine ernste Überzeugung zu gewinnen, als du mich unterbrachst, und nun werde ich mein Lebtag niemals wissen, was ich damals fast gewußt hätte.
Du hast nicht nur meine Worte unterbrochen, sondern mein Leben, das gerade auf dem Sprung war, sich mit frühen Kräften zu entfalten.

Es gibt mir einen Vermissensstich, wenn ich plötzlich vor mir sehe, was ich nie wieder erblicken werde. Die rechte Hand einer Unbekannten, die an einem Buch liegt, den Zeigefinger zur Hälfte zwischen die Seiten geschoben, und dann den Daumen sich aufbiegen zu sehen wie ein Kelchblatt am Morgen. Nur diese noch unbekannte Hand, und aus ihr die ganze Person geliebt zu ahnen.

Obgleich wir ebensogut unsere Weile, die uns zugemessene Zeit, ohne Berührung am Fenster hätten verbringen, zu Ende bringen können, ohne uns auch nur anzusehen, in der Schläfenparallele, um irgendwann die Schultern zu drehen und wieder auseinanderzugehen. Doch kam es, weil ihr rechter Arm neben meinem linken herabhing, ganz von selbst, unabwendbar wie Gravitation, die Anziehung zum Übergriff, und so standen wir vorfensterlich und ohne eigenen Antrieb auf einmal Hand in Hand oder, wie man albern sagt, händchenhaltend da.

Über ein Händehalten, das sich wie von selbst ergibt, könnte man lange sinnen! Nichts von Beklommenheit und Selbstüberwindung, ausgeführt ohne Spielerei oder Frechheit (wie damals mit vierzehn). Jetzt geschah es *vor* dem Verliebtsein, wozu uns erst der selbsttätige Übergriff der Hände einlud, aber auch nicht unbedingt verpflichtete. Diesmal, anders als mit vierzehn, waren kaum zwei Stunden vergangen, und die fremde Hand, wieder losgelassen, wieder bei sich, streifte den Pulli über den Kopf, hakte den Gürtel auf, pflückte die Strumpfhose von den Zehen, und ich bemerkte, wie mir ihr Entkleiden keinen Eindruck machte und auch keinen machen sollte, so selbstverständlich geschah es, während sie noch das Lächeln der Sympathie auf den Lippen bewahrte und auch bei der Umarmung nicht verlor, die ebenfalls mit Sympathie, freundlich und mitmenschlich ausgeführt wurde. Und das Küssen tat so ungezähmt wie üblich, nicht vergleichbar mit dem Nippen am Rand des anderen wie damals, als der Kuß noch alles war. Und erst recht lag nichts Gelobendes in ihm. Nur den wahren Beginn, die Sekunde des Übergriffs zwischen zwei Fremden, begleitete der alte Halsherzschlag des Vierzehnjährigen.

Die Fliege zwischen uns. Der Schweiß, der dir vom Hals in den Ausschnitt rinnt.

Und dich wollte ich nicht aufnehmen bei mir! Ich sah dich vom ersten Augenblick an voraus, sah dich wohnen Jahr um Jahr in meinem Haus. Ich sah sogar bis auf den Tag voraus, da deine Finger lodernde Zweiglein sein würden und ich das Haus betrete, von deinem Begräbnis heimgekehrt. Ich sah *dein* Zimmer, die Luft zitterte von deiner Abwesenheit. Als hättest du sie heißgeatmet zurückgelassen.

Man kennt den Satz am Ende einer Liebe, einer Verurteilung: Gib mir noch eine letzte Chance! Es könnte dann sowohl der Beginn eines wünscheerfüllenden Märchens wie eines coolen Risikospiels sein, daß diese Chance tatsächlich gewährt wird. Und die gewährte Chance könnte, ihre Konsequenzen entfaltend, die Unabwendbarkeit des Endes mit allerlei frischen Illusionen ein wenig aufhalten. Wie immer das moralische Spiel ausgehen mag, ob nun die Chance genutzt oder vertan wird, man würde die *Geschichte der Ungerechtigkeit* verkennen, die jede Liebe erzählt, wenn man meint, sie ließe sich allein mit eingehaltenen Verabredungen zurückgewinnen.

Ich, die ich nun da bin. Mein einziges Versagen ist es, da zu sein, statt dir ein Traum.
Ich, die ich die Scheu des Tiers zurückholte in die menschlichen Sinne, die ich Scheu stahl von den Tieren.
Ich sitze wie ein Mensch für Menschen neben dir. Egal ob das Auge eines zweijährigen Kinds auf mich fällt oder das meines Mörders. Solange ich nicht verrenkt von seinen Griffen am Boden liege, so lange verführt mein Körper, verführt mit Brüsten, Knie und Hintern, lockt Augen an, verführt nicht jemanden, sondern leuchtet wie eine Blume ohne die Absicht, einem bestimmten Falter zu gefallen.

Enttäuschung, selbst Meisterwerke der Kunst, Kunst überhaupt wirkte enttäuschend auf sie.
»Das ist es nicht, was ich suche.«
Weißt du, was du suchst?
»Irgend etwas hat sich vor mir versteckt wie ein Kind hinterm Baum. Mein Geist hat sich vor meinem Körper versteckt, der ihn verzweifelt sucht.«

Immer wieder hört er's sich an in jedem Hotel auf langer Reise, öffnet als erstes den Koffer, und wie eine Dose mit Spieluhr ertönt daraus ihre Stimme, flehend, zischelnd, brüllend, stundenlang, bis morgens um vier, er aber mitflüsternd jedes ihrer Worte, kniend vorm Koffer, bis er abermals zusammenbricht.
Du warst nicht bei mir, als meine Mutter starb. Du warst was weiß ich wo, als mein Körper ein Kind verlor. Du warst nicht bei mir, als ich wegwollte von allem. Wo warst du? All das ist ohne dein Dazutun und nie unter deinen Blicken geschehen. Wie kannst du etwas sagen über mich, die du nicht aus diesen Stunden kennst? Wie kannst du wissen, wer ich bin? Nur der Teufel kann das … Waschen wir uns!

Ich bin nun jemand, den man nicht wiedererkennt, wenn ich den Laden betrete, den ich noch vor wenigen Wochen tagtäglich besuchte. Dort sagt man sich: Diese Frau verbirgt sich hinter ihren Wunden, stören wir sie nicht, indem wir sie erkennen. Im übrigen – es gelänge auch mir sowenig, dich wiederzuerkennen, wie wenn eine Geliebte ihren Einzigen, vom Unfall zerstört, am Geschlinge seiner Kaldaunen identifizieren müßte und nach einem Blick auf seine Innereien den Entstellten beim Namen nennen sollte.
Ich krümme mich um das Glück in der Haltung der Ungeborenen, und diese ist, eingenommen von einer Geborenen, soviel wie: der Welt den runden Buckel zeigen, an dem sie herunterrutschen soll; denn nur so, ohne sie, kann ich das Glück als Glück empfinden.
Sobald mich aber das Glück verläßt, erkenne ich, daß ich nicht ein-

mal mehr aus Haut und Knochen bestehe, denn »ich bin ausgeschüttet wie Wasser, alle meine Gebeine haben sich zertrennt; mein Herz ist in meinem Leibe wie zerschmolzen Wachs«, so sagt es der Psalmist. Bin zergangen, bin ohne Gestalt und Gegenüber, und keinen Gegenstand vermag ich von mir zu unterscheiden, keine Distanz ist mir bewußt.
Wenn mich das, was schon endgültige Gestalt annahm, was also dem Tod schon entstieg, Schatten, endgestaltgeworden, diese hochaufgerichteten Schatten besuchen, wenn sie im Frühlicht sich drängeln, ein unruhiger Haufe, der sich mit hechelnder Neugier um die rollende Pupille versammelt bei Anbruch des Morgens, des Mutbrechers.

Für ihn ist bald das Stadium erreicht, da er mit einem leeren Schlüsselloch anbändelt.
Sich einiges davon verspricht, Zärtlichkeiten ins leere Schlüsselloch zu schalmeien. Sich vor einem leeren Schlüsselloch einmal richtig gehenzulassen.

Leer gelassen wie ein Kleid, das ohne meinen Leib auf Festen tanzt. Wie oft in allen Jahren war's erfüllt bis übern Rand!
Darunter sein! Die Rückenkraft nutzen unter dem Mann. Mit dem Rücken Erdhaftung immer, um stärker zu sein empfangend. Von ihm jetzt nur zwei Hände noch, die mich besänftigen, wenn ich erzittere vor Verlangen, gepackt zu werden, einmal noch, um alles in der Welt: umarmt!

Jeder neue Tag mit ihr verging widerwärts der Dauer. Keine gemeinsame Stunde bot Gewähr für eine nächste. Und doch hielten wir aneinander fest, ohne einer den anderen festzuhalten.

Stehengeblieben, wie vom Schlag gerührt, im ausladenden Schritt. Darbietend die hohe Stirn dem Regen. Von Nacktheit glänzend und ohne Ende. Mit Perlen besät die Brüste und das Nest im Schoß und der Flaum auf den jungen Beinen.
Sind wir nicht einfach wie noch einmal? Abgelebte, die, seilhüpfend, wieder mit frischen Tagen beginnen? Werden wir doch, die wir waren! Jungsein, wo es sich einst nicht bewährte, kehrt's nun zu neuer Prüfung zurück.

»Zwei muß man sein, um eins werden zu können.« Gunnar Ekelöf, »Ein zerbrochenes Kästchen aus Holz«.

Er habe mit ihr Vereinigung in allen Freuden erlebt, die nur denen zuteil werden, die sich sonst in nichts einig sind.
Er habe schon zum Gang zu zweit wiederholt gesagt, Begleitung wechsle mit Vereinigung. Wieder ein Stück Begleitung, wieder ein Halt, um sich zu vereinigen. Etwas zwischen Gehen, Stehen und Liegen, etwas zwischen Torheit und Zauber, das nur lange Dauer den Beigesellten, denen im Joch, im Gespann, *Syzygia*, gewährt.

Auch wenn eines Tages eifernde Liebe sich streckt, wenn ruhige Begleitung aufkommt, bleibt in den Nächten der Spuk übermütiger Lust. Zwar führt kein Weg zurück zu den Berührungen, die zu Beginn wie Gastgeschenke unter Fremden waren. Doch es sind jene Erstmaligkeiten, die über den rätselhaften Zusammenhalt entscheiden von zweien, die gemeinsam fortschreiten, bis sie fort sind.

Die Kommende: die Damalswerdende, die aus dem Tal der alten Tage aufsteigt.
Wie klein wir waren! Zwei Winzige liebten! In der Freude tollen die Wichtel. Im Schmerz hängen an Sperlingsgelenken die Arme von Bären.
Sie berührte ihn sofort beim ersten Wiedersehen, legte ihren Kopf in seinen Nacken, schlang ihre Arme um seine Taille. Er war indes nur freundlich zu ihr gewesen, zugewandt. Sein bißchen Wärme genügte, und sie mochte sich anschmiegen. Er empfand keine Habgier.
Die Wege derer, die sich sofort berühren, sind unbeirrbar. Wer ihnen in den Weg tritt, erreicht nur, daß sie für geduldige Minuten stillstehen, jedoch wie Schlafwandler unaufhaltsam vorwärtsdrängen. Wiche einer ab oder erwachte, so verletzte er die Anziehung, die die magische Voraussetzung ihrer Sicherheit ist, und er wäre für alle Zeit aus dem Bann gefallen, verbannt.

Sie ging ihm in den stillen Sälen voraus, auf dem Weg zum richtigen Ausgang. Er faßte sie am Kinn, das weit hinaussehende Gesicht zu wenden, daß sie ihn anblicken möge. Doch sie versteifte den Nacken und ließ ihren Kopf nicht bewegen. Er nahm ihren Arm und bedeckte ihn mit Küssen. Sie ballte die Hand zur Faust und zog den Arm an, zog ihn fest in den Winkel. Immer, wenn er ihr zuhörte, sobald sie mit einer ihrer ratlosen Geschichten begann, um kurz darauf ins Stocken zu geraten, über die eigene Phantasie ver*wundert bis zur Bestürzung*, zog's ihn, sie zu küssen. Doch von seinen Lippen unterbrochen, versteifte sich alles an ihr, verstummte sie und verschloß sich. Denn sie wußte dann eines und nur dies: kein Austausch mit ihm, der mir so nah und so nah mich verkennt.

So war das oft mit uns beiden: sitzen, verweilen, *es* noch vor sich haben.

Liebe am Feldrain auf einer Regenhaut. Ihre Stirn rutscht auf und ab unter der Kapuze. Liebe, »ausgeführt mit der Panik eines brennenden Hasen, der in seinen Bau abtaucht« (Joë Bousquet).
So uralt wird das junge Paar am Feldrain, als es sich erkennt, daß beide wie Greise murmeln ihre Freude. Es ist, als taumelten sie durch die eine und ganze Zeit ihrer Liebe. Ohne daß Jahre vergingen, lagen sie beim ersten Mal wie zum letzten Mal beieinander auf einer Regenhaut am Feldrain.

Wiederholte erste Begegnung. Anfang neu versucht. Wiederholte erste Liebe.
Vom Einundalles Spurenelemente. Teilchenphysik der Anhänglichkeit. Sie kennt keine lineare Zeit. Er sah sie niemals ohne Erinnerung an ihre Schönheit, an die Zeit der Eleganz, der Blüte und des Flirts. Er sah sie niemals, ohne die Musik zu hören, die ihren ersten Auftritt begleitete und die, sobald sie tatsächlich irgendwo erklang, ihn im Nu zu ihrer beider Anfang entrückte.

Die letzte unendlich langsam herabrinnende Perle einer zerrissenen Halskette – in ihrem Lüster erscheint sein junger Kopf, der sich neigt, die Haut zu liebkosen unter ihrem Schlüsselbein, bevor je eine Kette dort lag.

Ich will dich nicht aufhalten.
Aber ich *will*, daß du mich aufhältst. Hindere mich, weiterzugehen.

Noch einmal möchte ich's sehen: wie dieser vor jener innehält. Oder wie jene einst an diesem nicht vorbeikam. Sie sah ihm, der mit dem Rücken an einer Bibliothekswand lehnte, geradeaus ins Gesicht, stumm, fast erschrocken, mit dem tiefen Ernst der Entdeckung. Dann ging sie zwei Schritte, blieb stehen und blickte aus dem verlorenen Profil, ein Blick, der nicht nach ihm suchte, sondern wartete, ob er versteht.

Mit dem Wort Sentimentalität, obwohl es die Sache haargenau trifft, sentiment/mental, gefühlvoller oder empfindsamer Geist, läßt sich wegen seiner Trivialbedeutung schlecht operieren. Nichts, auch Farben nicht, zeigt sich so subtil unterschieden wie Gefühlswerte. Und doch erfaßt die Sprache nur den gröbsten Teil der Varietät. Andererseits erzeugt sie bei künstlerischer Anwendung nicht selten erst jene Gefühle, die sie selbst nicht differenziert genug beschreiben kann.

Nach ihrer ersten gemeinsamen Mahlzeit vergaß er seine Handschuhe auf dem Wirtshaustisch. Sie nahm sie, hielt ihm den rechten hin zum Hineinschlüpfen, und die halb anzügliche, halb mütterliche Handhabung wurde begleitet von einem gütigen Lächeln, vielleicht um den frivolen Anstrich der Geste auszugleichen, als sie nun mit ihrem Zeigefinger in die Zwischenräume des Handschuhs fuhr, um ihn zu festem Sitz zu glätten.
Anders gesagt: die Zweideutigkeit der Geste entsprach einer Reife des Miteinanders, die sie zu diesem Zeitpunkt nicht besaßen. Der Effekt mochte herrühren von der einen und ganzen Zeit, wenn Anfang und Ende, chronologisch noch ungespalten, in einem einzigen ernsten Anblick enthalten sind. Dann taucht er wie aus einer vagen Erinnerung auf, dieser Mensch, der vor dir steht, und Erinnerung macht ihn überhaupt erst gegenwärtig. So wie er vor dir steht, beginnst du einen Roman mit

ihm, denn er besitzt Vergangenheit für dich. Er wird immer erzählt sein und existiert gar nicht unerzählt. Alles beginnt damit, daß beiden zumute ist, als hätten sie vor Zeiten schon einmal begonnen.

Sie wartete jahrelang auf den Augenblick seines Geständnisses. Er wartete jahrelang auf das Reifen dieses Augenblicks. Es machte ihn krank, daß es noch immer nicht soweit war. Sie sah seine Krankheit, und er gestand nichts. Er sprach sogar von seiner »Krankheit« und gestand nichts.

Die Gesandte – doch von wem? Wie neben Tobias und seinem Hündchen geht sie und ist wie ein Landschaftsgemälde in der Zeit: In jedem Moment öffnet sich eine gestaffelte Fluchtung, eine Tiefenperspektive ihrer Begleitung. Jedoch nirgends eine Ansicht von dem, woher sie kommt, wohin sie will.
Aber diese in Stille fragende Frau, Gesandte, mehr Allegorie als Leib, war immer dabei, woran er sich auch erinnerte. Sie war schon immer sein Zuzweit, lange bevor er sie traf. Sie war der Gang zu zweit, sie war nicht ein Teil, sie bestand selbst aus Zuzweit. Auch damals in der Geselligkeit, in manchem Menschenstau, so furchtbar jung noch unter den Murmelpfiffen von Soglio ... Warum wir? Das reine Unverständliche: zu bleiben beieinander.
Ein wunderlicher Aufstieg sind wir aus der Liederlichkeit unserer Tage.

Es ist wie mit dem Leuchten erloschener Sterne. Erst Jahrhunderte nachdem der Himmelskörper verglühte, erreicht uns sein Explosionslicht. So ist, was wir sehen, vielleicht vor Lichtjahren geschehen, ist nur ein Nachscheinen längst aufgelassener Szenen.

Und wie das Nachscheinen alles ist, was uns zu Augen kommt, besteht auch jedes Wort aus fernem Widerhall, und jeder heutige Tag ist nur ein Effekt aus umfassender Vergangenheit. Alles, was du siehst, war. Du lebst gelebt.

Wir beide werden nun alt, sagt sie, endlich einmal weich. Legt ihre Hand wie eine Stützbinde unter sein Kinn. Er dachte: Wieviel Züge langschimmernder Neugier, aber auch wie viele kahle Flecken habe ich auf ihrem Gesicht hinterlassen? Ich habe ihr einiges Aussehen verschafft, Leidens- und Gewissensmale, die heute kaum ein Mensch noch im Gesicht trägt und auch im Verborgenen nicht besitzt. Daher hieß es einmal von mir zu ihr:

Ich bin mehr du als ich.
Wie sollt' ich mich entfernen von dir?

Verschneite Trift. Ein reifer Wintertag. Darin, tief innen eine gelblich rote Färbung, warmer Schein. Winterlicht. Ein Lichtwinter. Juwelierschnee. Die weiße Brust von Diamanten glitzernd. Reicher bestirnt als die Nacht, so funkelt und sticht der Firn, das sittenstrenge Weiß.
Nichts kann schöner sein als meine Winter-Warte hier oben auf dem Bühel. Wer ist schon so draußen innen?

Das Wappentier der Unscheidbaren war der Schnee-Igel. Auf seinen Hinterbeinen aufgerichtet, saß ihm eine bläuliche Krone aus Eis auf der niedrigen Stirn.
Sie reichte ihm einen Brief in einem schmalen Eisblock, in dem zwei ihrer Fingerspitzen miteingefroren waren. So mußten sie eine Weile beim offenen Feuer sitzen, bis die gefrorene Post aufgetaut war.

Mit meinem Schweigen, sagte sie unterdessen, verschweige ich dir nichts.
Was ich dir verschweige, wüßt ich selber nicht.
Was ich dir verschweige, steht vielleicht auf meinem Gesicht.
Auch der Eisbrief erzählt davon nichts.
Er entfaltete den aufgetauten Brief und las:

»Hier schreibt dir Arlaine. Weißt du noch? Der Name klingt nach einer nächtlichen Figur aus einem Stück von Maeterlinck, die an einer feuchten Schloßmauer lehnt. *Arlaine* hieß ich über die Zeit unserer ersten Jahre, die ich in der Verpuppung mit einem Ungeduldigen verbrachte. Arlaine, dieser Name, zeichnet nun ein eheliches Zertifikat, das wir am Ende unserer *Entwicklung* – über die Jahre haben wir einander ausgewickelt wie Geschenke – tauschen wollen. ›Anerkenne ich die Überlegenheit meines/er Liebsten und trete ein in die Zeit der/des Hilfsbedürftigen.‹«

Ist nicht befremdlich, was sie in der Hütte tut, drinnen halb schon, fast ganz entkleidet, nach zähem Abstreifen langer Ärmel vom Körper, langer Leggings und Pullover?
Ihr Halstuch liegt noch auf der Schwelle, wie ein blutiger Bausch Innerei, herausgerissen aus dem heißen Leib.
Sie, die die Schwelle als erste überschritt, hinter der alle Gegenstände der Umgebung sich auflösen in unstatthafte Vergrößerungen, alles Tun sich dehnt in Verzögerungen.

Dort hinten aber bei den Schaufeln steht der Wegbahner, draußen geblieben, steht und rührt sich. Macht und schippt und tut, als müsse er in fleißiger Gemeinschaft die alte Tenne freilegen und schaufle rhythmisch in Kolonne.
Am Abend fällt der weiße Vorhang Schnee, sinkt wie eines großen Volkes ungezählte Flausen. Nicht lange und keine Spur ist mehr von ihrer beider Schritte.

Aber Schritte – was sind sie? Uns umschlangen die vielen Wege, die wir gemeinsam gingen, fester, als wir einander es konnten. Ich meine, fester, als wir's wahrhaben möchten.
Die Verheißung bleibt, daß wir nach so vielen nimmermüden Schritten, nach erdumspannendem Weg am Ende still, uns überdauernd, nebeneinanderstehen wie Eiche und Linde, in die jene gastfreien Alten der Mythos verwandelte.

Für wen der Eiche, Buche, Linde Fülle? Die Vollbeleibte in ihrem Blätterkleid – erhaben über jedes menscheneitle Figurmachen, erst recht über das Drunter und Drüber beim Paaren. Sie jedoch steht in ihrer Schwingung fest und weicht nicht aus, ein formvollendeter Leib. Denn Bäume lieben sich im Nebeneinander; vereinen und durchdringen sich Seite an Seite.
Si les arbres parlent, il faut bien ouïr.

Sieh das Land, mit leuchtendem Gelb übermalt, ein Tropfen goldgelber Sonne, der breit zerfloß über dem Feld. Auch wir haben einen Sonnentropfen abbekommen, du und ich, unendliche Annäherung von zweien, die einander unerreichbar blieben. Die Ansehnliche, die du bist, ließ mich außen vor. Schönheit verweist, bleibt auf sich selbst beschränkt und läßt sich nicht teilen.

»Zuletzt wird die ganze Weltgeschichte Quatsch«, schreibt Kierkegaard (K., der Größere!) in seinen »Geheimen Papieren«. Und es war wohl nicht als Prophezeiung, sondern als Existenzbilanz gemeint. Mir erging's fast ähnlich; in der Fortsetzung meines Wegs spürte ich zuerst von mir selbst, blöd und Quatsch zu werden. Das meiste, was mir bis dahin leicht begreiflich war, nahm sich täglich verwickelter aus, und meinem bewährten Begreifen entzog es sich. Etwas Verwunschenes umgab nun die Unzähligen, die sich verständigten, ohne daß ich sie verstand. Die untereinander Verständigten entdecken sich ja dem Unverständigen nicht. Wäre nicht eine Umsichtige bei mir gewesen, ich hätte nicht so abrupt auf meinem Weg in den Quatsch einhalten und den nächsten Abzweig in die geschützte Verständigung wählen können.

Wie sehr ich ihre, ach aller geschickten Frauen à parts vermisse! Ihr Beiseitesprechen, ohne den Ehrgeiz, vollständig gehört zu werden. Ihr Nebenbei, in dem sie nichts erstrebten, sondern eigentlich etwas von sich sein ließen. Mir scheint, auf mich waren allein die à parts der Frauen gemünzt – nicht alle hab ich mitbekommen!

Und dies Gesicht, sagt sie, das so stark im Aufmerken war, verfällt, verhornt – dies mein Gesicht vergeht, ohne ein einziges Mal noch unverwandt angeschaut zu werden … Oder gar geschaut! Das ist mir schmerzlicher als das Vergehen meines Körpers, meines Verstands. Denn im Gesicht stand doch für jeden, der es sah, daß ich ihn suchte.

Solitude. L'Isolée. Eine Tuschzeichnung des belgischen Malers Léon Spilliaert. Eine Mauerbrüstung, mit dem Rücken angelehnt ein schwarzer Strich von Frau. Sie streckt ihre Arme so hoch sie kann über den Kopf und flicht mit den Händen dort oben eine Haube. So streckt auch die Kokette und Verspielte, um ihren Körper frei zu zeigen, die Arme senkrecht in die Höhe. Bei der Einsamen aber sieht es aus, als wolle sie die Hände über den Bereich alles Greifbaren erheben, aus dem steigenden Wasser der Isolation, und ganz oben zusammenhalten. Das ist die Richtung und das Flehen der dünnen Frauengestalt: Laß mich nach oben entkommen!

Sie sagte sehr leise: »Wie könnte ich teilen deine Verzweiflung? Du kennst nicht das Glück, dich zu sehen.«

Und als er lange genug vor ihr stand und sich nicht rührte, dämmerte im Garn ihres Kleids herauf sein *Porträt*, dunkel und undeutlich wie das Abgar-Bild auf heiligem Tuch. Als hätte Liebe in frömmster Blasphemie diese Imitatio ausgeboren. Und er blieb auf dem Kleid seiner Braut der Ungewisse und der Undeutliche – blieb teilhaftig der Undeutlichkeit, die nach den Alten ist die Sphäre der Götter. Und nach dem Wort des Cusanus: »In allen Gesichtern ist das Angesicht der Angesichter sichtbar, verschleiert und in Rätseln.«

»Der Regen läßt nach. Wir können zu den Gänsen gehen«, stand auf einem Zettel, den sie im Brieffach der Rezeption hinterließ. Das ist ihr Satz, er trägt uns über die Jahre hin.
Das Alter läßt nach, wir können zurück zu uns Jungen gehen. Es gibt immer einen Park, in dem wir sind, wie wir waren, und wo Gänse sich sammeln am rauschenden Flüßchen.
Als tagten noch diese Tage! Wir haben nichts versäumt, wir haben uns angesehen.

Die schöne Zugesellte, die an die Stelle der Geliebten getreten war, die gleichwohl noch ein wenig Geruch von Geliebter verströmte, indem ihre Erscheinung hier und da etwas liederlich und ungepflegt war, ein Letztes von Sich-Gehenlassen, von Laszivität spüren ließ. Sie genoß den Plunder, der sie umgab, das zerstreut Herumliegende, das Liegengebliebene und das nicht mehr recht Brauchbare.
Er fühlte sich zuweilen an jene Art prämortaler Unordnung erinnert, die manche verbreiten, die in den »Einzugsbereich« der Letzten Stunde geraten sind. Die das Bedürfnis haben, überall

etwas liegenzulassen, wenig noch zu räumen, die »ungeordneten Blätter des Endens« (Yves Bonnefoy) um sich zu verstreuen. Der Charme des Versehens löst in dieser Zone den des Treffers ab. Wenn Cécile sich für einen kleinen Versprecher entschuldigte, warf sie ein schwaches Licht von des Herrn Güte und Sympathie, denn wie wir von Jean Paul wissen: Vox dei soloecismus – Gottes Stimme spricht durch den sprachlichen Fehler.
»Nur mit meiner Mutter ging ich sicher. Bei allen anderen wußte ich nie, wann ihr stilles Verlangen, mich von irgendeiner Stufe oder Klippe hinabzustoßen, zur Tat reifen würde.«

Ihr Bedürfnis, eine bestimmte Oberflächenstruktur zu berühren, wurde stärker mit den Jahren. Öfter als es den Haaren not und guttat, besuchte sie einen Frisörsalon, nur um dort unter dem Waschtisch einen blaulila Streifen von »Liebesperlen« zu betasten, kleinen runden Steinen, Marmorsplitt aufgestrichen, immer auf diesem Fußbodenstreifen sich bückend, mit den Fingerspitzen darübergleitend. Zu Hause einige Schalen mit Fundstücken, wiederum Perlen aus Porzellan und Kunststoff, Untersetzer, Bänder, Abdeckungen, Bügelperlen, gelöchert, mit dünnen Fäden verbunden. Tasten. reiben, fassen. »Wie sehr er mir fehlt.« Voriges Jahr ging er mit einer anderen in ein anderes Land.
Da steht an den Schrank gelehnt ein großer alter Tornister, schwarzes Büffelleder, grobe Eichenlaubverzierung, eingeschnitten seine Initialen, leichter Abrieb, eingeebnet, aber auch hier: *Oberflächenstruktur*. Etwas für ihre Fingerspitzen.
Öffnete sie den alten Kirschbaumschrank, stießen ihre Kleider spitze Schreie aus. Das einzige, was sie von der Schönen, die sie einst trug, behalten hatten.

Lange betrachtet sie das Foto des Berühmten, dessen Frau sie über so viele Jahre war. Man grüßt ihn zum runden Geburtstag in der Zeitung und erinnert an seine bekanntesten Werke, deren Titel nur noch wenigen geläufig sind.
Sein Vorwärtsdrängen, sein Ungestüm – war das Genie? Sein Ehrgeiz, sein Eifer sind ihr noch lebhaft in Erinnerung, und eigentlich bis heute, noch beim Anblick des Fotos will es ihr nicht in den Kopf, weshalb ein solch aufbegehrendes Talent die Welt der Künste nicht auf Dauer für sich erobern konnte. Genauso unbegreiflich aber, daß sie diesen ausgemergelten Schädel, dieses gebrechliche Gerüst aus Haut und Knochen umarmt und geküßt hatte; daß sie den Namen des Namhaften geflüstert und gejubelt, ausgestoßen und ausgespien, gelallt und geflucht, abgekürzt und verdreht, schließlich fassungslos gefragt und geschluchzt und dann für immer verschwiegen hatte.

Cécile wiedergesehen als alte, gelähmte Frau. Wie sehr sie sich freute, daß sie nicht vergessen wurde – und darüber, daß ihr die Erinnerung aufflammte an unsere Spaziergänge im Herbst über Land.

III

Frau auf Stuhl mit Korb voll korbgebender Sätze.
»Tut mir leid, da gibt es schon jemanden.«
»Danke sehr. Ich bekomme schon.«
»Ich bin versprochen, geben Sie sich keine Mühe.«
»Hören Sie: Ich bin in festen Händen.«
»Nur damit kein Mißverständnis aufkommt: Sie denken nicht etwa daran, mir gefallen zu wollen?«
»Ich bin nicht ganz so frei, wie ich aussehe, wissen Sie.«
»Es tut mir leid für Sie. Ich dachte, man spürt das gleich, man sieht's mir an … Ich bin ganz frisch verliebt.«
»Ich muß Sie enttäuschen: Ich bin besetzt.«
»Entschuldigen Sie, es gibt da ein kleines Problem: Ich hab jemanden, der zu Haus auf mich wartet.«
»Ich finde, Sie sollten mich erst einmal genauer ansehen. Sehen Sie mir einmal genau ins Gesicht. Da sieht man doch auf den ersten Blick, daß ich nicht allein bin.«
»Was glauben Sie, weshalb ich mit Ihnen rede? Doch nicht, damit Sie sich in mich verlieben. Ich bin selbst verliebt genug. Ich kann das gegenwärtig überhaupt nicht gebrauchen, was Sie mir da alles erzählen.«
»Schade eigentlich. Aber ich habe leider alles, was ich brauche. Vielleicht ein andermal.«
»Wenn Sie mir bitte einen Augenblick zuhören wollen: Ich bin schon vergeben.«
»Machen Sie sich nichts daraus: Mich hat's gerade furchtbar erwischt. Erst vor ein paar Tagen.«

»Womit wir beim Thema wären. Sie können es sich vielleicht nicht vorstellen, aber ich bin nicht mehr zu haben.«
»Ich fasse es selber kaum. Noch vor drei Tagen sah alles ganz anders aus. Vor drei Tagen jemand wie Sie heute!«

Männer und Frauen in Schwarzweiß, überbordend der Weißanteil, alle auf einer langen Bank, aufstehend, sich neu setzend, Position, Stimmung, Miene sowie das Nebeneinander wechselnd, sehr schnell, zu gierigen Rhythmen, herzpochender Musik, extra leicht und schadenfroh, das schnelle Leben selbst, eilige Verhältnisse, einmal die große Liebe durchspielend auf selbiger Bank zwischen etwa acht oder zehn Personen, und wenn hastig durchgespielt, was dann? Zu acht, zu zehnt die Wechselfälle. Wie in anderen Regimen auch, die auf der freien Wahl beruhen, berechnen die Frauen nach dem Rukkeln der männlichen Hintern auf ihren Plätzen: Wer ist Wechsler, wer ist Stetiger? Chancen, von denen ihr Überleben abhängt. Nach Jahren noch auf langer Bank das Nebeneinander tauschend, langsam jetzt nach Jahren und Jahrzehnten, über Zwischensitzende hinweg alte Geliebte rufend, wenn Gier schon halb erblindet ist.

Aha, ich errege Lust, sagte sie sich als junges Mädchen, das sich mit einem Freund in der Besenkammer herumdrückte.
Aha, ich errege Abscheu, sagt sie sich als Alte, wenn die Tochter mit spitzen Lippen ihre geschwürige Wange küßt.

Ein weiblicher Atlas, trug sie gebeugt ihr Haus mit den vielen erleuchteten Fenstern, schleppte auf den Schultern, im Nacken die Zimmer mit Kartenspielern, schüchternen Reportern und trostlosen Jünglingen, denen sie vor Zeiten das Fersengeld gab.

Kuß der Passionierten, die den Kopf des Mannes, der ihr seit langem *vorschwebt*, aus der Luft greift, in beide Hände nimmt: endlich, schon immer mir vor Augen, du.

Lippen müssen zu Lippen. Mund braucht Munddruck. Mund ist kein Kaumund (Kauen entmündigt Mund). Kein Sprechmund (Lippen fremdgelenkt, zweckverfallen, mein-dein-vergessen). Mund ist zum Versiegeln da. Wer kann ihn denn versiegeln? Nur ein anderer Mund, der ebenfalls zum Versiegeln da.

Zwei flechten am Oknosseil, das Umarmung heißt und das jedesmal der Esel Traum wieder löst und zu Ungeschehenem macht, worauf beide im Schwarz der Nacht wieder von vorne beginnen.
Vielleicht ergeht es den wenigen anders, die imstande sind, sich Aug in Aug zu nehmen! Aug in Aug finden sich zwei Menschen, hassen und trennen sie sich. Augen bei solchem Gegenüber sehen nichts und sind doch so dringend, als wollten sie die nächtigste Nacht durchschauen. Sie bieten die absolute Blöße eines Menschen, egal ob er Kleider trägt oder nicht. Doch schnell schwankt die Stärke, wechseln die Temperaturen des Blicks. Und plötzlich sind Augen nur ein flackerndes Lichtlein über einem Mund voll Mitteilungsdrang. Werden harmlos munter oder nur des Lächelns Verzierung, scheinen jedenfalls ihre ernste, menschliche Blöße für immer verloren zu haben. Längst stecken auch sie nun in Kleidern!

Schließlich gesteht sie ihre Doppelrolle. »Gegen dich sträube ich mich. Von ihm komme ich nicht los. Dir erlaube ich ein paar Zärtlichkeiten. Von ihm aber verlange, erbettle, erflehe ich sie. Dich halte ich hin, um ihm alles zu bieten. Jedoch: Ohne dich – wie stünd ich da vor ihm?«
Einer muß erdulden. Wer erduldet, ist schön. Ob Mann, ob Frau. Gleichberechtigung endet, sobald der eine gehen will. Gleichberechtigung kann es nicht sein, was der Verlassene, der Unterprivilegierte, will. Was er *will*, kann immer nur der Vorrang vor dem Konkurrenten sein. Überlegenheit.
Es gibt Augenblicke, in denen alle Milderungen und liberalen Sicherungen unserer geduckten, geknebelten Seele, die ganze Staffel der indirekten Verarbeitungen vollkommen versagen; Augenblicke, in denen der aufgeklärteste Gekränkte fordert, daß der Betrug der Liebe ursprünglich wie jetzt keine geringere Strafe verdient, als sie die berühmte Skulptur der Adultera vorstellt, die noch heute den Betrachter der Puerta de las Platerías an der Kathedrale von Santiago de Compostela erschaudern läßt: eine üppige Frauengestalt, halbentblößt, mit einem kahlen Schädel im Schoß, dem verwesenden Kopf ihres Geliebten, den ihr Mann ihm abschlug und den sie nun zweimal am Tag küssen muß.

Wenn früher Romane groß wurden an einer schwindenden Epoche, an alternden Reichen, so mögen heute kleinere bewegliche Erzählformen genügen, um ein paar Wachen um die bedrohte Provinz der Intimität aufzustellen.
Man wird einmal Privatheit wie ein verwunschenes Schloß in einem Eichendorffschen Wald suchen.

Was macht sie, was fühlt sie? Hätte ich gewußt, daß du zu ihr gehst, hätte ich dir eine Botschaft für sie mitgegeben. Nach so vielen Jahren noch immer verstehe ich es nicht. Welches Kleid trug sie? Fielen ihre Haare lang oder waren sie aufgesteckt? Ich meine: War sie noch schön? So schön wie damals, vor zehn Jahren. Schöner wahrscheinlich, ausgeprägter die Züge, Ernst und Leid im Gesicht. Es ist bestimmt nicht zuviel verlangt, wenn ich dich bitte, mir genau zu berichten: über ihre Pläne, ihre Stimmung, ihren – Umgang? Kannst du mir sagen, ob ihre Eltern noch leben? Ist sie viel auf Reisen gewesen – seitdem? Hast du – und jetzt frage ich dicht am Abgrund entlang –, trug sie an ihrer linken Hand einen Weißgoldring mit Amethyst in Brillanten gefaßt? Nein, schweig. Erst will ich wissen: Hat sie gelacht, ein einziges Mal befreit aus sich heraus gelacht? Mein Gott, spann mich nicht auf die Folter: Ist sie tatsächlich einen Moment lang ausgelassen, übermütig gewesen? Oder hat sie vielmehr noch immer diese stille Verhaltenheit, schmerzliche Gelassenheit, an die ich mich so genau erinnere? Laß mich nicht im dunkeln! Sie liebte die Liebe, aber nicht besonders das Leben.

Mit gestreckten Armen stützt sich der Mann auf das Geländer der Galerie, während sie unten im weiten Vestibül auf einer bescheidenen Strecke von weniger als zwölf Metern hin und her geht, vor und zurück, um immer neue Worte zu finden. Nur wenn sie ihn anspricht, hinaufspricht zu ihm, steht sie bisweilen still. Der Mann erwidert nichts, beantwortet keine Frage, er hört nur zu. Vielleicht hat er zu Anfang einmal befohlen: Sag alles! Und nun eifert sie, nichts, auch nicht das Geringste auszulassen.

Während sie aber nichts ausließ, schrumpfte der Ring an ihrem Finger, und sie spürte, wie stark er einschnitt. Der Ring zog sich immer enger zusammen, schnürte ins Fleisch, durchtrennte die Sehne, bis er – bei ihrem letzten Wort – den blutigen Fingerknochen zerbrach.

Denn so war das: Angst, schiere Angst, aus allen Verhältnissen, dem Verhältnismäßigen selbst gerissen zu werden, die weitere Existenz nicht zu bestehen; vernichtet zu werden durch amour fou; unfähig, mit irgendeinem Alltagsproblem noch fertig zu werden. Angst vor dem walking shadow Leben. Was man auch tut und plant, alles nur tale told by an idiot.
Jedoch, wie er sie nochmals zu blenden versteht, der Lump des Lichts, dem keine Frau mißtraut! Er heizt und hetzt ihre Liebe bis dort, wo sie hingehört, bis in die Sinnlosigkeit.
I have forgotten the taste of fears, davon handelt doch dieser Wahnsinn. Aber nichts nachher; kein Nachher. Nachher bedeutet Angst; vor der Rache ihres Manns; vor ihrem kleinen Sohn, der sie für alle Zeit verachten wird.
»Wir amüsieren uns nicht genug«, schreit sie ihren Liebhaber an.
»Nein, wahrhaftig nicht.«
Am liebsten würde sie zu Hause anrufen, um sich von ihrem Mann die Erlaubnis zum Ehebruch zu holen.
Er ahnt nichts?
Ich glaube, ich habe ihn neulich seltsam angeschaut, er müßte eigentlich Bescheid wissen.

Das war vor der Krankheit, sagt sie Jahre darauf bei Gelegenheit zu ihrem Mann und meint amour fou, den Einschnitt in ihrem gemeinsamen Leben. Die Küche hatten wir gerade renoviert. Das war noch vor der Krankheit.

Eine untreue Frau formt mit ihrem Betrug aus ihrem Mann das Musterbild des einfältig Gehörnten, der ihrer Tat als Rechtfertigung dient. Er weiß es nicht! Er ahnt es nicht einmal! Seinen dickfälligen Mangel an Verdacht empfindet sie als eine Treulosigkeit, die der ihren nicht nachsteht.
(Paarfehltrittsiegel fossil: Er trägt nun ein Ammonshorn!)

Bisher die Eingegliederte in tausend Gemeinsamkeiten, die er eines Tages des Betrugs überführt, »seine Frau«. Seit Jahr und Tag war sie eine Frage der Alltäglichkeit, Gleichrangige der gewöhnlichsten Probleme. Nun erhebt sich auf einmal ihre Übermacht, und sie wird zur passiven Despotin über des anderen Existenz, beherrscht alle seine Gedanken und Entscheidungen. Sie wird zur mächtigsten Person, die ihm je vorgesetzt war.

Das sähe in Liebe alles anders aus. Doch die Liebe wird im Augenblick solcher Entdeckung schockgefroren. (Taut dann später, wenn die Trennung vollzogen ist, wieder auf und quält ganz entsetzlich.) Wie sollte man auch eine Vertraute lieben, die das Vertrauen brach? Solange Eifersucht herrscht – blinde Eifersucht bleibt ein Teil von blinder Liebe –, kämpft noch das Herz. Danach herrschen nur noch der Betrug, die Niederlage, der Ruin – und über den Trümmern schwebt der Dämon der Falschheit und grinst.

Die Unschärferelation, abgewandelt auf die Teilchenwelt der Affekte, könnte in etwa lauten: Es ist unmöglich, jemanden zu lieben und gleichzeitig den genauen Zeitpunkt, an dem man sich innerhalb der (begrenzten) Dauer einer Liebe befindet, zu bestimmen.

Warum sollte nicht die Einzige urplötzlich, unversehens, aus heiterem Himmel *liebeleer* vor dir stehen? Wenn sie es allmählich und umständlich im Verlauf einer gemeinsamen Geschichte wird, zwangsläufig vielleicht, so ist daran wenig verwunderlich. Doch der jähe Gemütssturz eines Menschen, wenn die Affekte den Schalt- und Umschalthexereien unserer Tage gleichen – mit einem Click, in einem Rutsch: liebeleer? Das ist schwer zu begreifen. Aber nicht unwahrscheinlich.

In einem Coffeeshop steht ein junger Mann neben einer Frau,

die sich auf einen Tisch stützt und einen Cappuccino trinkt. Der Mann in vertrauter Nähe redet auf sie ein, der rechte Arm hebt sich leicht, als wolle er in eine Richtung weisen oder auf etwas hin, das jetzt in seiner Erzählung eine Wende einleitet. Dabei bemerkt er, daß sie ihn ja gar nicht anschaut, und läßt den Arm wieder sinken. Er redet weiterhin lieb und etwas hilflos, erzählt von diesem Zwischenfall, auf den eben noch sein Arm hindeutete, von dem zu erzählen ihm interessant genug erscheint, ihr, der von der Seite Angesprochenen aber nicht, sie ist mit allen Sinnen woanders. Urplötzlich bricht er aus, packt sie bei den Schultern und rüttelt sie wie ein verriegeltes Tor.

Die Frau, die nach den unerhörten Worten ihres Manns fassungslos drei Schritte von ihm zurückweicht, wird ihr Entsetzen nicht wieder los, so daß sie fortan nicht mehr anders kann, als rückwärts vor diesem Menschen bis ans Ende der Welt zurückzuweichen.

Eine Fünfunddreißigjährige, mit Liebeskampfsinn außergewöhnlich begabt, hatte sich einen gutaussehenden einfältigen Mann ausgeguckt für eine Revanche-Partie, die sie einem Geliebten, der sie betrog, zu liefern glühte. Zu Trainingszwecken forderte sie ihr Opfer mit allen Finessen und forderte von ihm, keines zu sein. Sie lud ihn ein, mit ihr ein kraftvoll gespanntes Verhältnis aufzubauen, originalgetreu, mit allerlei Verwirrung darin und Absturzgefahren, damit er als ein In-Frage-Kommender Profil gewinne und immer mehr in Frage komme. Und es entwickelte sich die Partie ganz in ihrem Sinn, bis zu dem kritischen Augenblick, da sie ihn – eine allzu ausgedachte Provokation – als In-Frage-Kommenden plötzlich verabschiedete und sich seiner für überdrüssig erklärte. Eigentlich nur

mit der Absicht, dem In-Frage-Kommenden den letzten Schliff zu verpassen. Doch der gute Mann, aus der Rolle fallend, erfuhr auf einen Schlag sich selbst nur noch als die Rolle, die sie ihm abverlangt hatte, nämlich das dumpfe, primitive, willfährige Mittel zum Zweck darzustellen. Dabei war ihm nun, als hätte all ihr Reizen und Verführen kein anderes Ziel gehabt, als ihm eines Tages hierüber die Augen zu öffnen. Doch das war natürlich nicht der Fall. Im Gegenteil, Ernüchterung und Enttäuschung seinerseits war ihr, solange sie Macht über ihn besaß, nicht vorstellbar. Den plötzlichen Eintritt von Gleichgültigkeit ihr gegenüber hielt sie für ausgeschlossen. Darin war sie wohl einer gewissen Selbstüberschätzung erlegen; ein strategischer Fehler, der das Spiel schnell beendete, die Revanche ging verloren.
Kaum war nun die Partie so enttäuschend abgebrochen, stellte sich bei der Verliererin noch einmal, schleichend, unnachgiebig das In-Frage-Kommen ein. Doch wer für wen? Sie bemerkte es allmählich, gestand es sich schließlich zu ihrer eigenen Verwunderung: Der Mann, der ihr vorher nur ein Mittel war zum Zweck, entpuppte sich als eigener Zweck, als Zweck an sich, ganz unwiderstehlich. Sie wollte einfach nicht verloren haben. Also ging sie hin und bot dem Mann eine neue und ganz bestimmt nun unverfängliche Partie, eine offene und ehrliche, ganz ohne Hintersinn und ohne Strategie. Nur sie und er. Nun war es an ihr, mit allen Kunstkniffen der Offenheit und Aufrichtigkeit an sich selbst – oder zumindest ihrem Anschein – zu arbeiten, damit nun auch sie in Frage käme für jemanden, der eine zweite Partie mit ihr zu spielen eigentlich nicht aufgelegt war.

Das Unbegreifliche begann, als die Tür, durch die seine Frau mit lautem Abgang verschwunden war, nun, nachdem sie über Wochen geschlossen blieb, auf einmal von der anderen Seite zart und vorsichtig um einen Spalt aufgeschoben wurde. Wobei die untere Kante, da die Tür nach dem heftigen und endgültigen Zuschlagen sich in den Angeln gelokkert haben mochte, auf den unebenen Dielen erst schleifte, kurz darauf gehemmt und blockiert dem Boden aufsaß. Doch das zaghafte und beharrliche Wesen auf der anderen Seite versuchte weiterhin derart die Tür zu bewegen, als gäbe ihm die Hemmung ein unerklärliches Rätsel auf. Es zog dann die Tür mit unsicherer Anstrengung wieder zurück, nicht ganz zu, und wartete in einem für die menschliche Geduld strapaziösen Intervall, bis es einen nächsten Vorstoß unternahm, ebenso zaghaft und vorsichtig wie beim ersten Mal, unbelehrt vom Scheitern.

Wer befand sich denn hinter der Tür? Allem Anschein nach ein fremdartiges Wesen, ein mit Türöffnen ganz unerfahrenes Geschöpf.

Wieder wurde sie mit einer unter Menschen unbekannten Zaghaftigkeit für einen geringen Spalt geöffnet, durch den aber das Wesen offenbar nicht hervortreten oder hindurchschlüpfen konnte, und wieder stieß die untere Kante gegen eine Dielenunebenheit, die sie nicht überwand. Kein erhöhter Druck, kein leichtes Heben der Tür bei der Klinke, keine Andeutung, das Hindernis zu überwinden. Offenbar ratloses Verharren vor dem Halt. Dann ein erstes schwächliches, unentschlossenes Türklinkegreifen und -senken. Und gleich wieder ein Loslassen oder Abrutschen des drückenden Organs, Türklinke schnellt zurück. Darauf tiefe Unbewegtheit auf der anderen Seite. Dem Mann war es, als ob mit dem behinderten Türöffnen in den Raum, in dem er selbst sich befand, der Geist des behinderten Begreifens eindringe. Er mußte feststellen, daß sein Verstehen des rätselhaften Vorgangs schwer wurde, nachgerade zu knirschen begann – ähnlich der Türkante auf der hemmenden Diele.

Schließlich war das Nichtverstehen ganz auf seiner Seite angelangt, und ihn beschlich ein Grauen. Wer sollte denn das Wesen nebenan, dem das Türöffnen so schwerfiel, anderes sein als nur seine Frau! Sie, plötzlich beraubt der einfachsten Geschicklichkeit, des Nachdrucks, der Willenskraft, der alltäglichsten Alltagserfahrung – sie, plötzlich weltfremd geworden, tierartig scheu und beschränkt in menschlicher Beweglichkeit. Und dies einzig als Folge ihres verhängnisvollen Verhaltensfehlers! Man kann sich den Axthieb, der das Gewöhnliche spaltet, gar nicht tief genug vorstellen. Zwischen der Frau, die mit erhobener Stirn davongeht, und der Entgeisterten, der zur Wildkreatur gewandelten, die zurückkehrt und sich in einer Menschenwohnung den Weg nicht mehr bahnen kann.

Ein alter Bildhauer, vom Unbewegten besessen, wünschte jedesmal, wenn er liebende Paare sah, auf der Leinwand oder im Park, das Netz des Hephästos würde ihnen übergeworfen, so wie es tat der hinkende Schmied, als seine Gattin Aphrodite lag beim Kriegsgott Ares. Die Grundbewegung allen Lebens reizte ihn mehr als jede andere des Menschen, sie anzuhalten, im Akt erstarren zu lassen. Er sah die beiden schon im Netz verstrickt und Leib auf Leib gefesselt, in der verschlungenen Skulptur der Paarung. (Bei deren Anblick einst die Götter in ihr berühmtes »homerisches Gelächter« ausbrachen). Sie sollten sich in ihrer Liebesstellung ewig so erhalten, sollten atmen, schwitzen, Hunger leiden, aber sich um keinen Zentimeter rühren können.

Ihr leichtes Ungeschick zuerst. Beim schnellen Widerwort, rechte Schläfe auf lose gefäustete Hand, rechter Ellbogen auf Tresen gestützt, linke Hand zupft am rechten Blusenärmel: sie auf dem Barhocker, das linke Bein hängt ohne Halt, etwas krumm, ihr gesamtes Sitzgewicht auf die rechte Gesäßbacke verlegt, der linke Fuß, von feinen Schuhschnallen

umringt, rutscht jeweils beim schnellen Widerwort vom verchromten Ring, der die Beine des Barhockers bindet.
»Ich soll Sie von einer Verwirrung befreien? *Ich* soll *Sie* – von einer Verwirrung befreien? Wozu sind Sie ein Mann, wenn Ihnen nicht helle ist, was eine Frau wie ich für Sie bedeuten sollte? Nämlich Verwirrung und nochmals Verwirrung, Verwirrung von Kopf bis Fuß, von morgens bis abends, erst recht in die Nacht. Wenn ich Sie aus einer Verwirrung herausführen soll, dann führe ich mich ja selbst ad absurdum. Wollen Sie das?!«
Und indem er ein letztes Mal ihren Fuß vom Hockerring abrutschen sah, erwiderte er sanft: »Verstehen Sie doch. Ich habe mich so in Ihren Anblick vertieft, daß für mich kein Weg mehr aus ihm herausführt. Ich habe Sie wie ein spannendes Buch gelesen, fast schon ausgelesen, erschöpfend gelesen, ausgeschöpft. Nach mir wird es niemand mehr lesen. Leer liegt es auf anderer Leute Nachttisch. Ich hatte keine Lampe im Zimmer. Ich las Sie unter einem beleuchteten Globus, den ich aus meiner Schulzeit aufbewahre. Welch ein vergessenes kaltes blaues Licht fiel auf Sie, mein Buch! Doch niemand drehte die bunten krummen Länder, Kontinente, Wüsten, Ozeane, in die die verbannten Himmelsbürger hinabstürzten wie die Perseiden im August – wie Sie, mein Buch, in eine blaue Nacht!«
»Schweigen Sie. Bevor es anfängt weh zu tun. Was immer aus uns beiden wird – bestenfalls erfreuen wir einander mit Gliedmaßen, an denen schon viele andere, deren Namen wir kaum noch kennen, sich erfreuen durften. Dieser Bau oder Verhau meines Körpers, auf dem das rohe Dutzend, ein Rudel von Dutzenden seine Abdrücke hinterlassen hat, was könnte er für Sie noch bedeuten? Ja, ich leide seit langem unter den Schatten der habgierigen Schiefen und Krummen, die mich bekrochen und beschlichen, betasteten und berieben wie einen seltenen Mantel aus verbotenem Leder. Und Sie, möglicherweise der endlich Einzige, der Liebstmögliche besitzt dann mich, besitzt dasselbe wie dies Rudel von Dutzenden?«

ER: Es ist doch jedesmal etwas anderes. Jede Nacht –
SIE: Es ist dasselbe! Das, was uns erfreut, ist dasselbe, genau dasselbe. Kein Wort dagegen! Keine Beschwichtigung, kein Einwand – wenn ich es sage.
ER: Aber er müßte *mir* unerträglich sein, der Gedanke, nicht Ihnen! Das wäre gesund und gewöhnlich.
SIE: Sie sprechen von Eifersucht. Ich spreche von meiner abgegriffenen Haut. Reden Sie mir nicht dazwischen! Von allem, was da haftenblieb, spreche ich. Die Geschichte meiner Freuden, die gleiche Gültigkeit dieser unzähligen Freuden wird mich niemals freigeben, und die Freude mit dir könnte niemals die Geschichte meiner falschen Freuden auslöschen. Wie sie's doch müßte, weil du es bist – du zuletzt wie ein Erster.
ER: Doch! Ich bin es, der dir deine Geschichte in Vergessenheit senken wird.
SIE: Alles in allem ist es die Geschichte von unhygienischen Zwischenfällen. So viele fremde Hände, so viel Speichel, so viel Abrieb. Sehr unhygienisch. Und wieviel falsche Tröstungen, falsche Ekstasen! Welch ein Zynismus gehörte dazu, sich so zu vergnügen … Wieder ein Eindringling! … Wieviel Zynismus auch, jemanden, dem man den ganzen Abend kaum zuhören mochte, sich zu einer Gelegenheit zu machen!«

Das sagt man nicht mehr. So spricht man nicht mehr. So liebt man nicht mehr. So schreibt man nicht mehr.
Das Wort Eros, erotisch sinkt immer tiefer, ich kann's nicht aufhalten, und es versinken all die Unbegreiflichkeiten, Unhandgreiflichkeiten, die es einst anzeigte. Mir fällt kein Synonym ein, das von ähnlich weiser Herkunft wäre und doch ungefähr genug bliebe. Zum Behelf mag die Umschreibung dienen: Es ist, wie wenn man bei halb geöffneter Tür zu jemandem im anderen Zimmer spricht und nicht bemerkt, daß er schon lange fortgegangen ist. Jedoch das Ansprechen hört deshalb nicht auf, es nimmt sich dann der ganzen Sprache an.

Bedenken Sie immer: Wir dienen nur zu wissenschaftlichen Zwecken. Wir sind eine Studie, Sie, fremder Mann, und ich. Ein Experiment. Man hat uns beide aus Dutzenden Probanden ausgewählt und in dies kurze, enge Leben eingeschlossen. Kein Schritt von uns, aufeinander zu oder voneinander weg, der nicht verzeichnet, nicht ausgewertet und verglichen würde. Wir tun und unterlassen nichts, was nicht irgendeinem Erhebungsziel diente. Wir haben hier den Status von Versuchspersonen, das merken Sie doch, mein eventuell Geliebter.
Dafür bleiben wir ein Leben lang verschont von finanziellen Sorgen. Ein Paar zu sein gewissermaßen unter strengen Laborbedingungen ist etwas verhältnismäßig Neues. Aber das ist auch, soweit ich fühle, sehe, taste, das einzig Neue an diesem Lebensraum zu zweit. Sie und ich, für sich genommen, entbehren jeder Neuigkeit. Im Gegenteil, man hat uns auf ein Grundmodell zurückgeführt von Mann und Frau: die Unausweichlichkeit. Auch daß zwei mittellose, einander völlig fremde Menschen, per Zufall oder dritter Hand zusammengeführt, sich kurz- oder mittelfristig ineinander verlieben, das unterscheidet nicht die freie Wirklichkeit von dem Projekt, in dem wir uns befinden. Doch daß für uns eigens eine Forschungsgruppe sich gebildet hat, daß wir zu exakten Meßdaten beitragen, unentwegt beobachtet und ausgewertet sind, das ist wiederum etwas verhältnismäßig Neues, verglichen mit dem, was man bisher so landläufig ein Zusammenleben nannte.

Eine Evelyn fragt einen André: Haben Sie Ihre Forschungen inzwischen eingestellt oder sammeln Sie weiter?
André: Jagut, ich habe eine statistisch erhebliche Anzahl von alleinstehenden und verheirateten Frauen untersucht – und in keiner den Dämon oder das Dämonische finden können.

Jagut, die dämonische Frau ist eine Legende. Genauso wie der Wolf, der Menschen reißt.
Evelyn: Haben Sie einen Bericht verfaßt? Ein Buch? Immerhin verfügen Sie über Erkenntnisse, die Sie der Öffentlichkeit nicht vorenthalten dürfen … André!
André: Jagut, ich habe entdeckt, daß das Böse zwischen den Geschlechtern verschwunden ist, ausgefahren, ausgetrieben der Dämon. Aber keine Teufelsaustreibung war nötig, die Harmlosigkeit in der Liebe genügte. Jagut, man nickt sich zusammen. Man genügt sich irgendwie.
Evelyn: Mit anderen Worten … Das Schlimmste hätten wir hinter uns, das war's dann also, ein Jahrhundert Geschlechterkampf, kolossales Scheppern, 'ne Menge Porzellan zertrümmert. Mann und Frau, nun nach dem Kampf und nach dem Fest und nach dem Irrsinn.
André: Jagut, und nach der Infamie!
Evelyn: Stehen friedlich voreinander und führen eine längere Unterhaltung … Mein Gott, André! Lieber Kampfmaschine sein als Dastehen mit der Kommunikationsschlinge um den Hals!

Man zweifelt heute gern, ob es sich bei Mann und Frau um eine Naturgegebenheit handelt oder nicht vielmehr um einen Ursprungsmythos, der auf gewisse anatomische Voraussetzungen einen stimulierenden Einfluß nimmt. Ein Mythos, an dem wir bis heute, wenn auch in immer dünneren Überlieferungsfäden, hängen. Es kann also sein, daß auch dieser verschossene Stoff eines Tages restlos transparent, aufgeklärt und entzaubert und also völlig wirkungslos wird. Dann verschwinden die beiden, und in zehntausend Jahren entdecken Geschlechtslose diese Paartrittsiegel auf versteinertem Grund. Und mühsam lernen uns intelligente Pflanzensporen verstehen.
Unterdessen kommt der geschlechtlich autarke Kugelmensch,

eine Variante des platonischen, wieder zu Ehren. Hier und heute ist er ein weiblich durchwachsener männlicher Riesenleib, dem Frauenlockenköpfe aus den Schulterklappen wachsen, dessen eigener zweiköpfiger Kopf sich zum busenförmigen Bizeps beugt und mit wulstigen Lippen an vorstehenden Mamillenknoten saugt. Bald ist ein Mittelfinger ein Penis, bald eine Achselhöhle Vulva. Und aus der Hüfte treten zwei langende Arme einer Frau, die sich um das eine männliche Knie schlingen.

Für einen langen Zeitraum schwebt über ihr Barlachs Güstrow-Engel. Sehend schlafend, der Schwere.
Sie hatte nie vom Tod ihres Liebsten erfahren. Zu jenem Mann, der vor vielen Jahren die schönsten und bittersten Illusionen mit ihr teilte, war irgendwann der Kontakt abgerissen. Doch war da ein schweigsames Versprechen, eine ungewisse Erwartung, die über ihr schwebte und sie zuweilen beunruhigte. Gerade zum Zeitpunkt seines Todes, von dem sie nichts wußte, verdichtete sich ihr die Ahnung, daß eine zufällige Wiederbegegnung unmittelbar bevorstünde.
Er indessen hatte sich nie wieder an sie erinnert. Die Not seiner Krankheit war zu fordernd, hielt ihn fest in der Gegenwart, und er teilte sie mit seiner zweiten Frau und den Kindern.
Sie wiederum suchte gemeinsame Freunde von früher auf und redete zu ihnen von der Zeit, als sie mit ihm nach Rotterdam ging. Sie hatten sie niemals so heiter, unverschattet und beinahe verschmitzt von ihm reden gehört als in jenen Minuten, in denen sie sich entschlossen, ihr die Wahrheit zu sagen.
Aber auch nachdem sie die Wahrheit kannte, glaubte sie, daß jener Teil von ihm, der ihr gemeinsamer war, ihn überlebt habe. Und dieser Teil war der schwere Körper über ihr in der Luft, gezeugt von ihrem Andenken und seinem Vergessen. Ja, so ist auch das Vergessen noch zeugungsfähig, und es bleiben ein Paar: der

Mann, der sie vergaß, und die Frau, die unbeugsam mit ihm rechnet, als lebte er noch.

Gibt es eine Vorstellung von der Hölle ohne Endlosschleife? Einer Hölle mit Vergänglichkeit? Man kann auch von einer Sekunde sagen: Du bringst die Hölle! Wenn einem nur für eine Sekunde Glück in allerhöchster Dosierung durchs Blut schoß, so daß man süchtig wird nach Glück, das man sich jedoch nirgends beschaffen kann, dann gehen von dieser Flash-Sekunde Höllenqualen fürs ganze Leben aus.

Die Flüsternähe der jungen Gattin, die sich beim Derby über eine Barriere lehnt, sich vorbeugt zu ihm, eine Stufe unter ihr, mit den Worten: »Dort drüben unterhält sich mein Mann mit seinem Chef. Ich kenne ihn gar nicht persönlich.« Nicht nur der Augenblick der Flüsternähe verwirrte ihn, sondern auch der grammatikalisch unsichere Bezug, ob sie gar ihren eigenen Mann meine, den sie nicht persönlich kenne. Wie nun, halb aus Versehen, sein zur ironischen Nachfrage erhobenes Gesicht ihre gepuderte Wange berührte, verwarf er sofort die Absicht und spielte lieber noch ein bißchen mit dem Mißverstehen, indem er nämlich zurückflüsterte, daß sie ihn nicht kenne, mache sie ihm auf Anhieb liebenswert.
Das konspirative Flüstern und der kurze Zusammenstoß zwischen Schläfe und Wange, diese vorsätzlich unvorsichtige, als Ungeschick getarnte Berührung, setzte ihm einen Schuß Glück in die Venen. Und auch über die Wange unmittelbar neben ihm rann eine Träne, wo nicht von Glück, so doch von kristallklarer Sympathie. »Ich habe jemand anderen von ganz nahe gesehen.«

»Ich habe jemand anderen von ganz nahe gesehen«, schreibt Julie de Lespinasse in einem ihrer Briefe. In einer Eloge auf sie sagte ihr Geliebter, der sie begeistert studierte, aber nie wirklich liebte: »Mir sind gänzlich apathische Geister untergekommen, die sie elektrisierte, ich habe mittelmäßige Geister erlebt, die durch den Umgang mit ihr zu brillieren begannen. Sie regte selbst tote Materie zum Denken an.«
Es gab einen Streit zwischen Meisterin und Schülerin. Madame du Deffand, Julie de Lespinasse: Undankbarkeit! Despotismus! Schikanen, Demütigungen! ... Und es gab diese Leute vom Endgeist, die bis an die Grenzen des menschlich Denkbaren vorgestoßen waren. Während Julies Briefe Zeugnis gaben »vom heftigsten Schlagen eines Herzens« im ganzen 18. Jahrhundert! Legendär wurde auch der Paravent, von dem später Horace Walpole berichtet, hinter dem die *Epistel-Epistol*antinnen sich voreinander verbargen, um unablässig Nachrichten zu feuern, die sie über den Rand der Abschirmung warfen.

Das Ägyptische Mädchen und ich, wie wir immer in Begleitung ihres Bruders durch Alexandria schlenderten, die Modernisierung der Gebäude im Verhältnis zu den weniger unverfroren modernen Geschlechterrollen erörternd. Sie in einem leichten Chiffon-Mantel, mit aufwehenden Schößen, darunter eine dunkle enganliegende Hose, eine fast durchsichtige türkisfarbene Bluse, und ich vorsichtig verliebt in sie. Einmal zum Lob einer gescheiten Antwort, die sie mir gab, wagte ich es, mit der Hand leicht ihren Rücken zu berühren.
Unfromme Kleidung, doch ungebrochener Sittengehorsam, jedenfalls behauptet und proklamiert mir gegenüber, der Weg zu ihr sollte steinig erscheinen. Er führte vorerst zu ihrem Haus, der Bruder bewegte sich zunehmend unruhig, umtanzte uns nach Technorhythmen. Die Mutter trat vor die Tür, sie hatte die

Haare grellblond gefärbt, sie war hüftlahm und hinkte uns schnell entgegen. Sie sprach auf mich ein, erzählte bekenntnishaft von Lichtmenschen, eher altpersischen Glaubens, und maß meine Lichtwerte. Zungenschnell und graziös übersetzte die Tochter.
Ich sagte auf deutsch, wiewohl altpersisch verkleidet: Aber die Liebe ist dunkel und licht zugleich.
Das Ägyptische Mädchen, das ich bei diesem ihm gewidmeten Satz ansah, legte den Finger auf die Lippen und schüttelte ein wenig den Kopf. Es schien ihr wohl heikel und auch verfrüht, meine gefälschte Spruchweisheit der Mutter zu übersetzen.
(»Ein Mal, ein einziges Mal – er lobte mich gerade für eine geschickte Antwort, die ich ihm gegeben hatte, und strich wieder mal mit der Hand an meinem Rücken entlang, diesmal etwas zu lang, würde ich sagen, durchs Tal des Kreuzes und dann noch ein wenig die Hügel aufwärts – aber ich konnte mit der Berührung letztlich nichts anfangen. Ich war viel zu aufgeregt wegen der schlauen Antwort, die mir von den Lippen gesprungen war … Bei Gott! Was sagte ich nur?«)
Sie gab mir dann kurz vor ihrer Haustür ein hübsches, nur dürftig verschleiertes Rätsel auf: »Sieh, ich *bin* eine Verzweigung. Mein Gabelpunkt ist der Punkt der Punkte; aller Anfänge Ziel. Das Ende sind zwei wohlgeformte Füße. Ich bewege mich aus meinem Gabelpunkt, ich lebe meine Verzweigung, doch verzweige ich mich nicht. Ich bin in ihr zu Ende gekommen.«

Der Sündenfall ereignete sich kurz vorm freien Fall der überreifen Frucht. Wie hätte es Adam wieder fügen können, wie die alte Verbindung zwischen Baum und Frucht wiederherstellen, zwischen dem Licht der Erkenntnis und dem Apfel, der davon glänzt?
Von ihrer Hochzeit erhielt sich ein einziges Foto: Es zeigte die

Braut, als sie im schweifigen weißen Kleid mit ellbogenlangen Handschuhen auf einer Aluminiumleiter stand, um im geschmückten Geäst des Leuchters eine Glühbirne auszuwechseln, einzuschrauben.
Und der kleine Mann, der ihr die leichte Leiter stützt? Den hast du übersehen.
O nein, der kleine Mann, der bin ich selbst. So klein vor diesem Inbild eines Bilds! Denn sieh die Gebärde! Als hätte Eva den verdammten Apfel gleich wieder zurück an den Baum des Lichts und der Erkenntnis gehängt.

Es kam nun eine Zeit, die kein Ovid voraussehen konnte, in der Metamorphosen, einmal gestiftet, entfesselt fortschritten und kein Ende mehr nahmen. Die Verwandlungen fraßen sich wie Feuer durch alles Feststehende und Festgestellte, durch Bücher, Leiber und Geräte. Nichts behielt seine Form und jede gebar aus sich heraus eine neue. Die gesamte liebgewordene wirkliche Welt ging über in eine unaufhörlich sich umwälzende *Verwandlungsmasse.*
Irgend etwas war schiefgegangen mit dem poetischen Zeitalter, von dem einst Vico träumte und das so verheißungsvoll begann, die Hoffnung nährend, alles Endgefertigte, engbegrenzt Gegenständliche ließe sich mit Hilfe von Trope und Metapher überwinden und die inbildlichsten Bilder wären der Schlüssel zur Welt und allein die Poesie könnte den menschlichen Sinn für das Unerreichliche wachhalten.

Mann und Frau, sie jagten sich durch Gemälde und Skulpturen, Filme und Legenden, Bräuche, Berufe, Familie, Liebe und Haß. Verwandelten sich fort und fort, formten und verformten sich durch eine Ahnenschaft von Liebespaaren, die einmal für die Menschheit mustergültig waren. Selbst vor Marie und Joseph machten sie nicht halt, bis auf dem weiten Schauplatz wüster Gegenwart tausend leibgewordene Bildgestalten sie umgaben, in die sie schlüpften, durch die sie zu- und voreinander flohen. Das Schreckliche geschah: Der Wandel war nicht einzuschränken, die Metamorphose fraß sich durch die Vorbild-Arsenale und ergriff sogar die Heilige Geschichte. Das Jesus-Kind ward an den Fels genagelt, der Heiland doubelte Prometheus. Verkehrung siegte am Ende gar, Gestaltenwandel wurde Gestaltenflucht, die keine Grenze noch Kontrolle kannte, sie wurde zur neuen höchsten Leidenschaft – und das Paar blieb sich unerreichlich auf den Fersen.

Wüßte nicht, was mehr als zwei sind. Solche, die rechts und links aus den Nullgassen auf das Proszenium treten, dicht beim Souffleurkasten einander begegnen und dann langsam an verhakten Fingern in den Hintergrund der Bühne schlendern und für immer dort verschwinden.

Oniritti Treppauf Treppab

Die Schachtel mit einer Auswahl unverkrüppelter Maikäfer dicht verschließen, endgültig, in den Deckel aber einige Luftlöcher bohren, außerdem nicht vergessen, zuvor ein paar Salat- oder Buchenblätter hineinzugeben. Dann das Ohr auf die Schachtel legen und das Krabbeln hören, als lausche man dem Treppauf Treppab von ruhlosen Gästen über ächzende Stiegen in einem feuchtkalten Schloß, und es bliebe einem letztlich unerklärlich, was sie in Bewegung hält.

Piranesi. Treppauf treppab – die Gefangenen der *Carceri d'invenzione* können Treppen, Brücken, Balustraden, Plätze, Übergänge belaufen, immerzu aufsteigen und wieder hinunter, das ist das Leben. Ja, mehr: Das Gefängnis ist eigentlich das Modell eines wirren, vielstufiges Himmelgerüsts. Ein unübersichtliches Gefüge aus vielen Perspektiven – doch ohne Ausgang. Kein Austritt möglich im Himmel unter den freien Himmel. Ein Raum der vielfältigen Überbrückungen und voller Bewegungsfreiheit ist die Gefangenschaft.

Man bedaure nicht das ansteckende Vergessen, das von einem Kopf auf den nächsten sich überträgt. Es kann nur heilsam sein. Selig wie Schlafwandler gehen die meisten, nur Dicke und Kranke bleiben hier und da zwischen engen Pforten eingeklemmt. Wenn man mit ansieht, wie eine hohe Stirn ausbleicht und wie das, was nichts denkt, das Runde auf den Schultern, vorn immer stirnerner wird, möchte man beinah von der

Stirn als einer Fluhwand sprechen, an der ein gewaltiges Bewußtsein mit Getöse herabstürzt. Der Hohle steigt der eigenen Hand hinterher am Treppengeländer stundenlang.

Zermürbende Wechselerkenntnis: Die bereitgestellte Jakobsleiter hurtig über die ersten zehn Sprossen hinanklimmen, um dann, das Hurtige an sich verwerfend, wieder hinabzusteigen, den Boden unter den Füßen als einziges reelles Ziel empfindend, von wo aus die Leiter auf einmal für nichts, für absolut nichts bereitgestellt gesehen wird. Bis schließlich bei längerer Betrachtung erneut Hurtigkeit aufkommt. Perpetulum 2211.

Außer Dante kein Weltbild, das wirklich zum Menschen *paßt.* Das ihm vollkommen angemessen. Das ihn nie wieder losläßt. Jedenfalls solange er selbst nur eine Mikrobe der Menschlichkeit und gleichzeitig jeder andere Mensch in seinen eigenen Augen absolut keine Mikrobe ist. Vielmehr ein Zitterbild in luftigster humaner Höhe!
Dantabel muß etwas sein, damit es wirklich klingt – auf irgendeiner Saite Dantes muß es widerhallen.

Nur wo Freiheit ist, ist auch Freiheit von ihr möglich. Tu tiens vraiment à monter à l'échelle? Et si c'est pour finir pendu? (Henri Michaux, Poteaux d'angle / Eckpfosten) Würdest du auch die Leiter hinauf, wenn du wüßtest: Oben hängt man dich?
Die Erschütterung des Bodens ließ mich die Flucht in die Höhe

antreten. Was auch immer geschehen mag, ich bin in schwindelnder Höhe an die steile Leiter gefesselt, die an der Brüstung lehnt und die ein Freiheitsfanatiker jederzeit umkippen könnte, so daß mein Schädel auf dem Asphalt zerschellt. Die Hohe Leiter, die so ehrgeizig in den Himmel steht, reizt jeden, der frei vorübergeht, sie mitsamt dem an die obersten Sprossen Gefesselten umzustoßen, auf den Boden niederzustürzen.

vedrai li antichi spiriti dolenti: Du wirst die Geister der Alten sehen in ihrem Schmerz (Inf. 1, 116), von denen jeder nach einem zweiten Tod ruft.

So war das. Mein Betreuer – war's ein Führer, war's ein Wächter? – ging mir voran in der fremden Umgebung, nahm eine Treppe, die vom Bürgersteig zu einer Empore führte, von dort, hoch droben, ging's über einen weitläufigen Hofplatz. Auch er wie alle übrigen Rampen und Sohlen verließ den Innenraum nicht. Überall Leute, die schlenderten, sich unterhielten wie auf der Piazza, und doch blieb unterm Saalgewölb der ganze Straßenbetrieb. Eindruck von zivilem Sakralbau. Erhaben und leutselig zugleich, große Kuppel über frommem Markt, über geschäftiger Andacht. Dazu viele ineinandergreifende Räume, weitläufige Interieurs, und mein Betreuer, der neue Bekannte, war begeistert von dieser ungewöhnlichen Architektur, die die Trennung von innen und außen aufhob und die angeblich nur in seinen *Carceri* und sonst nirgendwo auf der Welt zu finden war. Er verstand, mich, seinen Begleiter, in die schönste Verwunderung zu versetzen. Wir würden noch den ganzen Tag in unvergleichlichen Perspektiven uns bewegen, Schulen, Banken, Restaurants – kein Ort ohne die Ansicht der

heimlichen Entrückung oder Enträumlichung. Wie eine Stadt, bei der man den Eindruck gewann, an jedem Fleck sich im Zentrum zu befinden, auf das alle Wege Zuflucht nahmen! Ein Effekt auch der sanften Verunsicherung, weil eben die aufgehobene Grenze von Innen- und Außenraum keine feste Ortsbestimmung erlaubte.
Und außerdem waren's augenblicklich neu erschaffene Räume, als ob der bloße Augenschein sie veränderte, ummodelte beim Betrachten, weil der Betrachter das Gegebene nie unter nur einem, sondern stets unter mehreren Gesichtspunkten zugleich sah und beurteilte. So folgte meist der ersten Ansicht die Überbietung durch die nächste.

»Und dies hier ist der Raum der Stille, der Bestialität und der Aberlust.
An der linken Wand oben siehst du aus zwei Löchern die träumenden Beine einer eingemauerten Frau herabhängen. Manchmal strecken sie sich und strampeln in Lust oder Abwehr.«

Eine andere stand am Fuße der runden, geschwungenen Treppe – die rechte Hand des ausgestreckten Arms am Geländerkopf, der linke Arm angewinkelt mit Faust in der Hüfte. Der Kopf vorfallend, zu Boden starrend, gelähmt von Geduld. Oben auf dem Treppenabsatz der Mann, linke Hand auf dem Geländer, rechte in der Hosentasche. Da die Treppe einen leichten Bogen beschrieb, sah er die Frau im Profil und etwas von ihrem Rücken. Sie hob langsam den Kopf und sprach nach oben: »Wenn du jemals herunterkommst, noch auf der letzten Stufe, vernichte ich dich!« Die Haltung des Mannes antwortete ihr: Welch angespannte Entfernung zwischen uns! Nun, werden wir für immer in dieser Entfernung voreinander ausharren, wir Herzensbrecher einer dem anderen?

Hier nun zitierte mein Begleiter den Vers: »*Et le dieu refluait des grands ouvrages de l'esprit.*« Zu deutsch: Es floß zu sich zurück der Gott aus den großen Werken des Geistes. Man möchte gar übersetzen: Gottesebbe ließ von den Bauten des Geistes große Ruinen zurück.
»Wenn man bedenkt«, sagte er, »der sprachliche Rausch, das Frohlocken, der Jubel, die glitzernden Wellen und Visionen: Saint-John Perse. Für wen? Für diejenigen, die endlich am Nullpunkt der Ernüchterung angelangt sind. Denen das Klitzekleine von Kunst wie Ungeziefer über die Schenkel huscht.«
Die Poesie, so war's gedacht, möge ergänzen, was karg ist in den Schreien und Seufzern, was Tränen und Küssen noch fehlt ... Sieh nur! Dort schleicht an kahler Wand unsere jüngste Restauratorin, exzentrische Person, dunkel verschlaubt im Tschador. Mit ihren glatten Polarwangen, wie abgehärtet, wie eisblau ihre Schutzhaut gegen die Stürme aus zweiter Hand! Wider die Träume! Jetzt aber! Da bricht aus dem Gemäuer, neigt sich gegen sie, den Putz reißend, kippt auf sie zu das gewaltige Antlitz, Schmerzlockenhaupt aus Elfenbein, und sie hält es mit der rechten hoch ausgestreckten Hand, mit gespreizten Fingern von sich, die Fingerspitzen stemmen gegen das Jochbein, die Nasenwurzel, das vorfallende Haupt keines Blicks würdigend, offenbar nur mit der Kraft spitzer Finger es aufhaltend, sich vom Leib haltend, das verletzte eines jungen Kriegers aus unbekannter Schlacht.

Wir gingen zu einem Gottesdienst, und ich erwartete eine Versammlung von nur wenigen Menschen. Statt dessen wurden wir in eine gewaltige Menge von Zuströmenden hineingezogen, einbeschlossen und kamen, als nach kurzer Zeit das Strömen stockte, bald nur noch Kleinstschritt für Kleinstschritt voran. Dabei wurden der Führer und ich voneinander geschoben, fast getrennt inmitten einer ungeregelt vordrängenden Menge, die auch den Widerständigsten mit sich gezogen, jedenfalls niemand Stehenden hätte stehen lassen. Das dichte Gedränge bewegte sich schleppend erst durch einen Vorraum, wo mein Begleiter, an den Kassentisch gepreßt, von diesem ein Programmheft nahm und versuchte, es mir über die Köpfe der Mitdrängenden hinweg, schließlich zwischen ihnen hindurch, an ihren Gesichtern vorbei zu reichen, wobei er aber noch weiter abgedrängt wurde, so daß das Heft mich nie erreichte. Vom Vorraum ging es in einen Saal, und man hoffte, nachdem nun die erdrückende Enge des Durchgangs passiert war, in Saalesweite freier verteilt voranzukommen, aber dieser Saal war bereits unerträglich verstopft, denn die Menge staute sich vor dem nächsten, noch engeren Durchgang, so daß der Zug der Voranstrebenden fast gänzlich zum Erliegen kam. Durch diesen Durchgang zwängte sich die Menge nun mit zähen Mühen und gelangte Mensch für Mensch wie Tropfen für Tropfen in einen wiederum sehr weiten Saal, und man konnte sich mit den geringsten architektonischen Begriffen im Kopf nicht vorstellen, daß eine solche Folge von Festsälen jemals in einen Kirchenraum münden würde. Aber wo sollte denn ein Gottesdienst stattfinden, wenn nicht in einer Kirche? Wann endlich würde sich diese in sich verpferchte Herde in ein Kirchenschiff, in dessen befreiender Großräumigkeit auflösen, auseinanderstreben, menschlich verteilen dürfen? Nun, es gab keine Kirche zum Ziele des Zustroms, und der Gottesdienst – das war später dem Programmheft zu entnehmen – bestand allein darin, daß wir alle miteinander diese dichte bewegungsunfähige Herde bildeten, die sich nach nichts anderem als Auflösung und Verteilung sehnte, die kein Hirte aus ihrer Druckmasse und Überfülle hätte herausführen können, sondern am Ende nur ein übersaalgroßer, jeden zu seinem Einzelmenschentum befreiender *unbegrenzter Raum.*

Eigentlich das Schönste hinter Gittern. Zarte Jugend, helle empfängliche Menschen, unerschöpfliche Kelche – hinter Schloß und Riegel. Die Menschen in Freiheit laufen draußen sehnsüchtig an den Gittern entlang und suchen nach einem Schlupfloch, um in die schöne Welt der Gefangenen zu gelangen. Doch nur wer sich eines schweren Vergehens wider seine Zeitgenossenschaft schuldig machte, kam in den Bau. Wer sich grob unzeitgemäß verhielt oder bekannte, wurde weggesperrt. Wessen Lustwandel gegen die Prinzipien der androgynen Grundordnung verstieß, wurde verfolgt und eingewiesen. Ebenso wer seinen Kindern Märchen von König und Königin erzählte. Und wer ein gutes Verhältnis zu seinen Eltern hatte, mußte sich wegen Unterstützung einer konspirativen Zelle verantworten. Reisen nach Rußland wurden nur in Begleitung staatlicher Aufseher genehmigt. In diesem mißtrauischsten aller Regime der Freiheit mußte man komplizierte Behördenformulare ausfüllen, um einen Antrag auf Freundschaft zu stellen (sofern sie nicht sexuell begründet war). Man konnte sich keinen Freund frei wählen, die Staatsbürokratie mußte es zuvor genehmigt haben. Kurzum: Die Demokratie konnte die demokratische Gier nicht mehr befriedigen.

Glich's nicht dem Aufstieg aus einer schwach beleuchteten Metro-Station? In die Höhe über mehrere Gitternottreppen, doch immer tiefer ins Finstere hinauf. Stufen über Stufen, verwinkelte Geschosse, lichtstehlende Gänge (*klepto phos* heißt es übrigens im »Traumliebeskampf des Poliphilo«).

Auf dem Warteplateau standen die Menschen auf engstem Raum in einer nicht vollständigen Dunkelheit, sondern in einer aufbleichenden, einer Dunkelheit mit schwacher Hintergrundstrahlung, einer unreifen Finsternis, wie man sie zwischen Tag und Nacht kaum jemals erblickte. Als ob in helle und dunkle

Striche gerastert wär das endgültig Schwarz der Nacht. Ist nicht bekannt, daß hochaufgelöst Schwarz aus Schwarzweiß besteht? fragte mein Wächter.
Wir rastern die Nacht, bis sie aus Nacht und Tag gestreift ist.

Da klingelten über mir Schlüssel in der erhobenen Hand einer Gefangenen, die der Führer mir ausersehen hatte. Den Bund hielt sie wie eine kleine Laterne über meinen Kopf. Sie, wider Erwarten groß und übermütig, unmittelbar vor ihrer Brandmarkung. Schlüssel für mich, zu schnappen danach wie ein Hund, um mir freien Zutritt zu ihrem Kerker zu verschaffen. Am Jahrestag des Eichelhähers, sagte sie und spielte an auf die bevorstehende Wiederkehr ihres Wächters (Galans). Hatte der Häher etwa nicht genug Vorrat in ihren Schoß ohne Gedächtnis getragen?
Für mich glich's einem Henkerritual, eine schöne Gefangene zu brandmarken. Ich wollte die Rolle abgeben, als die immer noch Unbenannte auf der Treppe niederkniete, ihren Rücken entblößte und danach verlangte, daß ihr »Das Panier mit der Katze« in die Haut getrieben werde. Unterdessen drang Gelächter aus den offenen Türen der nächsthöheren Etage, wo andere Frauen ihre anzüglichen Scherze machten oder einfach bei Laune waren, gut aufgelegt für irgendeinen zweideutigen Zwischenfall, der da unten, einen Stock tiefer, gleich stattfinden sollte. Bis dann eine herunterkam und mir das Gluteisen, den Brennstempel reichte, woraufhin die kräftige Frau, auf der Treppe knieend, mir den gestreckten Rücken bot, das lange Haar aus dem Nacken hob, während ich vor diesem Leib der Erwartung erzitterte, dem gesichtslosen Rücken, der mich herausforderte, kaum standhielt, um dann doch, auch wenn es mich entsetzte, ihm ins Fleisch unter die linke Schulter das Brandzeichen zu setzen, so daß die Haut aufzischte und qualmte. In diesen wilden

Minuten, da ich die Unbenannte brandmarkte, die sich wand und schrie, wurde ich unversehens zurückversetzt in die Stunde der allerersten zarten Berührung eines Mädchens vor bald einem halben Jahrhundert, das Einst befing das Jetzt, die keusche Erste verhüllte diese schamlose Letzte, deren Rücken ein Götze, dem ich »Das Panier mit der Katze« einsengen mußte.

Sechs Karyatiden der Nacht, sechs hohe Frauen, die das Nachtgewölbe trugen, sprachen zu uns herab, dem ungleichen Paar:
»Das kann doch nicht euer Ernst sein – was ihr Menschen da treibt und wie ihr euch verständigt?! Das ist doch gröblich entstellt, um anzulocken noch gröbere Wesen, als ihr Menschen es seid.« Und eine zweite setzte nach: »Das sagt euch doch nicht das Herz und nicht der kühle Verstand, was ihr da sagt!« Dann ein wenig nachdenklich die dritte: »Vielleicht ist alles nur halb so schlimm?« Dagegen die vierte: »Vielleicht ist alles weit schlimmer, als es uns scheint?« Schließlich zitierte die fünfte den weisen Vers des Dichters: »Rien n'aura eu lieu que le lieu. Nichts wird je stattgefunden haben außer der Stätte selbst.«
Und die sechste zog den Schluß: »Die Erde hat die Macht, alles, was auf ihr stattfand, nicht etwa vergessen – wen denn noch? –, sondern nie geschehen sein zu lassen.«

Im Kerker-Hospital mit seinen gekalkten Natursteinmauern, kalkweißen Umläufen gab es nur Zimmer ohne Türen, alle an lange Gänge grenzend, auch diese kalkweiß, nicht anders der Abt, der mit Mitra im weißen Bett lag. Auch er ein Patient, von Fratres-Doctores umsorgt. So weitläufig die Säle des Klosters, so allein und isoliert die Betten der Patienten. Raum, Raum für Glaube und Krankheit. Kranke Priester von gesunden Ärzten, kranke Ärzte von gesunden Priestern betreut. Schöne, bescheidene Reden, die aus offenen Zimmern drangen, manche an mehrere Umläufe angeschlossen. Ich durfte im »Durchgangszimmer« des Abts mein schmales Feldbett aufstellen. Der Geistliche lag auf dem Rücken im vollen Ornat, die Hände auf der Bettdecke gefaltet, die Ringe kalkweiß. Zutunlich und klug redete er zu mir. In dieser Atmosphäre des stillen Übergangs. Weiträumigkeit. Als ob das Sich-Weiten der Räume nicht mehr aufzuhalten sei.

In einem Leiterwagen, wie es ihn sonst nirgends mehr gibt, ratterte ein Altgläubiger draußen vor den *Carceri* vorbei. Weil er auf seine Zeitgenossenschaft pfiff und sich offen seinerzeitgenössisch bekannte, wurde er verurteilt und verstoßen und wie ein neuer André Chenier zum Schafott kutschiert, das er freilich selbst und nur für sich hatte errichten lassen. Wie dieser pochte er mit den Fingerknöcheln an seine Stirn und sagte noch einmal sehr traurig: Il y avait pourtant quelque chose là dedans. Da drinnen war doch was. Kann doch nicht einfach wie ein gelber Kürbis von der Schulter rollen. Darin war mehr Zeug und Stoff, als ich in meinem Leben gebrauchen durfte. Und unter ungezählten herrlichen Vorstellungen auch die eine flüchtige finstere: eines Tages geköpft zu werden.

Siehst du den Jungen dort? fragte mein Betreuer. Da rennt er tagaus tagein mit offenem Taschenmesser durchs Treppengewölbe, nur mit dem einen Verlangen, irgend jemandem von uns ins Bein zu schneiden. Es ist aber der Junge, den alle Gefangenen gemeinsam erzogen hatten, der ganze *Car-*

ceri-Club hatte sich der Betreuung des Waisenjungen angenommen und war über Jahre moralisch in Sorge um ihn. Er rannte aber immer umher und lachte, umarmte uns und rangelte mit uns ausgelassen, aber immer mit dem offenen Messer in der Hand. Er versuchte tatsächlich auf diese vertrackte Art, halb im Ernst, halb im Spaß sein Ziel zu erreichen und uns bei Gelegenheit das Messer in den Oberschenkel zu rammen. Und wir nahmen alle seine Art an, halb im Spaß, halb im Ernst, um ihn davon abzubringen, uns zu verletzen. Oder überhaupt irgendein Unheil zu *stiften*. Denn er war voll wüstem Beginn und Erstgewalt.

Wie sie da rennen, steigen und absteigen in ihrem ins Prachtvolle zerfallenden Treppengehäus! Dem Wohnen so fern wie die Hölle dem Himmel.

Wie sollte ich sprechen? Mein Bewußtsein war zukleinzugroß. Es strebte hinaufhinab. Die Stufen hinauf hinab sind gleich viele: ὁδὸς ἄνω κάτω μία καὶ ωὗτή.

Heraklit, Monist, war überzeugt, daß nur das Eine ist und das Viele eine Spiegelfechterei. Ihm hätte die Marktentwicklung in den *Carceri* wohl eingeleuchtet.

Numquam, eigentlich ein Krötenlaut, wurde zur einzigen Marke für alles. »Niemals« stand auf jeder Ware, und zwar auf Latein. Es gab nur noch dieses eine Label, diese eine Marke für die gesamte Konsum- und Leistungspalette. Es wurde auch nicht, wie draußen bei Konzernen üblich, in verschiedene Marken und Markennamen aufgefächert, und bei Übernahme einer Firma verschwand ihr Name. *Numquam* stand auf einem Schächtelchen mit Stecknadeln genauso wie auf einem Brotlaib oder einem Pullover. Es war die Verkürzung des Mottos, das in voller Länge nur auf den Gebäudekomplexen der One-for-all-Firmen stand: Numquam multum fuisset. Nie gab's das Viele. Das Vielverschiedene. Der Markt hier hatte den Wettbewerb der Produzenten überwunden. Die Konkurrenz funktionierte jedoch insofern noch, als jedes Numquam-Produkt in unterschiedlichen Qualitätsklassen, Ausstattungen und Erscheinungsformen erhältlich war, die sich zum Teil aggressiv untereinander den Rang streitig machten. Der umfassende Erfolg der All-in-Eins-Produktion beruhte aber letztlich auf einer suggestiven, ja magischen Leugnung der Vergangenheit: Niemals gab es Vielfalt.

Dafür gab es in den *Carceri* seit kurzem die nützlichen Vermeidungsapps. Dir wird auf dem Smartphone angezeigt, wenn einer deiner »sauberen Freunde«, Facebookbruder, in leibhaftiger Gestalt in der Menge auftaucht, treppauf treppab, und deinen Weg zu kreuzen droht. Niemals ihm begegnen! Einer unter Hunderten soll immer einer unter Hunderten bleiben!

Spät im Treppenhaus auf einer Stufe saß eine junge Frau im schwarzen Unterkleid. Sie hielt mir die leuchtende Seite ihres iPhones hin, als sei dort eine weltstürzende Nachricht oder gar etwas Erfreuliches für mich zu lesen. Doch war die Geste, mit der sie mir das flache helle Teil entgegenstreckte, halb verdeckend ihr verheultes, ängstliches Gesicht, in Wahrheit eine apotropäische. Sieh das Display, sieh nicht mich.

»Zum Trockenarzt!« flüsterte sie. Zum Trockenarzt! Als wär's ihre letzte Rettung. In den *Carceri* stand überall das Wasser einen halben Meter hoch. Es war warm, man konnte die Hosenbeine aufkrempeln und durch die plätschernde Flut waten. Aber sie klagte über Unterleibsbeschwerden und wollte zum Trockenarzt, keine Ahnung, wen sie meinte. Alle lebten hier eingekastelt, abgeteilt, in seltsamen Compartimenten, umfriedet, verbunden und getrennt zugleich. »Offene« Zellen eben – wohin man sich auch mal zum Fasten einbuchtete oder zur Massage. Aber ein Trockenarzt?

Tatsächlich fand sie, den sie suchte. Aber es war kein Arzt, sondern ein Tänzer, der sie auf den Armen über das Wasser ins Trockene trug und unter einem Portikus absetzte. Im Abseits waren sie schnell ein tanzendes Paar und probten ein Liebes- und Todes-Pas-de-deux nach klassischer Art. Die Beine, die sich beim Stehen und Küssen unter ihrer offenen Kleidung ineinanderschoben, gaben auf einmal, wie aus Grabestiefe, den Klang gegeneinanderschlagender Knochen. Es kam hinzu, daß sie kurz darauf bei seinem Eindringen der Gedanke nicht losließ, es würde ihr eine Kanüle Gift injiziert, und sie müsse augenblicklich in seinen Armen verenden. Doch nichts war endgültig und keine Allegorie unauflöslich. Wie die Perspektiven der Gewölbe-Architektur umtanzten die vielen Möglichkeiten eines Menschen ihn wie Polarlichtringe. Nichts stand fest im Goldenen Schnitt der Zeit, und die Stunden hüpften einzeln, ohne Folge um die Person, als wären sie dem Stundenglas entflohen. Der Zeit-*Punkt* feierte sich befreit von Strecke und Intention, in den Armen lagen sich die glücklichste und die bitterste Stunde, die längste und die versäumte, und zwischen Trauerzug und Maientanz wand sich eine lange Polonaise vor und zurück.

Seine letzte Ruhestätte fand, wer mochte, im Sichtkasten einer breiten Treppenstufe. Das waren Hartglas-Kästen, in denen der Verstorbene präpariert und luftdicht abgeschlossen auslag. Bäuchlings wand sich eine Frau auf einer der Hartglas-Stufen, das Kinn auf zwei spitze Finger gestützt, und sprach zum Mann ihrer Wahl, dem im gläsernen Gehäus der Treppenstufe aufgebahrten. Bekleidet nur mit einem Schamlinnen oder wie Hamann sagt: einer »Schürze von Feigenblättern« um die bockige Hüfte. Sie sang ihm leise etwas aufs Glas, ehrte die Einsamkeit des einzigen Zeugen ihrer glücklichsten Stunden, den sie nun, ohne von ihm gemustert zu werden, noch einmal gründlich studieren konnte. Das Gesicht zeigte jetzt einen gesunden Ausdruck von Intelligenz und war frei von Mißtrauen und Argwohn. Er sah ja nie das an ihr, was sie sich vorstellte, daß er sehen müßte. Sein innerer Stau- und Stückraum war nun ausgeräumt bis ins letzte Engramm. Kenntnisse, Prägungen, Erinnerungen etc. – die ganze Vorratskammer Mensch stand gähnend leer. Um seinen Mund herum ein Rest von Willenskraft, doch wozu noch Willen ohne Leben?

Ché nullo effeto mai razionabile,
per lo piacere che rinovella
seguendo il cielo, sempre fu durabile
Paradiso, 26, 127

(Denn kein Erzeugnis des Verstands ist je von Dauer gewesen, weil das Belieben der Menschen sich unter dem Einfluß der Gestirne ändert.)

Nun aber hinauf auf den Kulm (eigentlich die Bergkuppe; hier aber der Scheitelpunkt des höchsten Brückenbogens). Fünf Stege noch. Oben rastet die unruhige Treppenjoggerin, zuckt und muckt, ohne ein verständliches Wort über die Lippen zu bringen. Schon verstrickt oder nur vernetzt? Nervös jedenfalls und reizbar, In-Ear-Phones, erschrocken über eine plötzliche Gesprächswende im Ohr. Der Satz der Woche: »Und ich gebe dir die Info, daß du dich gestern abend total scheiße benommen hast.«
»Jeder irrt vom anderen ab und das verflicht sie miteinander«,

sagte neben mir mein Wächter, der, ohne daß ich's bemerkt hätte, schnell zum höchsten Treppensteig emporgekommen war.

»Eine Nacht lang saß sie auf ihrem Kulm und war sie die Schweigsamste. Jetzt rast die Welt durch ihren Mund, ohne daß sie irgendwo ›einhaken‹ könnte. Sie versucht's ja, sagt sie, sich ›einzuklinken‹ in irgend etwas, das die meisten ›Likes‹ verzeichnet. Wird aber immer wieder ›brutal aus der Schüssel geschleudert‹.

Das Sprechen ist so ›geladen‹, und in seiner Unruhe, in seinem akuten Sprechen und nicht wissen, wohinaus – geraten die Kontaktsüchtigen mehr und mehr in einen fiebrigen, nachgerade auratischen Zustand wie kurz vor einem epileptischen Anfall.

Hier oben ist der Sog in die Tiefe am stärksten. Das absaugende Prinzip, Charybdis, wo fänd es sich nicht?! Es sprudelt und gurgelt an irgendeiner Stelle, unvermutet, unterm Fels des Felsenfesten bricht hervor das Gestaltlose – Gestaltlosigkeit als das Ungeheuer schlechthin, der Strudel, der Sauger, der Schlürfschlund, der jedes Geformte in die Tiefe reißt.«

Die Treppenjoggerin stand mit gesenktem Kopf, starrte, von der Tiefe benommen, in einen gierigen Schlund hinab. Der Wächter dicht bei ihr, von der Seite sah er sie an und achtete besorgt auf sie. Dabei waren sie sacht verbunden durch ihren nach ihm ausgestreckten Arm, wo die Fingerspitzen ihn vorerst leicht berührten, um vielleicht im nächsten Moment Halt zu fassen, sich in seine Schulter zu krallen. Während sie immer nachgiebiger hinabblickte, hörte ich ihre leisen Worte: Sieh mit mir in den Abgrund. Laß mich nicht allein so tief hinunterblicken!

Und mein Betreuer sagte: »So sind wir, wenn wir gelebt haben, Abgrund, der brodelt und keucht, denen, die oben am Schluchtrand stehen, am Geländer, das die verkehrten Sterngucker vorm Sturz in die Tiefe schützen soll. Denn etliche sannen sich schon im Kummer schnurstracks hinab, bis sie schließlich den gierigen Seufzern erlagen und tatsächlich stürzten.«

Eines Tages hat niemand mehr einen anderen im Rücken oder neben sich, der ihn zurückhält. Oh die vielen Male, da es jemanden gab, der einen zurückhielt vor dem Schlimmsten! Schließlich aber muß man aus eigenen Kräften widerstehen.
»Und er erhob nun seine Brust und Stirne
Com'avesse l'inferno a gran dispitto.
Als wollte er die Hölle tief verachten«.
Inf. 10, 35.

Den Namen Schierholz, Name der Nacht, lieh sich ein junger Mann von zweiundzwanzig Jahren, der nach einem Reitunfall seinen rechten Arm leicht angewinkelt hielt wie der letzte deutsche Kaiser. Doch seine Marter (und sein Perpetulum) war sein unauslöschlicher Hitler-Haß, den er als eine wahre Passionsgeschichte der Nachträglichkeit durchlebte. Auch er rannte treppauf treppab im *Carceri*-Gehäuse.
»Es kann kein historisches Urteil über diese Bestie geben. Es ist unmöglich, etwas anderes als einen ekstatischen Vernichtungswillen, täglich erneuert, gegen diesen Ausbund an unterirdischer Gemeinheit, an unterirdischer Ausdauer, an fortwährender Volkszerstörung auszuleben. Keine relativen Urteile, kein Wenn und Aber, keine Nuancen. Sondern flammende Verneinung, unerbittliche Umzingelung dieses Untoten, der mit der innersten Zerstörung des Landes fortfährt und mit den verheerendsten Folgeschäden jede einzelne Seele verwüstet. Der für alle Zeit Verstellung, Heuchelei, Kriechertum, ausgehend von seelenlosen Gedenktagen, über uns alle bringt. Zelebrierte Teilnahmslosigkeit. Die kieselharte Förmlichkeit von Festrednern, die gegen jenes bessere Wissen, das nämlich um seine *Anwesenheit* weiß, immun machen wollen. Statt dessen müßten wir eine Sprache sprechen, daß es uns selber das Herz aufrisse! Der blutige Golem, den sich ein Volk in Not erschuf, den es selber

knetete und formte, der nun aber viel größer und gewalttätiger geworden ist, als selbst sein ureigener Zerstörungswille, seine angeborene Substanz, weiß Gott die allernegativste, es aus sich selber hergab – größer und größer werdend im Unheil der volksweiten Doppelmoral aus pflichtschuldiger Aufklärung und abgründiger Gleichgültigkeit, Abgebrühtheit, Abgelenktheit von seiner fürchterlichen, andauernden Präsenz. Und ebendiese seine ungeheuerliche Anwesenheit ist es nun, die mich zu ewig heißem und heiligem – zu unheilbarem Zorn erweckt. So daß ich gegen den hungrigsten Nachzehrer aller Zeiten mich zum Kampf gerufen fühle und zur Ausmerzung seiner späten und spätesten Folgen – zuerst in mir selbst! Denn, siehe, wiederum ist er es, der übermächtige Wiedergänger, der diese klaffende Wunde schlug, die ich selber bin. Und die Wunde, die schreit gegen die Lauheit, das abgeschmackte Besserwissen, die widernatürliche Aufklärung und allesmildernde Geschichtsschreibung, Riten der Mäßigung, die keinem anderen Zweck dienen, als sein Vergessenwerden zu erbetteln, von seiner monströsen allesverschlingenden Gegenwart abzulenken.

Allein steh ich in meiner Not, mit meinem De profundis clamavi über mir die brüllende Horde der Aufklärer und Bewältiger, ein junger Mensch, der brennt, der will und endlich Nüchternheit, Besserwissen, Scheinheiligkeit überwinden will. Mir ist, als hause die größte Kräfteverdichtung der Nachträglichkeit in mir, diesem mageren, zarten Krüppel, von ganzem Herzen gerüstet zur Ausmerzung des gefräßigen und allgegenwärtigen Wiedergängers!

Längst Verbranntes neu verbrennen? O nein. Unzählige Reste, geistige Gelenkteile des Ungeheuers, Übriggebliebenes, Abgeschältes liegen herum und fanden niemals zur Freiheit der verwehten Asche. Ich sehe die Mißgeburt eines bejubelten Rockstars, umgeben von fünfundzwanzig Leibwächtern, der seinen üblichen Kanon ›Menschlein, wo bist du?‹ vermischt mit unverhohlenen Huldigungen an das Vorbild der heiseren Töne, den

Herrn des schamlosen Tremendums, ich sehe diesen dampfenden Kot, und sein Exzeß verdankt sich dem Schnuppern am größeren Gestank. Ich höre Politiker, denen »Patriotismus« einfällt als letzter Wahlkampfschrei: in Ketten gehören sie, sofort! Da steh ich wie Elias aufrecht mit meinem Raben und ordne die Gestürzten zu meinen Füßen.
Wie vertreibt man einen Untoten? Aufklärung? Ein Hirngespinst. Magie! Ja, nur Magie, uralte Mittel der Bannung und Vertreibung böser Geister. Der Historiker, der sich sein Lebtag mit dem uns alle immer noch führenden Führer beschäftigte, nüchtern und akribisch, was passiert? Der Gegenstand ringt ihn nieder. Er endet unterwandert, ein Proselyt, ein glühender Hitlerist. Magie.
Oh ich bin das Gewühl! Otterngezücht in der Hirnschale!«

Wieder einmal sah ich Die Goldene Treppe und sah die Engel herabsteigen wie auf dem Gemälde von Burne-Jones. Doch dann war die Goldene Treppe auf einmal aufgeteilt in viele Gerüste mit schwarzen Stiegen, war sie eingelassen in die Piranesischen Kerker, und was ich sah, war eine Masse irdischer Wesen, welche die Treppe stürmten, von unten hinauf hetzend fliehend drängend, die hinabsteigend Himmlischen beiseite stoßend, umwerfend, rempelnd, überrennend – ohne jedoch den Raum selbst fliehen zu können. Da rannten sie nun, die ehmals Trägen und Müden, endlos auf und nieder. Ein Strom, der nicht mehr abriß.

Nein, wahrhaftig, es lag kein Kult zugrunde all dem Rennen und Hasten, es gab keine ihnen selber geheime Regeln, denen sie in diesem Drunter und Drüber folgten, diesem unaufhörlichen Treppauf Treppab, sie waren nicht die Geschützten eines uneinsehbaren Rituals. Es gab nichts, absolut nichts jenseits ihres beschränkten liberalen Verstands, der sich ja angeblich wie der Markt auch von selber regelt. Es war: das freie und bodenlose Entgleiten in ein dämonisches Allerlei. Es war Streu, beliebiger als Streu, unzählig tanzende, rasch verglühende Funken. So wie die Hypothesen einer Ordnung jedesmal hell aufflammten und wenig später schon wieder erloschen. Sie suchten nach den Lichtern der Stadt, suchten nach dem gleißenden Dunst über Idle City, aber kaum hatten sie geradeaus und zielgewiß zwanzig Stufen auf dem Weg dorthin zurückgelegt, packten sie Zweifel, und sie stiegen wieder herab. So war es auf all ihren Wegen und auf allen Stiegen. Sie nahmen stürmischen Anlauf und sprangen auf den Treppen über mehrere Stufen hinauf bis zu einer oberen Plattform, von der sie hinabblickten, um sogleich die untere wieder erstrebenswert zu finden. Früher hätte vielleicht jemand gewagt, von den Weihen des Zweifels zu sprechen, angesichts der Vielheit gangbarer Wege innerhalb ihrer großräumigen Gefangenschaft. Aber damit war es vorbei, das Wahllose selbst hatte von jedem Besitz ergriffen, und Schmerz stieg aus dem ewigen Wühlen unfertiger Entscheidungen. Die Plage, es selber zu sein, das Wahllose, wurde von vielen als unerträglich empfunden. Oh dies Alles-auf-einmal. Oh dies Vielzuviel! Dies Alleszugleich! Oh dies Drunterunddrüber. Toot and scramble. Krach und Mischmasch. Treppauf treppab.

Der vielen Türen Auf und Zu, das einmal im Vordergrund des Lebens stand, Ausdruck ungebremsten Tatendrangs, rückte mit der Zeit in den Hintergrund, die Taten blieben aufgeschoben oder waren eher unscheinbar, und irgendwann wurden die Türen nur noch bitter zugeschlagen oder fielen eine nach der anderen dumpf und manchmal endgültig ins Schloß.

Oniritti Dichte Sätze

Allein sein, aber auf allen vieren.

Umnachtung einer Kerze, die zwei Worte stammelt, statt mit flackernden Lippen still zu beten.

Den Tränen, die sein Bart auffing, wuchsen Lider und Pupillen. Kleine Augen rollten ihm aus den Augen.

Lerne zu verlernen. Dahinterkommen: hinter die Mauer des Verstehens.

Sie schnitt ihm bei lebendigem Leib mit spitzer Schere ein Herz aus dem Hemd genau über seinem Herzen.

Aufstehen, lauschen, gespannt sein, sich wieder setzen, abwarten. Irgend etwas ausschließen. Das war's. Gut gemacht. Und gleich noch einmal! Aufstehen, lauschen – und sich dabei erwischen, daß man nur so tut als ob.

Worauf es ankommt, worauf alles hinausläuft: ein halb abgeschminkter Clown bleiben, vor seinem Garderobenspiegel sitzen und kettenrauchen.

Es genügt ein Stecknadelkopf mit Sinn angereicherten Unsinns, um jede Weltanschauung in die Luft zu sprengen.

Gewiß, sagt er, ich bin von gestern. Aber gestern war ich noch von heute.

Fasrige Wolken, weiße Wirbel um zwei blaue Löcher, Augen eines Lesers mit Pincenez, ein Herr mit Kneifer liest uns aus den Wolken.

Sprache hat außer dem Berufen keinen Sinn. Sage ich: Der Mantel ist rot, so soll er es sein.

Der Dichter als gut gekleideter Herr, der einen zweiten, nicht minder gut gekleidet, bei sich einsperrt, im Dunklen hält und verhungern läßt.

Aufschrei eines Chors bei einbrechendem Bühnenboden.

Früher beruhigte man jede einzelne Kaffeebohne, bevor man sie zermalmte.

Das Selbst besteht innen wie außen aus Ablauschen und Scheelsucht. Wenn überhaupt jemand, so besitzt es der andere.

Es gibt so viele Mücken, die als Mücken nicht zählen, und dann kommt diese eine …

Jemand wie du! … Das beste, was ich je von mir sagen hörte: Jemand wie ich!

Ich bin der, der nicht mehr mit sich spricht.

Im starren Entsetzen eine einzige Schwingung Entzücken.

Das Heillose, von einem Würfelwurf besiegt.

Man wird mir nachsagen, ich hätte im Leben zu lange aus dem Fenster geschaut. (Was hat Flügel und kann nicht fliegen? Das Fenster.)

Ein Ulmenblatt flattert, alle anderen still. Ein Blatt erzählt, tausend hören zu.

Hesitate: des Zögerns bergende Kreise.
Wohlüberlegtes Kofferpacken für eine dann doch nicht angetretene Reise.
Auch daß man seiner Geringfüßigkeit wegen niemandem mehr auf den Fuß zu treten wagt.

Man kann das unendliche Gesicht nur mit dem Auflegen einer Maske beenden.

Führt der Liebesakt in die Not, sich eng aneinanderzuklammern, oder führt die Not, sich eng aneinanderzuklammern, zum Liebesakt?

Wir warfen uns Bleistifte zu, so gezielt, daß sie hinter dem Ohr steckenblieben.

Für seinen empfindlichen Rücken suchte er zeitlebens ein Anlehnen, wie es keine Wand, kein Türpfosten und kein anderer Mensch gewähren konnte.

Ein Augenblick von wahrer Gegenwart ist der Treffpunkt eines Maulwurfs, der Erdzeitalter durchgrub, mit einer Schwalbe, die flüchtig das Häuflein des Blinden streift, bevor sie wieder in die reine Unbesonnenheit aufsteigt.

Vielleicht hört der Regen bald auf. Vielleicht hört er nie mehr auf.
Vielleicht fällt irgendwann ein einziger Mammuttropfen, und alles hätte sein Ende.

»Wie einen Seufzer verlebten wir unsere Jahre« (Psalm 90,10) Je weiter deine Sprache sich vom Grundlaut des Seufzers emanzipiert, um so näher kommt sie dem bloßen Zungenschnalzen.

Ein Teil von dir schwebt, ein Teil von dir hinkt. Gleichzeitig. Dein Kopf hinkt.

Tiefe Gedanken im Aufflug wie Tontauben abschießen.

Er schenkte ihr ein Eichblatt, auf das die Gallwespe in kleinen Geschwüren ihr Monogramm gestochen hatte.

Zu jedem Menschen klettert man einen Steilhang hinauf.

Und seine Worte wiegen ihn hin und her, her und hin, hin und her, und er findet sein Lebtag nicht aus ihrer Wiege heraus.

Morgen früh versenke ich meinen Wortschatz. Das erste Fischerboot trägt ihn hinaus auf den See.

Immer mehr Kinder werden getauft auf den Vornamen Damnata und Damnatus.

In der Sackgasse zu leben heißt vom Durchgangsverkehr verschont bleiben.

Auf einem Teller mit Goldrand wurde ein Happen Gras auf Erde gereicht.

Der Name Wizleff wurde von Wizleff selbst beinah stündlich buchstabiert.

Unter den Augen der internationalen Öffentlichkeit beginnt ein neuer Tag.

Beim Verlassen der vielsagenden Sprache bitte die Tür hinter sich schließen!

Gewiß gibt es eine Art zu existieren, die einem bedeutungsvollen Sich-Räuspern vor der großen Rede gleicht, die dann doch nicht gehalten wird.

Das Kind, das ein Kind werden will, wird vom Roboter trainiert.

Was ich früher dachte, war des Frühen wegen falsch. Was ich später dachte, war des Späten wegen falsch.

Wenn man das Ganze des weltabgewandten Lesens bedenkt, welch kosmische Stille hat man durchquert!

Unter den Entbehrungsartisten gefiel dem Publikum besonders der Liebeshungerleider.

Auch bricht ein reuiger Stuhl in die Knie vor jemandem, der ihm ernste Vorhaltungen macht. »Proskynesischer Affe!« schilt ihn sein Tadler.

Der Wanderer frißt den Weg, den er geht, und scheidet ihn hinter sich wieder aus.

Nur das Gedicht hält, was das Leben verspricht.

Dieser dunkle Feiertag, der wie ein Meteor in unseren Kalender einschlug und dessen Feiergrund nie jemand erfuhr.

War das alles?
Kein Kommentar.

1 2 3 4 5 20 19 18 17 16

ISBN 978-3-446-25402-2

Lektorat: Rainer Wieland
Satz: Satz für Satz, Wangen im Allgäu
Druck und Bindung: CPI books GmbH, Leck
Printed in Germany

FSC
www.fsc.org
MIX
Papier aus verantwortungsvollen Quellen
FSC® C083411